dtv

Die Freundschaft zwischen Klaus und Oda, der Frau des Botschafters, beginnt mit einem Fisch. Eines Abends legt ihn der Fischer auf den Steg der deutschen Botschaft in Helsinki, deren Garten an die Ostsee grenzt. Oda war früher Fernsehredakteurin, jetzt repräsentiert sie Deutschland an der Seite ihres Mannes Robert. Klaus, der allein in einem Holzhaus am Meer wohnt und sich selbst zu genügen scheint, eröffnet eine Gegenwelt zum Diplomatenleben, in dem Oda die Zeit oft lang wird. Vor allem sehnt sie sich nach ihrem Sohn Felix, der behindert ist und in einem Heim in Deutschland betreut wird. Im Gegensatz zu Robert besucht Oda Felix regelmäßig. Eines Tages fasst sie einen tollkühnen Plan: Sie will ihrem Sohn das einzigartige nordische Licht auf den zugefrorenen Buchten vor der Küste Helsinkis zeigen. Mit Klaus als Komplizen macht sie sich auf eine wagemutige Reise, ohne dass Robert von ihrem Vorhaben weiß … Die bewegende Geschichte einer ungleichen Freundschaft, einer Ehe und der Liebe einer Mutter zu ihrem Kind.

Stefan Moster, geboren 1964 in Mainz, lebt als Autor und Übersetzer in Espoo, Finnland. In seiner Tätigkeit als Übersetzer wurde er vielfach ausgezeichnet, etwa mit dem Staatlichen finnischen Übersetzerpreis. ›Die Frau des Botschafters‹ ist sein dritter Roman, zuvor erschienen ›Die Unmöglichkeit des vierhändigen Spiels‹ (2009) und ›Lieben sich zwei‹ (2011). 2014 gab er die Anthologie ›Alles frisch. Neue Erzählungen aus Finnland‹ heraus.

Stefan Moster

Die Frau des Botschafters

Roman

dtv

Von Stefan Moster sind
bei dtv außerdem erschienen:
Die Unmöglichkeit des vierhändigen Spiels (14137)
Lieben sich zwei (14226)

Ausführliche Informationen über
unsere Autoren und Bücher
www.dtv.de

MIX
Papier aus verantwortungsvollen Quellen
FSC® C019821

2015 dtv Verlagsgesellschaft mbH & Co. KG, München
Die Originalausgabe erschien 2013

Umschlaggestaltung: Wildes Blut, Atelier für Gestaltung,
Stephanie Weischer unter Verwendung eines Fotos
von plainpicture/Nicolas Poizot
Gesamtherstellung: Druckerei C.H.Beck, Nördlingen
(Satz nach einer Vorlage des mareverlag)
Gedruckt auf säurefreiem, chlorfrei gebleichtem Papier
Printed in Germany · ISBN 978-3-423-14464-3

Für Emma

TEIL I

EIN FREMDER FISCH

Die Freundschaft zwischen Klaus und Oda fing mit dem Zuwurf eines Fisches an.

An einem Nachmittag im September trat Oda an die verglaste Südwand ihres Zimmers, ermüdet vom Studieren einer Sprache, die sie nie sinnvoll anwenden würde, sondern hauptsächlich zum Zeitvertreib und ein wenig auch aus Pflichtgefühl lernte. Sie wollte zur Erholung ihrer Augen aufs Meer hinausschauen, doch wie immer, wenn sie absichtslos oder gelangweilt aus dem Fenster sah, verfing ihr Blick sich zunächst in den Bäumen.

Im Ahorn war das Feuer ausgebrochen, die Lärchen schienen zu frieren in ihrem schütteren Gefieder, sie standen mit den Füßen in gelben Nadelkreisen, und am rechten Bildrand torkelten Wacholderdrosseln wie trunken aus den Ebereschen, die sich brüsteten mit ihrem geballten Vogelbeervorrat in leuchtendem Orangerot.

Der Herbst kam früh in diesen Breiten, das wusste sie bereits. Bald würden ein paar Stürme die Blätter von den Bäumen fegen, worauf schwarz verzweigte Grafik an der Reihe wäre, vor grauem oder blauem Hintergrund das Bild zu prägen. Oda fröstelte bei der Vorstellung, dann erblickte sie etwas Neues. Am Vortag war der Weg zum Bootssteg noch teerblank gewesen, heute sprenkelten ihn Blätter: Laub aus den Espen, die den Weg säumten, es sah aus, als hätte jemand eine Spur zum Ufer hin gelegt. Oda folgte ihr mit den Augen bis zum Steg, dann schaute sie über die Holzplanken hinweg aufs Wasser.

Bis vor wenigen Wochen hatte sie jeden Morgen dort unten ihren Bademantel abgelegt und war schwimmen gegangen, jetzt konnte sie sich kaum mehr vorstellen, je wieder in die Ostsee einzutauchen. Das Wasser schien einen Aggregatzustand zwischen flüssig und fest angenommen zu haben; zwar schlugen weiterhin Wellen flache Falten in die Fläche, doch mutete die Bucht bereits so blank und kristallkalt an, als wollte sie das Eis anlocken. Wie im letzten Winter, als Oda es mit eigenen Augen gesehen hatte, und wie gewiss auch in den Jahren zuvor, in denen sie nicht hier gewesen war, in allen Wintern seit Anbeginn der Zeit fror diese Bucht hier zu, spätestens im Januar, in manchen Jahren sogar vor Weihnachten, vierzig, fünfzig Zentimeter dick wurde das Eis, man konnte es betreten, mit Schlittschuhen oder Skiern befahren, je nachdem, ob es mit Schnee bedeckt war oder nicht.

Vorläufig aber lag die See noch offen. Auf dem so dickflüssig wirkenden Wasser hatten sich auffällig viele Nachmittagsfischer eingefunden. Offenbar herrschten günstige Verhältnisse, vielleicht wehte der Wind aus fischträchtiger Richtung, oder die Wassertemperatur hatte sich auf einen verheißungsvollen Wert eingependelt. Oda wusste von diesen Dingen nichts, aber sie glaubte zu erkennen, dass die Angler mit ihren Ruten in erwartungsvoller Körperspannung in den Booten standen. Worauf waren sie aus? Was fing man um diese Zeit in den Buchten der Hauptstadtküste?

Zum Amtsantritt ihres Mannes hatte das auffälligste Geschenk der schwedische Kollege überreicht, eine komplette Angelausrüstung: Spinnrute mit Spule, dazu ein mit Tragegriff versehener Kasten, der ein kleines Sortiment an Haken und Blinkern enthielt. Robert hatte die Gabe mit großer Geste und den üblichen launigen Bemerkungen angenommen und »Petri Heil« in die Runde gerufen, was den schwedischen Kollegen zum pflichtschuldigen Schmunzeln gebracht, jedoch nicht davon abgehalten hatte, den Fischfang im Gewässer vor dem Botschaftsgebäude ernsthaft zu empfehlen. Seine eigene Residenz liege zwar auch in Ufernähe, hatte er erklärt, jedoch unmittelbar an Marktplatz und Innenstadthafen; alles, was sich an Fisch dorthin verirre und im verunreinigten Wasser nicht eingehe, werde von den Möwen abgefischt. Nur die Boulevardpresse würde anbeißen, wenn er als Gesandter des schwedischen Königreichs am Marktufer die Angel auswürfe. Hier hingegen, blicksicher am Rand der Stadt und abseits des Fährverkehrs mit seinen Abwässern, könne man in aller Ruhe das ein oder andere Prachtexemplar an Land ziehen.

Natürlich hatte sich ihr Mann nicht anmerken lassen, wie abwegig er den Vorschlag fand. Erst nach dem Empfang, als er in den Privatgemächern im ersten Stock die Krawatte abnahm, spöttelte er über den Schweden. Die Angel, erinnerte sich Oda, verschwand im Besenschrank.

Sie zögerte, so lange, bis ihre Mundwinkel ein Lächeln bildeten, dann sah sie nach. Die Angel war noch da, der Angelkasten stand daneben.

Minuten später ließ sich Oda von der Lockspur der gezackten Espenblätter zum Ufer führen. Eine einzelne Möwe hatte sich exakt in der Mitte des Stegs aufgebaut, wie ein Monument ihrer selbst oder des Trotzes gegen Wind und Wetter. Um sie nicht aufzuschrecken, hielt Oda inne und schaute bei der Gelegenheit über die Schulter zum Botschaftsgebäude, ob jemand sie von einem der Fenster aus beobachtete. Und wennschon, dachte sie dann. Sie war die Frau des Botschafters, sie durfte auf dem Gelände der Residenz tun und lassen, was sie wollte – sie musste es sogar, denn außerhalb des Protokolls hatte sie keine Aufgaben, die sie sich nicht selber stellte. Ich tue, was ich will, redete sie sich zu, oder der Möwe, die sie nun wieder anvisierte. Wie nah sie mich heranlassen wird?

Nach zwei Schritten flog der Vogel auf, mit lautstarker Beschwerde, fortan gehörte der Steg dem Menschen mit der Angel.

Und nun?

Zuerst die Jacke schließen, denn auch wenn der Steg nicht weiter als zehn, fünfzehn Meter aufs Wasser hinausragte, so fasste einen der Wind da vorne gleich ganz anders an. Beinahe wie in einem Boot.

Oda hielt nach den Anglern Ausschau: Jeder von ihnen stand regungslos im Wind, ganz und gar elementarer Bestandteil seiner Aufgabe. Die wissen alle, wie das geht. Ich weiß nicht einmal, welchen Blinker ich anbringen soll, falls es überhaupt Blinker heißt. Bestimmt nicht den ganz großen, der ohne die drei spitzen Haken am Bauch aussähe wie ein Spielzeug. Der schwedische Botschafter muss ihn dem Sortiment zum Spaß hinzugefügt haben, falls es in dieser Bucht nicht mehrere Meter lange Riesenfische gibt. Oda entschied sich für einen kleinfingergroßen Köder in hübschem Grün und schaffte es zu ihrem Erstaunen im Handumdrehen, ihn an der Angelschnur unterhalb des Bleigewichts zu befestigen.

Wenn ich was fange, beschloss sie, entferne ich die grausamen Mehrfachhaken von dem Riesenköder und schicke ihn Felix als Spielzeugfisch. Oder ich bastle ihm aus allen Ködern ein Fischmobile für übers Bett. Er wird nicht danach greifen können, aber er wird die farbigen Formen sehen, wie sie im leichten Zug umeinander kreisen, als schwämmen sie in der Luft.

Jeder hat schon einmal jemanden eine Angel auswerfen sehen, im Film, im Fernsehen, beiläufig vom Autofenster aus an einem See, jeder weiß, wie das aussieht, doch wer weiß schon, wie das geht? Die Spule dient dem Aufrollen der Schnur, wie aber bringt man die Schnur dazu, beim Wurf die Spule zu verlassen? Wie verhindert man, dass sie sich bei jedem Wurf komplett abwickelt? Es muss einen Mechanismus oder Trick geben, wie man die Schnur blockiert, die Blockade für die Dauer des Wurfs lockert und dann wieder aktiviert. Oda betrachtete die Mechanik oberhalb des Griffs der Fiberglasrute, bewegte vorsichtig jedes Einzelteil, das sich bewegen ließ, bis sie sich eine vage Vorstellung von den Abläufen gebildet hatte, dann holte sie aus, ein bisschen halbherzig, worauf zunächst gar nichts passierte; beim zweiten Versuch flog der Köder zwei, drei Meter weit, und ein Großteil der Schnur löste sich und fiel spiralfederartig von der Spule.

Wer sagt, dass man beim Angeln nicht fluchen darf? Fische haben schließlich keine Ohren. Oder doch? Oda erinnerte sich an die Wochenendangler an deutschen Flussläufen, die bei ihrer Tätigkeit Radio hörten, sogar die laut gestellte Fußballübertragung. Freilich war schwer zu sagen, ob sie wirklich etwas fingen oder nur unter einem akzeptablen Vorwand mehrere Stunden von zu Hause fortbleiben wollten.

Sie zwang sich, nicht erneut über die Schulter auf das Botschaftsgebäude zu blicken, während sie sich weiter mit der Angel abmühte. Unter keinen Umständen wollte sie jetzt aufgeben, auch wenn es enorme Geduld erforderte, ein ums andere Mal zig Meter hauchdünne Schnur auf die Spule zu fädeln.

Von links näherte sich ein Boot, es kam aus der Nachbarbucht, ein schlichtes Aluminiumboot, wie es hier viele hatten. Am Außenborder saß ein offenbar recht schwerer Mann, der kein Gegengewicht in den Bug gelegt hatte, denn der Vordersteven ragte deutlich aus dem Wasser. Statt geradewegs auf die Bucht hinauszufahren, folgte das Boot der Uferlinie, als wollte es die Anlegestellen beschnuppern, und auf Odas Höhe drosselte es wie zögernd die Geschwindigkeit. Der Mann am Steuer reckte den Hals, er sah herüber, vermutlich registrierte er ihren unbeholfenen Versuch, die Angel auszuwerfen. Der könnte mir zeigen, wie das geht, dachte Oda unwillkürlich.

Kaum hatte sie es gedacht, winkte der Mann ihr zu, gab Gas und änderte energisch die Richtung der Steuerpinne. Schon hielt das Boot auf die einzige Insel in der Bucht zu, fuhr um sie herum und war wenig später dahinter verschwunden. Oda versuchte es zu erspähen, doch die Birken und Erlen auf dem felsigen Eiland verdeckten mit noch grünen und schon gelben Blättern die Sicht. Oda blickte in die Ferne, dorthin, wo die Bucht sich zum offenen Meer hin öffnete, wo die Aussicht allerdings beeinträchtigt wurde, weil eine Straßenbrücke das Wasser überspannte, links der Schornstein eines Kraftwerks und rechts ein Wasserturm aus Beton aufragte. Trotzdem sah man am Horizont die offene Fläche, die sich immer, wenn sie blank unter der Sonne lag, etwas zu heben schien. Mehrmals am Tag kreuzten weit dort draußen Fährschiffe auf dem Weg nach Tallinn oder Stockholm das Bild.

Wer die Aussicht genießt, angelt nicht mehr. Oda wollte angeln. Da es ihr nun einmal nicht gelang, die Schnur ungebremst von der Spule schießen zu lassen und den Haken mit dem Köder weit genug hinauszuschleudern, kurbelte sie, um nicht ganz aufzugeben, die Schnur einfach vor ihren Schuhspitzen am Stegrand ins Wasser hinab. Dank des Bleigewichts sank der Köder, und Oda nahm die Haltung eines Menschen an, der sich darauf einrichtet, lange reglos auf der Stelle stehen zu müssen.

Wäre die Wahrscheinlichkeit, einen Fisch zu fangen, in unmittelbarer Nähe des Ufers am höchsten, würden die Fischer nicht auf die Bucht hinausfahren. Oda musste feststellen, dass ungewollt derartige Gedanken in ihrem Kopf Gestalt annahmen.

Mit anderen Worten: Sie machte sich hier lächerlich.

Zehn Minuten später stand die Angel wieder im Besenschrank, und Oda nahm Sprachlehrbuch und Vokabelheft zur Hand. Vollkommene Stille umgab sie, nichts verriet, dass im Gebäude in diesem Augenblick mehr als dreißig Personen ihrer Arbeit nachgingen, darunter ihr Mann.

Als die Dämmerung einsetzte, beendete sie die Lektion und trat wieder ans Fenster. Die meisten Fischer waren inzwischen abgezogen, vielleicht, weil die Fische im Dunkeln nicht mehr bissen oder weil die Fischer Hunger hatten, und nun kam auch das Aluminiumboot hinter der Insel hervor. Wieder näherte es sich dem Steg in einem Bogen, nur eben aus der anderen Richtung, wieder drosselte es das Tempo, aber es geschah noch mehr: Der Mann im Boot ergriff etwas, das zwischen seinen Füßen lag, stand auf und warf es mit gezieltem Schwung auf den Steg, wo es aufschlug und liegen blieb, ohne zu springen oder wegzurollen.

Dann setzte der Mann sich wieder hin, warf einen scheuen Blick aufs Haus und fuhr mit seinem Boot davon.

Oda hörte ihr Herz.

Sie wartete ab, ob jemand vom Botschaftspersonal den

Vorfall bemerkt hatte und den Gegenstand inspizieren kam, der Hausmeister oder gar einer der Sicherheitsleute, denn, so fiel ihr plötzlich ein, irgendeine Überwachungskamera musste auf den Bootssteg gerichtet sein, wo doch auch sonst das gesamte Gelände mit elektronischer Optik erfasst wurde, das hieß, ihr Ungeschick mit der Angel war nun für alle Ewigkeit auf einer Festplatte gespeichert, damit feixende Wachmänner sich darüber hermachen konnten.

Als nach fünf Minuten noch keine dienstlichen Maßnahmen ergriffen worden waren, die Möwen jedoch immer dichter über dem Ufer kreisten, ging Oda nachsehen. Auf dem Steg lag ein Fisch von einem halben Meter Länge.

GALLE

Oda wusste nicht, wer ihr den Fisch zugeworfen hatte und aus welchem Grund, sie wusste auch nicht, um was für eine Fischart es sich handelte. Erstaunlich fand sie, was so ein ganzer Fisch mit Schwanz und Flossen wog. Man konnte ihn schwer fassen, ohne sich nass zu machen oder die Kleider mit Fischschleim zu besudeln. Sie schob die Handflächen unter den geschuppten Leib und trug das Tier mit ausgestreckten Armen ins Haus, in die Privatküche im ersten Stock.

Nun hatte sie einen Fisch, jedoch nicht selbst gefangen. Galt ihr Versprechen, Felix ein Mobile aus Plastikfischen zu machen, oder galt es nicht? Sie wusste allerdings gar nicht, ob sie das hinbekäme, denn seit den benoteten Pflichtpfuschereien in der Schule hatte sie nicht mehr gebastelt. Wie machten andere, normale Mütter das? Saßen die an dämmrigen Nachmittagen mit ihren Sprösslingen am Tisch und hantierten mit Klebestift und Schere?

Oda holte ihren Computer, um im Internet nachzusehen, mit was für einem Fisch sie es zu tun hatte. Das Profil, die Stachelflosse vorne, dazu die Streifung, das muss ein Zander sein, schloss sie nach mehrfachem Überkreuzvergleich.

»Hast du Fisch gekauft?«, fragte Robert überraschend in ihrem Rücken. »Wann denn? Dein Wagen stand doch den ganzen Tag im Hof.«

Er kam zeitig aus der Kanzlei herüber, weil sie am Abend ins Konzert mussten.

»Das ist ein Geschenk. Fangfrisch aus dem Meer.«

Argwöhnisch hörte er sich die Geschichte des zugeworfenen Fisches an.

»Mir gefällt das nicht«, sagte er. »Niemand hat sich dem Botschaftsterritorium unerlaubt zu nähern, und außerdem: Woher willst du wissen, dass der Fisch für dich bestimmt ist?«

Auf diese abwegige Frage ging sie gar nicht ein. Er soll mir lieber sagen, was man mit so einem Brocken anstellt, dachte sie.

»Und was willst du damit nun anstellen?«, fragte er.

»Entschuppen, ausnehmen und zubereiten«, lautete ihre Antwort, worauf sie das Kochbuch der amerikanischen Diplomatengattin Julia Child aus dem Regal nahm. Robert registrierte es mit Genugtuung, denn er hatte es ihr geschenkt, nachdem sie den Film gesehen hatten, in dem Meryl Streep die Verfasserin des Werks in ihrer ganzen charmanten Plumpheit darstellte. Oda hatte gelacht und Robert sie dafür belohnt. Was Oda freute, weil sie in dem Geschenk einen Beweis seiner noch nicht völlig versiegten Aufmerksamkeit sah. Wenn er wollte, nahm er sie noch immer wahr, manches von dem, was sie tat und sagte, kam bei ihm an, blieb sogar hängen, bewirkte Maßnahmen – und sei es ein geschenktes Kochbuch.

»Jetzt hast du dafür keine Zeit mehr«, sagte Robert, »in spätestens einer Stunde müssen wir los.«

Er ging sich umziehen, aber statt ihm zu folgen, legte sich Oda die Schürze um und griff zum Messer. Nach wenigen Minuten stand ihr Mann wieder in der Küche, in frischem Hemd und dunklem Anzug, den Hemdkragen hochgestellt, weil der Schlips noch gebunden werden musste. Während er das tat, sah er ihr zu, wie sie in der Spüle den Fisch entschuppte und ihm nach einem Blick auf die Zeichnung im Kochbuch quer die Kehle durchschnitt. Danach richtete sie sich auf und atmete mehrmals tief durch, bevor sie das Messer am Bauch ansetzte.

»Pass auf, dass du die Gallenblase nicht verletzt, sonst ist das ganze Vieh verpestet«, rief Robert überflüssigerweise, denn das Gleiche hatte Oda in etwas anderer Formulierung eben im Kochbuch gelesen. Behutsam schlitzte sie den Fisch auf, darauf bedacht, die Messerspitze nicht zu tief eindringen zu lassen.

Robert klappte den Hemdkragen herunter und verzog das Gesicht. »Du wirst im Konzert nach Fisch riechen.«

Oda führte den Arbeitsgang zu Ende, raffte die Innereien samt unversehrter Gallenblase mit den Fingern aus dem Fischleib, aber Spaß und Appetit waren ihr vergällt. Zwar wickelte sie das präparierte Tier in Aluminiumfolie und schob das Paket dann in den Kühlschrank, jedoch schon mit der Absicht, es am nächsten Tag ihrem Sprachlehrer mit nach Hause zu geben.

Als sie sich im Bad mit der Bürste die Hände schrubbte, dachte sie an den Mann, der ihr den Fisch per Zuwurf geschenkt hatte. Warum tat der so was? Wusste er, wer sie war? Ihr ging auf, dass sie ihn schon mehrmals gesehen hatte, das erste Mal gleich nach ihrer Ankunft hier, Ende Februar, als sie zum ersten Mal auf dem Steg gestanden hatte. Das ist einer von den Spinnern, dachte sie. Damals war das Meer zugefroren gewesen, und über die ganze Bucht verteilt hatten Männer in dicken Overalls auf Klappstühlchen gesessen und winzige Angeln über zuvor mit riesigen Bohrern ins Eis gedrehte Löcher gehalten.

Bis ins zweite Drittel des März hinein herrschte damals wolkenloses Wetter, die Kristallprismen der beschneiten Eisdecke brachen das Licht in alle Richtungen, wodurch die Helligkeit von oben und von unten kam, von überall her, sie schien Levitation zu verheißen: Betrete das erleuchtete, leuchtende Weiß, und du wirst schweben!

Oda wurde der Wirkung des blendenden Meeres nicht satt, auch wenn sie sich damals nicht traute, es zu betreten. Ganz anders die Eisangler. Der nicht von Wolken gefilterte Sonnenschein brachte die oberste Eisschicht im Lauf des Tages zum Schmelzen, weshalb sie auf dem Rückweg von ihren langen Sitzungen durch knöcheltiefes Wasser wateten. Oda kannte den Anblick nicht und war entsetzt, sie rechnete damit, die unförmigen Gestalten würden eine nach der anderen einbrechen, und überlegte ängstlich, was sie dann unternehmen müsste, um sie vor dem Ertrinken zu retten. Robert hatte eine vage Antwort parat, hoffte jedoch, wie er sagte, es möge ihm erspart bleiben, unter solch ungemütlichen Umständen die notwendigen Rettungsmaßnahmen zu ergreifen.

Der Werfer des Fisches war einer von den Spinnern auf dem Eis gewesen und trug jetzt im September bereits wieder seine leuchtend rote Jacques-Cousteau-Wollmütze. Hatte Oda ihn damals gesehen, hatte er sie womöglich auch gesehen und wusste daher, wo sie hingehörte. Ihm musste außerdem bewusst sein, dass es sich bei der Villa mit dem parkartigen Ufergrundstück um die deutsche Botschaft handelte, was wiederum die Frage aufwarf, ob er den benachbarten Vertretungen Japans, Bulgariens und der Dienstwohnung des Botschafters von Iran in ähnlicher Weise zugetan war. Oder ob er seine Fische gezielt an einer bestimmten Adresse hinterlegte. Hat Deutschland die Zuwendung des Mannes mit der roten Mütze exklusiv?, fragte sich Oda. Oder bin nur ich gemeint, die Frau des Botschafters?

GEBROCHENE STILLE

Oda war es gewohnt, mit ihrem Mann Opern- und Ballettaufführungen, Konzerte, Vernissagen, Finissagen, Vorträge, Schriftstellerlesungen, Symposien, Kabarettabende, Zirkusvorstellungen, Filmpremieren, Performances und dergleichen zu besuchen, denn man lud den deutschen Botschafter zu allen nur denkbaren Formen kultureller Veranstaltungen ein. Dass seine Frau ihn dabei begleitete, wurde vorausgesetzt und vom Protokoll zumeist auch vorgesehen.

Nicht alles hielt, was es versprach, doch Oda zog die kulturellen Termine allemal den darbietungslosen Cocktails und Empfängen vor. Bei einer Aufführung hatte man wenigstens so lange seine Ruhe, wie man sich dem Werk zuwandte, selbst eine Ausstellungseröffnung bot wenigstens noch die Gelegenheit der kurzen Versenkung in das ein oder andere Bild, während man bei Stehempfängen all jenen Menschen schutzlos ausgeliefert war, denen der Rang gebot oder die Chuzpe erlaubte, sich einem mehr oder weniger impertinent zu nähern. Freilich hatte auch die Kultur ihre Nachteile, vor allem, wenn sie im Sitzen genossen wurde, denn Robert neigte in solchen Situationen zum Einschlafen, was seine Wirkung schon deshalb nicht verfehlte, weil der Botschafter und seine Gattin in der Regel auf den besten Plätzen saßen, zum Beispiel in der ersten Reihe.

An diesem Abend war es nicht die erste Reihe, weil sich in Konzertsälen dort nicht die besten Plätze befinden, sondern die neunte, wo man vom Orchesterschall frontal und in ganzer Breite erreicht wurde. Die Ränge fassten die Bühne ringsum ein, steil wie Weinberge ragten sie bis fast unter die Decke auf, es musste Schwindelgefühle auslösen, so weit oben hinter einem dürftigen Geländer zu sitzen, stellte sich Oda vor, als ihr Nachbar, ein hohes Tier von der Rundfunkanstalt, möglicherweise der Intendant, dessen Namen sie sich nicht merken konnte, sie von der Konversationspflicht entband, indem er sich ins Programmheft vertiefte. Sobald die Musiker die Bühne betraten, musste auch Robert nicht mehr pflichtgemäß parlieren, er neigte sich herüber und flüsterte ihr eine Entdeckung zu, die ihn empörte: Die Cellisten rammten die Dorne ihrer Instrumente direkt in den neuen, hellen Holzboden. Mutwillige Durchlöcherung! Robert schüttelte den Kopf, wenn auch dezent, während der Kapellmeister, ein Sohn des Landes mit internationaler Reputation, von übertrieben wohlwollendem Applaus zum Pult geleitet wurde.

Die Konzerthalle war neu, für einen dreistelligen Millionenbetrag gegen den Widerstand der üblichen Verdächtigen, wie Robert das nannte, errichtet, weshalb alle zweitausend Anwesenden den Atem anhielten, als der Dirigent zum ersten Mal durch seine Armbewegungen Musik auslöste. Schon nach wenigen Takten staunte man über den Klang, man nahm jede einzelne Instrumentengruppe des Orchesters deutlich wahr und fasste unweigerlich Sympathie für die Bratschen, da man sie zum ersten Mal im Leben wirklich zu hören glaubte. Überhaupt schienen die tiefen Töne von der Raumgestaltung des weltberühmten japanischen Akustikers am deutlichsten zu profitieren, Bratschen, Celli, Bässe – alle spielten erkennbar eigene Stimmen innerhalb des Zusammenklangs. Nach dem Ende des ersten Stücks brach der Saal darum in großen

Beifall aus, dem man Erleichterung über eine Investition, die sich gelohnt hatte, aber auch echte Freude anmerkte.

Zur zweiten Programmnummer kam der Dirigent mit einer Solistin in den Saal zurück. Sie war durchaus eine Berühmtheit, mit Engagements an großen Häusern und Millionen Flugmeilen auf dem Konto. Anlässlich der Konzertsaaleinweihung hatte sie sich zum ersten Mal seit Jahren zu einem Auftritt in der Heimat bereit erklärt, man war auf sie nicht weniger gespannt als auf die Akustik des neuen Saals, dennoch wurde, kaum hatte sie mit dem ersten Lied aus Ravels Liederzyklus *Shéhérazade* begonnen, das erste Husten laut, und als dies geschah, fiel einem auf, dass während des vorangegangenen Stückes überhaupt nicht gehustet worden war, weil alles so angestrengt auf den Klang des teuren Saals gehorcht hatte.

Auch Robert hustete bei den Ravel-Liedern, natürlich, Oda kannte es nicht anders; er brüstete sich damit, sich nie durch eine profane Erkältung von seinen Pflichten abhalten zu lassen und die einschlägigen Symptome erfolgreich überspielen zu können, doch kaum saß er in Sichtweite eines Solisten oder eines Ensembles, brachen sich eben jene Symptome Bahn. Als Oda ihn einmal darauf angesprochen hatte, war seine Reaktion beleidigtes Unverständnis gewesen. Er hatte gar nicht gemerkt, dass er störende Geräusche von sich gegeben hatte. Die Ursache des Hustens musste im Unbewussten liegen und wurde von Oda daher als Ausdruck der inneren Distanzierung ihres Mannes vom künstlerischen Geschehen gedeutet. Zwar war er nachweisbar Musikfreund, denn er spielte selbst, wenn auch dilettantisch, Trompete, doch schienen ihn große öffentliche Aufführungen zu irritieren. Vielleicht spannte ihn zu sehr an, was das Geheimnis öffentlich vorgetragener Musik ausmacht: die Perfektion. Es durfte kein falscher Ton gespielt oder gesungen werden; die Wirkung wäre ähnlich wie beim Absturz eines Seiltänzers.

Oda glaubte, ihren Mann an diesem Abend noch lauter als sonst husten zu hören, was sie zu der Überlegung verleitete, ob etwa die in mehrere Richtungen ausladenden, vom roten Kleid zusätzlich betonten Körperformen der Sängerin eine Mischung aus spezifischem Interesse und unspezifischer Verlegenheit in Robert weckten, die dann durch Peinlichkeitseruptionen abgebaut wurde. Schließlich aber begriff sie, dass die Lautstärke des Hustens der ausgetüftelten Konstruktion des Saales zuzuschreiben war. Die ließ nicht nur die Bratschen auf der Bühne besser hören, sondern auch die Kehlen im Parkett. Offenbar herrschte in Räumen mit hervorragender Akustik besonders prekäre Stille, leicht zerstörbar.

Wie immer, wenn Oda zu einem neuen Gedanken fand, erwärmte sie sich kurz an der Vorstellung, ihn als erster Mensch auf der ganzen Welt gedacht zu haben, bis ihr der nächste Einfall kam: Genau genommen zerstörte auch Musik die Stille, doch dank des musikalisch Schönen tat es einem um die Stille gar nicht leid.

Gern hätte sie sich den Gedanken aufgeschrieben, ihre Abendtasche enthielt für solche Zwecke sogar einen kleinen Block im Silberetui samt passendem kleinen Kugelschreiber – das Werbegeschenk eines Strumpf- und Dessousherstellers –, doch schickte es sich nicht, wie eine profane Journalistin Zettel und Stift zu zücken, nicht an diesem festlichen Einweihungsabend, da hochrangige Vertreter aus Diplomatie, Politik und Wirtschaft sie umgaben. Sie gehörte dazu, sie war nicht als Beobachterin hier. Daher bemühte sie sich, die Idee festzuhalten, um sie zu Hause zu notieren, und wenig später hängte sich noch eine passende Erinnerung an, ein Satz von Dutilleux, den Oda einmal im Kammermusiksaal der Berliner Philharmonie im Programmheft gelesen hatte. Die Stille sei der schönste Laut der Welt, pflegte der französische Komponist zu sagen, wenn er die Arbeit mit neuen Kompositionsstudenten aufnahm. Man müsse außerordentlich gute Gründe haben, um sie zu brechen.

Oda lächelte, weil sie sich an den Satz erinnern konnte. Sie blickte kurz zu ihrem Mann, der nicht mehr hustete, weil er eingenickt war, glücklicherweise mit nach vorn gekipptem Kopf.

Ravels Lieder rechtfertigten den Bruch der Stille absolut, dachte Oda gerade, da ertönte rechts oben im Rang ein mechanisches Geräusch. Es klang, als schlüge jemand in monotoner Wiederholung mit einem Plastikrohr auf einen Heizkörper.

Man sah den Dirigenten in die Richtung blicken, kurz versuchte er, die Spannung in der Musik aufrechtzuerhalten, doch dann brach er ab, worauf auch die Sängerin verstummte. Sie war die Einzige, die nicht nach der Geräuschquelle Ausschau hielt. Sie lächelte verlegen und leicht indigniert ins Parkett, wo man sie freilich nicht beachtete, denn alle Augenpaare suchten den Rang rechts oben über den Kontrabässen ab. Auffälligkeiten waren dort zunächst nicht auszumachen, das Geräusch hielt trotzdem an. Man konnte es eingrenzen auf wenige Sitzplätze, doch waren dort keine schlagenden Bewegungen zu sehen, die zu dem Geräusch gepasst hätten. Der Saal lauschte auf den perfekten Widerhall des Störgeräuschs, man wartete auf das Eingreifen einer zuständigen Instanz, und dann, endlich, näherte sich ein Saalordner der Geräuschquelle, blieb vor einer Sitzreihe stehen und bedeutete jemandem, der dort saß, seinen Platz zu verlassen, worauf sich zwei Personen erhoben, eine Frau und ein Mann, sie schoben sich aus der Reihe, und sobald sie im Gang standen, fiel etwas deutlicheres Licht auf sie, weshalb man die wie ferngesteuerten Bewegungen sah, die der Mann vollführte: ruckartiges Zucken der Arme, rhythmisches Verkrampfen des Oberkörpers, Aufreißen der Augen, Zucken mit dem Kopf und mechanisches Öffnen und Schließen des Mundes.

In dem Moment erkannte Oda die Quelle des Störgeräusches. Es entstammte den aufeinanderschlagenden Zahnreihen des Mannes, der offenbar Spastiker war und die Ströme in seinen Nervenbahnen nicht mehr kontrollieren konnte. Er wurde von einer Kraft regiert, auf die er keinen Einfluss hatte. Während des ersten Musikstückes war er ruhig gewesen, dann aber mussten Ravels Musik oder die Frequenzen im Gesang der Mezzosopranistin Fehlschaltungen seiner Synapsen provoziert und das laute Kieferklappen ausgelöst haben.

Der Saalordner führte den Mann samt Begleitung ab, es dauerte quälend lange, bis sie die Tür erreicht hatten, man hörte an dem schlagenden Geräusch, wie ihr Weg zum Ausgang verlief, und Oda dachte, dass die herausragende Akustik des neuen Konzertsaals die Qual eines Einzelnen vor zweitausend Menschen mit besonderer Härte öffentlich machte.

Kaum hatte der vom Spasmus geplagte Mann den Saal verlassen, setzte auch schon die Musik ein, verblüffend ungerührt nahm das Orchester seine Arbeit wieder auf, und die Sopranistin sang, als wäre nichts gewesen. Oda blickte vorsichtig zur Seite, in der leisen Hoffnung, dem Blick ihres Mannes zu begegnen, der gleich nach dem Abbrechen der Musik aufgewacht war; sieh mich ein Mal an, Robert, flüsterte sie lautlos, doch er tat ihr den Gefallen nicht, so wie er auch während des Vorfalls nicht ihre Hand genommen hatte. Das sah ihm ähnlich. Er war der Botschafter und in dieser Rolle hier, nicht einen einzigen Blick zweigte er fürs Private ab. Obwohl er wissen musste, woran seine Frau unweigerlich dachte angesichts des wie elektrisiert zuckenden Menschen auf dem ersten Rang.

Vor Enttäuschung und situativer Einsamkeit wurde Oda bis zum letzten Applaus vor der Pause taub. Erst im Foyer, beim Sekt, fand sie wieder zu Gehör und Contenance.

Man stand mit Gläsern in der Hand beisammen, einige Abgeordnete des Parlaments, ein paar Angehörige des diplomatischen Korps, geladene Gäste allesamt, man feixte über die Abwesenheit des Kulturministers, der auch für Sport zuständig war und dem Eröffnungskonzert ein Spiel der Basketball-Europameisterschaft irgendwo im Baltikum vorgezogen hatte, man versuchte sich an geistreichen Erörterungen zum eleganten Stil von Ravel, erlaubte sich die ein oder andere Bemerkung zum Kleid der Sängerin, meinte das Dekolleté, ohne es zu nennen, aber niemand ging auf die beklemmende Unterbrechung ihres Gesangs ein. Odas Staunen wuchs und drohte in Missmut umzukippen. Wie war es möglich, dass diese Leute die frappierende Entblößung einer marternden Beeinträchtigung einfach übergingen? War das Diskretion? War es Feigheit, Scham oder schlicht Ignoranz? Sie konnte an nichts anderes denken – außer an Felix natürlich, doch man sah ihr nichts an. Sie blickte interessiert in die Runde, den Hals leicht gereckt, sodass die Schlüsselbeinknochen hervortraten, in der Haltung der Zuhörerin, während Robert Anekdoten erzählte, von Ravels berühmter Schiffsreise nach Amerika, von der Anzahl der Pyjamas, die der eitle, auf die Noblesse des Äußeren versessene Franzose dabei mit sich geführt hatte – aber auch von vollkommen anderen Dingen, die mit Musik und Musikern nicht das Geringste zu tun hatten.

So stelle ich es mir vor. Bezeugen kann ich es nicht, denn einen wie mich lädt man naturgemäß nicht zu Ereignissen solchen Ranges ein.

Kurz vor Mitternacht, als Oda mit dem digitalen Aufnahmegerät in der Hand vorm Spiegel ihres Schminktisches saß, trat Robert nach kurzem Anklopfen in ihr Schlafzimmer. Sie ließ den kleinen, leichten Apparat in der Faust verschwinden und kehrte dem Spiegel den Rücken zu.

»Keine Angst«, sagte Robert, »ich will nicht bleiben. Ich wollte dir nur sagen, dass ich auch meine Gedanken hatte während des Vorfalls im Konzert. Sicherlich ähnliche wie du.«

Sie nickte. »Das hast du dir nicht anmerken lassen.«

»Du kennst mich doch.«

»Nicht immer hilft mir das.«

»Was hättest du dir denn gewünscht?«

»Einen kurzen Blick, nicht mehr.«

Nun war er derjenige, der nickte. Mit der Miene eines Menschen, der eine erlittene Ungerechtigkeit quittiert. Oda wollte sich deswegen empören, doch da wurde die Tür bereits lautlos geschlossen.

Es dauerte eine Weile, bis die Stille im Raum wieder vollständig hergestellt war. Dann drückte Oda den Knopf des Aufnahmegeräts, das nicht viel größer war als ein Feuerzeug.

Heute kommt meine Stimme französisch zu dir, Felix. Hör zu: L'ombre est douce et mon maître dort, coiffé d'un bonnet conique de soie, et son long nez jaune en sa barbe blanche. Mais moi je suis éveillée encore et j'écoute dehors une chanson de flûte où s'épanche tour à tour la tristesse ou la joie … *und so weiter. Ich weiß kaum, was das bedeutet, ich lese es dir aus dem Programmheft vor, damit du hören kannst, was ich im Konzert gehört habe. Und weil bei diesem Lied die Sehnsucht in mir explodierte – oder eigentlich erst beim Abbruch dieses Liedes, den ein Mensch verursacht hatte, als das Kraftwerk in seinem Inneren ihm Stromstöße versetzte, gegen die er sich nicht wehren konnte. Wie hätte ich da nicht an die Kräfte in deinen Nervenbahnen denken sollen, an die Anfälle und Absencen, die in deinem Kopf Gehirnzellen vernichten, ohne dass ich wüsste, ob es dir Schmerzen bereitet oder nicht. Deine Ersatzmütter behaupten: Es tut nicht weh. Ich aber sehe dein Gesicht und zweifle. Du hättest auch so einer werden können, nach dem sich alle entsetzt und schamhaft umdrehen. Ich wäre froh drum, weil ich dann mit dir in Konzerte gehen könnte. Wo du Musik doch so sehr magst. Hör zu, ich summe dir noch was auf Deutsch: Guten Abend, gute Nacht.*

DIE RICHTIGE LIEBE

Nachdem alle Kinder versorgt waren und ihr Frühstück bekommen hatten, sah Kerstin im Computer nach, ob eine Hördatei von Oda eingetroffen war. Anfangs waren sie im Abstand von mehreren Wochen gekommen, inzwischen kamen sie beinahe täglich und klangen anders als zu Beginn. Ursprünglich sollten sie in Felix die Erinnerung an die Stimme seiner Mutter wachhalten, weshalb Oda ihm einfach ein, zwei Minuten lang etwas vorgesprochen hatte, ohne tiefere Bedeutung, so wie man mit einem Kleinkind spricht, um den Kontakt zu halten, und meistens sang oder summte sie zum Abschluss ein Stück aus einem Lied. Inzwischen schüttete sie dem Kind jedoch ihr Herz aus, und Kerstin genierte sich, den intimen Sätzen zuzuhören, die nicht an sie, sondern an den Jungen adressiert waren, der sie aber nicht verstehen konnte, weshalb zwangsläufig die Frage auftauchte, an wen sie sich in Wahrheit richteten. Galt die Stimme dem Kind und der Wortinhalt seiner Betreuerin?

Kerstin sah, dass Oda in der Nacht etwas geschickt hatte. Sie ging zur Kiste mit den Bällen, in der Felix lag und so verhalten mit den Beinen strampelte, wie es seine verkürzten Muskeln zuließen, hob ihn heraus, trug ihn zum Computer und zog sich einen Sessel heran. Sobald Odas Nachtstimme erklang, spannte sich der Körper des Jungen wie ein Bogen, ein, zwei Sekunden lang schien sich die Spannung zu verhärten, dann wurde Felix unter der Stimme seiner Mutter langsam weich und sank in Kerstins Armen ein. Als Oda am Ende ihrer Nachricht zu dem Lied überging, lösten sich auch aus dem Körper des Kindes Töne, Kerstin hörte ein langes, leises Summen und nahm die dazugehörige Resonanz als Vibration am eigenen Leib wahr.

Am Mittag saßen Frühschicht und Spätschicht bei der Übergabe zusammen, die Kinder lagen in ihren Betten, in den nach hinten geklappten Sitzschalen ihrer Multifunktionsrollstühle oder in einem Kissennest auf einer Liege, man hörte die leise Melodie einer besonders ausdauernden Spieluhr, der Geruch nach Essen und aufgestoßener Milch wurde vom Duft der Handcreme verdrängt, mit der die Frauen nach getaner Arbeit der austrocknenden Wirkung der Desinfektionsmittel vorbeugten.

Jeden Tag wurde über jedes Kind gesprochen, zumeist nicht ausführlich, da nur selten etwas Besonderes zu vermerken war, etwa Anzeichen einer Erkältung, ungewöhnliches Krampfgeschehen, Dekubitussignale oder dergleichen, doch die Aufmerksamkeit für alle ließ nie nach. Jedem Kind war eine Mitarbeiterin als Bezugsperson zugeordnet, und Verantwortung schafft Nähe. Nähe weckt Zuneigung, und Zuneigung schärft die Aufmerksamkeit. Das kommt dem Kind zugute.

Durch die vielen starken, zumeist von Geburt an schon vorhandenen Beeinträchtigungen bleibt es diesen Kindern verwehrt, dass sich ihre Eltern um sie kümmern, denn ihre Versorgung erfordert nicht nur pflegerische und medizinische Fachkenntnisse, sondern auch einen hohen technischen und organisatorischen Aufwand, für den in Privathaushalten der Raum und die Ressourcen fehlen. Diese Kinder leben im

Heim, weil sie sonst nirgendwo leben können, und ihre Eltern werden als Bezugspersonen von angestellten Fachkräften abgelöst, denen die Heimleitung immer wieder einschärft, dass die Eltern die Eltern bleiben, dass nur ihnen die Elternliebe zusteht, ganz gleich, wie sie sich verhalten, ob sie ihr Kind täglich besuchen, ein Mal im Monat, ein Mal im Jahr oder nie.

Kerstin, die älteste Mitarbeiterin der Gruppe, führte wie in einem Volksstamm mit stabilem Matriarchat Buch, Protokoll und oft auch das Wort, wenn es etwas zu besprechen und zu delegieren gab, so wie an diesem Tag die Terminierung der einmal jährlich stattfindenden Gespräche über den *Entwicklungsförderplan*. Sie selbst übernahm es, mit Felix' Mutter zu vereinbaren, wann sie zu diesem Zweck ins Martinusheim kommen könne und ob sie die Absicht habe, ihren Mann mitzubringen. Anstatt nach Schichtende direkt nach Hause zu fahren, setzte sie sich im Dienstzimmer an den Computer und schrieb an Oda.

Sie schrieb zunächst einige erfreuliche Sätze über Felix, insbesondere über die deutlich geringere Verschleimung dank der neu eingestellten Medikation, schlug dann mögliche Termine für das Entwicklungsgespräch vor und überlegte schließlich, wie sie das Thema Hördateien geschickt ansprechen sollte. Mit den Kolleginnen hatte sie darüber bislang kaum geredet, obwohl auch ihnen Odas Sendungen an Felix in letzter Zeit zunehmend unheimlich erschienen waren. Die Worte wiegten nicht mehr das Kind, sondern sprachen es an, wie man einen Menschen mit Bewusstsein anspricht.

Im Gruppenraum ertönte jetzt ein rhythmisches Geräusch. Eines der Kinder trat vermutlich mit dem Fuß gegen den Rand der Liegefläche und ergötzte sich an dem selbst erzeugten Lärm.

Kerstin schloss die Tür, um besser nachdenken zu können. Was störte sie an Odas Reden? Der Junge verstand die Bedeutung der Worte nicht, da sollte es eigentlich keine Rolle spielen, was seine Mutter zu ihm sagte, denn wichtig konnte ihm nur ihre Stimme sein. Oder färbte der Gehalt der Wörter den Tonfall, in dem sie ausgesprochen wurden? Traurige Nachtgedanken mochten sich verstörend auf Felix übertragen, doch Kerstin brachte es nicht übers Herz, das zu schreiben. Sie selbst hüllte Felix immer nur in die Gaze heiterer Lieder und Wortgewebe, denn darin sah sie ihre Aufgabe. Ein Kind, das keine Zukunft hatte, ein Kind, bei dem erfolgreiche Entwicklung und aufbauende Erziehung gar nicht möglich waren, dem konnte man nichts geben als das Gefühl eines stets gereinigten, gepflegten Körpers, nichts als Schutz und Wärme und Geborgenheit.

Und Hilfe. Da Felix seine Hände nicht benutzen konnte, brauchte er Kerstins Hände, und das machte sie wertvoller als die Hände eines Pianisten.

Bei diesen Gedanken spürte Kerstin, wie sich in ihr das Gefühl ausbreitete, das sich jedes Mal bemerkbar machte, wenn sie an sich und Felix dachte. Setzte man seine Hände für einen anderen Menschen ein, ließ sich dieses Gefühl offenbar nicht vermeiden, aber es hatte keinen richtigen Namen, nur einen falschen, einen, den man auf keinen Fall laut sagen und nicht einmal denken durfte. Darum fiel das Wort Liebe unter den Mitarbeitern nie; es wurde im Haus nur in der Ableitung Nächstenliebe ausgesprochen, nämlich immer dann, wenn ein offizieller Besuch durch Vertreter der Politik, des kirchlichen Trägers oder eines Sponsors stattfand. Mit der Nächstenliebe erklärten sich die Außenstehenden die Bereitschaft des Personals, sich der Pflege solcher schockierend deformierter Menschen zu widmen. Sie suchten Zuflucht bei der Vorstellung christlicher *caritas*, weil es sie so erschreckte, dass von den knapp fünfzig Kindern im Heim kein einziges sprechen oder gehen konnte.

Als *caritas* war die Liebe zu diesen Kindern denkbar, in allen anderen Formen war sie tabu, weil sie allein den Eltern vorbehalten war. Vermeiden ließ sie sich trotz des Tabus nicht unbedingt. Kerstin ahnte, dass sogar hinter dem bisweilen betont robusten Umgang mit den Kindern, den einige Mitarbeiterinnen an den Tag legten, nichts anderes steckte als der Versuch, die enge Bindung an das Kind wenigstens etwas zu kaschieren.

Sie merkte, wie sie immer weiter von ihrem ursprünglichen Vorhaben abkam. Noch immer stand auf dem Bildschirm kein Wort über Odas Hörbriefe, und Kerstin wusste nun kaum mehr, was sie zu dem Thema formulieren wollte. Sie hatte wohl etwas im Sinn gehabt wie: Man müsse so sprechen, wie es dem Kind gemäß sei, aber sie war sich nicht mehr sicher, ob sie das auch wirklich meinte. Womöglich war es für die Mutter eines solchen Kindes wichtiger, sich im Umgang mit dem Kind selbst gerecht zu werden. Für die andere Variante war die amtliche Bezugsperson zuständig und ermächtigt. Diese musste auf die Bedürfnisse des Kindes achten, die Mutter auf sich selbst, damit sie mit ihrem Schicksal und dem des Kindes fertigwurde.

Könnte es so sein?

Zufrieden war Kerstin damit nicht, aber sie hatte gelernt, Müttern allerhand zuzugestehen, und schickte die Mail ab, ohne sich zu den Tonaufnahmen geäußert zu haben. Sie würde das Thema bei Odas nächstem Besuch ansprechen, falls es sich ergab.

Anstatt aufzustehen, starrte Kerstin jedoch weiterhin auf den Bildschirm, und erst da begriff sie, was sie an Odas Tondokumenten wirklich störte. Dem Kind schadeten sie wohl nicht, denn es sprach die Stimme seiner Mutter zu ihm, und zwar in guter Absicht. Kerstin machte sich weniger Sorgen um Felix als um Oda. Sie witterte Odas Kummer. Und so schickte sie eine zweite Mail als Postskriptum der ersten hinterher:

»Ich kann Felix Deine Botschaften inzwischen nicht mehr vorspielen, wenn Kolleginnen in der Nähe sind. Die schütteln nämlich den Kopf über Dich oder verdrehen die Augen. Ich glaube nicht, dass sie es verächtlich meinen. Sie denken einfach, es geht Dir nicht gut. Haben sie recht?«

ZANDER À L'ÉPOUSE

Oda beherrschte sich. Unter dem Eindruck von Empörung soll man keine Mails beantworten, sie durfte es nicht riskieren, Kerstin, Felix' wichtigste Bezugsperson an fast allen Tagen seines Lebens, vor den Kopf zu stoßen, nur weil sie sich über deren Bemerkung zu den Sprechbriefen an ihren Sohn ärgerte. Man lernte sich zu beherrschen, wenn man die Frau eines Botschafters war; wenn man etwas lernte, dann das. Spontane Reaktionen waren verboten, erwünscht hingegen solche, die man sich im Voraus wohl überlegt hatte und dann so anbrachte, dass sie spontan wirkten. Eines der vielen Paradoxe des Metiers: Der schnell abgerufenen Standardreplik wurde lobend der Charme der Unmittelbarkeit und Natürlichkeit zugeschrieben, während echte Spontaneität einem Tabu unterlag. Bisweilen wunderte sich Oda selbst, wie virtuos sie die Spontane spielte, Geist und Witz aufblitzen ließ, sie tat es, glaubte sie, um sich im nie abreißenden Small-Talk-Chor nicht immerfort zu langweilen.

Der Ärger über Kerstins Mail förderte mit Macht etwas zutage, für das sie in Diplomatenkreisen kein Lob ernten würde: Neid.

Sie beneidete die andere Frau darum, jeden Tag Felix bei sich zu haben, sie beneidete sie um ihre Kompetenz, ihn angemessen zu versorgen, und sie beneidete sie um die räumlichen, technischen, sozialen Voraussetzungen für genau den Umgang, den Felix brauchte. Kerstin hatte die Logistik einer ganzen Einrichtung auf ihrer Seite, Küche, Physiotherapie, Kolleginnen, Ärzte, Fahrdienst, Hilfsmittel aller Art, und all das zusammengenommen ermöglichte es ihr, jeden Tag eine Zeit lang einfach dazusitzen und Felix im Arm zu halten. Und ihm schöne Worte ins Ohr zu sagen.

Die Missmut-Missgunst-Mischung wirkte wie saure Milch, die man sich aus Versehen für den Cappuccino aufschäumt: Sie vergiftete alles. Mit Robert war so früh am Nachmittag nicht zu rechnen, er hatte keinen Abendtermin, und an solchen Tagen blieb er länger in der Kanzlei. Oda musste ihren Unmut alleine kanalisieren. Am besten tat sie etwas mit den Händen, anstatt Zeitung zu lesen oder noch mehr Vokabeln der unnützen Sprache zu lernen. Vorhin war ihr Lehrer wieder bei ihr gewesen und hatte während der ganzen Stunde nicht aufgehört zu lächeln, wodurch er von Minute zu Minute blödsinniger ausgesehen und Oda zu dem Entschluss gebracht hatte, ihm den Fisch vom Vortag doch nicht als Geschenk mitzugeben. Der Mann hatte einen Narren an ihr gefressen, das war nicht mehr zu übersehen gewesen, und in einem solchen Zustand neigen Männer dazu, jede noch so kleine Geste als Verheißung misszuverstehen.

Oda war nun doppelt froh, den Fisch für sich behalten zu haben. Sie ging in die Küche und nahm das Tier aus dem Kühlschrank. Sie war sogar dreifach froh, und das weichte ihren Ärger über Kerstins Mail bereits an den Rändern auf: Indem sie den Zander selbst zubereitete und aß, erwies sie dem Geschenk die Würde, die ihm zustand. Anschließend befände sie sich in der Lage, dem unbekannten Schenker mit der Jacques-Cousteau-Mütze mitzuteilen, wie der Fisch geschmeckt hatte.

Sie griff sich erneut Julia Childs Kochbuch und staunte

nicht schlecht, weil es gar kein Rezept für die Zubereitung ganzer Fische enthielt. Sollte das nicht ein Meisterkurs der französischen Küche sein? Waren die Franzosen nicht diejenigen, die besonders fleißig Wassertiere am Stück garten?

Ein Filetiermesser fand sich in der Privatküche der Botschaft nicht. In der großen Küche unten hätte sie mehr als eines gefunden, aber Oda beschloss, sich ein eigenes zuzulegen, da sie für die Mahlzeit ohnehin einkaufen musste. Ihr fehlten für das ausgesuchte Rezept nämlich außerdem Fischfond, Schalotten, Kartoffeln und Feldsalat.

Als guter Chauffeur brauchte Herr Reinhard lediglich einen Blick in den Rückspiegel zu werfen, um zu wissen, ob ein Gespräch erwünscht war oder nicht. Oda verstand es, im richtigen Augenblick mit ihrem Gesichtsausdruck eindeutige Signale auszusenden. Während der Fahrt in die Innenstadt wurde geschwiegen, was manch einem schwergefallen wäre, denn wegen der unzähligen Ampeln stand der Wagen mehr, als dass er fuhr, und wenn er stand, ging der Motor aus, und es wurde still. Oda fiel es leicht, weil sie beim Blick aus dem Fenster ein Bilderpanorama sah, das ihre ganze Aufmerksamkeit beanspruchte und bald den Charakter eines Traums annahm, in dem sich die Stadt mit ihren plakativen Herbstfarben in eine Unterwasserlandschaft und alle Menschen auf den Straßen, aber auch diejenigen, an die Oda im Laufe dieses Tages nur gedacht hatte, in bunte Fische unterschiedlicher Gestalt verwandelten. Und zwischen ihnen segelte ein kleines U-Boot, in dessen Fenster man eine leuchtend rote Mütze sah.

Oda musste lachen, Herr Reinhard merkte auf.

»Können Sie sich an Jacques Cousteau erinnern?«, fragte Oda ihn. Schon hatten sie ihr Gesprächsthema, bis sie das

Kaufhaus erreichten, wo Oda im vierten Stock ein Filetiermesser und im Untergeschoss die Speisezutaten kaufte, während der Chauffeur auf einem der Diplomatenparkplätze auf sie wartete.

Sie ließ sich dann noch zur Deutschen Bibliothek fahren, allerdings nicht, um Bücher auszuleihen, sondern um mit mir zu sprechen. Wie meistens nahm sie nicht auf dem Stuhl gegenüber meinem Schreibtisch, der zugleich als Empfangsschalter diente, Platz, sondern ging beim Reden umher, sah sich den Tisch mit den Neuerwerbungen an, warf kurze Blicke aus dem Fenster und noch kürzere auf mich.

Naturgemäß bestand ihr Anliegen nicht darin, sich mit mir um des Vergnügens willen oder gar aus Interesse an meiner Person zu unterhalten. Man spürte, dass sie kein hochmütiger Mensch war, doch sie behandelte mich gewissermaßen statusgerecht. Ich übte eine Funktion aus, die sie als Bibliotheksnutzerin gelegentlich in Anspruch nahm, aber zugleich wurde ich in ihren Augen die Rolle des Bittstellers nicht los, denn es war das durch ihren Mann vertretene Auswärtige Amt, das zu einem wesentlichen Teil den Unterhalt der Bibliothek – und somit mein Gehalt – bestritt. Ansonsten zählte ich als deutscher Funktionsträger ohne politisch oder wirtschaftlich relevanten Posten eben zu denjenigen, die man zu den größeren, weniger exklusiven Botschaftsempfängen einlud, bei denen so viele Leute zugegen waren, dass sich die Menge wie von selbst nach Stand und Bedeutung gliederte, ohne dass jemand allein in der Ecke stehen musste. Ich finde mich bei diesen Anlässen regelmäßig in Gesellschaft von Lehrern der Deutschen Schule, Vertretern des Goethe-Instituts und Repräsentanten der gemischten niederen Kaste der Kulturschaffenden wieder; im Laufe des Abends stoßen die weniger bekannten, hier lebenden deutschen Dichter und Komponisten dazu, nachdem sie lange genug vergebens versucht haben, bei den besseren Kreisen Anschluss zu finden. Sie wollen einfach nicht wahrhaben, dass Menschen mit Vermögen, selbst wenn sie kulturell interessiert oder beflissen sind, nie den Verdacht loswerden, ein Künstler ohne Erfolg habe es in Wahrheit nicht besser verdient und sei, wenn er sich ihnen nähert, letztlich doch immer nur auf irgendeine Form von Mäzenatentum erpicht.

Die Frau des Botschafters war also nicht in die Bibliothek, deren Leiter und einziger Mitarbeiter ich war, gekommen, um sich an der Konversation mit meiner Wenigkeit zu erfreuen, sie fragte mich schlicht und einfach um Rat in einer Angelegenheit, in der ich ihr schon einmal behilflich gewesen war. Sie wollte wissen, ob ich ihr noch einen Finnischlehrer empfehlen könne.

Meine Frage, ob ihr einer nicht genüge, brachte sie immerhin zum Schmunzeln und entlockte ihr die vermutlich diplomatische Erklärung, als mäßig begabte Schülerin müsse sie die hochgesteckten Ambitionen ihres bisherigen Lehrers leider enttäuschen. Sie wolle ihm diese demotivierende Erfahrung in Zukunft gern ersparen und ihn darum von seiner Pflicht entbinden. Stattdessen suche sie jemanden mit weniger Ehrgeiz und mehr Nachsicht.

Ich hätte ihr ad hoc ein halbes Dutzend Namen nennen können, zögerte jedoch und hätte vor Aufregung fast angefangen zu zittern, als ich plötzlich merkte, dass ich kurz vor einem Vorstoß im eigenen Interesse stand: Um ein Haar hätte ich mich selbst vorgeschlagen.

»Soll es ein finnischer Muttersprachler sein?«, tastete ich mich vor. »Mann oder Frau?«

Das spiele keine Rolle, aber er oder sie müsse das Deutsche gut genug beherrschen, um ihr die grammatikalischen Finessen des Finnischen einleuchtend erklären zu können, meinte Oda.

»Geben Sie mir ein paar Tage Bedenkzeit? Ich werde mich bemühen, den idealen Lehrer für Sie zu finden.«

Sie ging mit einem Dank. Ihre Visitenkarte prangte anschließend noch eine ganze Weile auf meinem Schreibtisch wie ein Gütesiegel, bis ich sie mit spitzen Fingern aufnahm und in die Innentasche meiner Jacke steckte, obgleich ich schon mehrere davon besaß.

Während der restlichen Öffnungszeit kamen keine Besucher mehr, und als ich um sechs von innen abschloss, war mein Alleinsein für den Abend und die Nacht gesichert. Niemand wusste, dass ich seit geraumer Zeit in den Bibliotheksräumen wohnte, und ich war auch darauf bedacht, dass niemand es erfuhr. Es wäre dem Eingeständnis gleichgekommen, obdachlos zu sein.

In der Botschaft vergeudete Oda keine weitere Zeit und machte sich ans Kochen. Mit dem neuen Messer filetierte sie den Fisch, wie es die Zeichnung im Kochbuch zeigte. Zögerlich, mit bis zum Hals pochendem Herzen, setzte sie die Klinge an und fixierte mit der linken Hand das Tier, zählte bis drei, zog entschlossen durch – und tatsächlich, es funktionierte!

Anschließend heizte sie den Backofen vor, schälte Kartoffeln und setzte sie auf, salzte und pfefferte die Filets, hackte die Schalotten, verteilte die Hälfte davon auf dem Boden des Bräters als Bett für den Fisch, streute schließlich die restlichen Zwiebelwürfel darüber und setzte Butterflocken darauf. Sie übergoss alles mit einer Mischung aus Weißwein und Fischfond. Anschließend butterte sie einen Bogen Backpapier und deckte die Portion damit ab.

Als Nächstes erhitzte sie den Bräter auf dem Herd, bis die Flüssigkeit fast kochte, schob den Fisch in den vorgeheizten Ofen, stellte die Eieruhr auf zehn Minuten und machte sich daran, rasch den Salat zuzubereiten. Sie hatte ihn gewaschen gekauft, weshalb es ihr innerhalb der Restgarzeit des Fisches gelang. Das traf sich bestens, denn kaum hatte die Eieruhr geklingelt, kam Robert aus dem Büro, zog angesichts des duftenden, nie zuvor in den eigenen vier Wänden auf dem Teller gesehenen Gerichts anerkennend die Augenbrauen hoch und öffnete ungefragt eine Flasche Wehlener Sonnenuhr.

Eine der guten Stunden zu zweit brach an, in der die besten Momente der gemeinsamen Jahre anklangen, man sah einander an, sprach ohne Furcht und Argwohn, freute sich am Essen und am Wein. Robert berichtete über die Gästeliste für den Empfang zum Tag der Deutschen Einheit, zeigte sich gespannt auf das Erscheinen der Kollegen aus Tunesien und Ägypten, die angesichts der umwälzenden Ereignisse in ihren Ländern gewiss neugierigen Blicken ausgesetzt wären, und erwog, zum Ausklang des Empfangs ein paar Stücke auf der Trompete zu spielen, vorausgesetzt, sein polnischer Kollege begleite ihn auf dem Klavier. Oda redete es ihm nicht aus, was ihn befeuerte, und alles lief darauf hinaus, dass er an diesem Abend an ihre Zimmertüre klopfen würde. Doch dann ließ er sich von ihrem Tag erzählen. Die Rede kam auf Felix, auf den Termin für das jährliche Gespräch mit den Eltern. Robert wurde schlagartig kühl. Der größte Feind der Erotik ist die Erinnerung an Verhängnisse. Robert war bei Felix' Geburt dabei gewesen, war Zeuge der Entkräftung seiner Frau und der darauf folgenden Komplikationen geworden, durch die sein Sohn nicht gesund zur Welt gekommen war. Seitdem fiel es ihm schwer, sie als Geliebte anzuschauen. Nur in den guten Stunden, wenn er vergessen konnte, flackerte ein kleines Flämmchen auf und half, das Eheleben in großen Intervallen aufrechtzuerhalten.

Robert nahm die Hand von Odas Unterarm und lehnte sich zurück.

»Wie war der Fisch?«, fragte Oda.

»Hervorragend. Sagte ich ja schon.«

»Wir müssen uns dafür beim Spender bedanken. Wie wäre es, wenn du ihn auf die Gästeliste für den Empfang setzt?«

»Dazu bräuchten wir seine Adresse. Wir wissen ja nicht mal, wie er heißt.«

»Ich kann ihn fragen.«

»Fragen? Willst du ihm am Steg auflauern und zu dir heranwinken? Der Sicherheitsdienst würde das gar nicht gerne sehen.«

Nun drang in seinem Tonfall die winzige Nuance Hohn durch, die bei Oda sämtliche Flämmchen ausblies. Sie sagte gar nichts mehr, sondern räumte den Tisch ab und setzte sich vor den Fernseher. Irgendwann rief ihr Robert von der Tür aus Gute Nacht zu. Sobald sie sicher sein konnte, dass er schlief, holte sie den Angelkasten und fing an, aus den bunten Ködern ein Mobile für Felix zu basteln. Dabei ließ sie das Aufnahmegerät laufen.

Ein kleiner Fisch, der schwamm im Teich
und dachte sich, ich langweil mich gleich,
ich will in den großen Ozean,

ich hab keine Angst vorm Pelikan,
auch nicht vor Hai und Muräne,
wenn ich in ihre Nähe käme,
schwämme ich einfach davon. Blub blub.

DIE EINLADUNG

Am nächsten Morgen sah Oda gleich beim Öffnen der Jalousie, dass ein neuer Fisch auf dem Steg lag. Sie hielt nach der roten Mütze in einem der Boote Ausschau, aber vergebens. Die Gabe musste im Morgengrauen abgeliefert worden sein, dachte Oda im ersten Moment, doch dann kam ihr der Gedanke, dass sich die Möwen so eine Beute längst vom Präsentierteller geschnappt hätten. Der Spender musste die Bucht also vor Kurzem erst verlassen haben. Fragte sich, in welche Richtung.

Zwei Tage danach lag erneut ein Fisch für zwei Personen auf dem Botschaftssteg, aus der Luft bereits von mehreren Möwen beschrien, zwei weitere Tage später fand Oda statt eines großen Zanders drei kompakte Barsche. Sie sah sich nun tatsächlich veranlasst, dem großzügigen Angler aufzulauern. Passenderweise musste Robert für einige Tage nach Berlin, und sie verbrachte eine Nacht in dem kleinen Pavillon neben dem Steg, der eigentlich als Umkleidekabine diente. Wie sie es erhofft hatte, wurde sie am Morgen vom Geräusch des Bootsmotors geweckt. Sie stürzte aus dem Pavillon und schrie so laut Stopp, dass der Mann im Boot, obwohl schon im Begriff, weiterzufahren, nicht anders konnte, als die Hand vom Gas zu nehmen.

»Please, switch off the motor«, bat Oda am Vorderrand des Stegs. Der Mann saß keine zwei Meter von ihr entfernt in dem schaukelnden Boot. Mit scheuen Bewegungen kam er ihrer Bitte nach, und als der Motor aus war, wirkte es wie eine Erlösung, obwohl bereits Verkehrsrauschen von der großen Brücke herüberdrang.

»Why do you bring us all this fish?«, fragte Oda, weil ihr in der sonderbaren Situation keine passende Höflichkeitsfloskel zum Auftakt einfiel.

Der Mann wirkte enorm verlegen, er wusste gar nicht, wo er hinschauen sollte, er drehte den Kopf nach allen Seiten, als rechne er mit Hilfe aus ungekannter Richtung. Schließlich stand er auf. Neben seinen Gummistiefeln, mitten im Boot, stand ein zur Hälfte mit Wasser gefüllter Eimer, in dem einige Fische schwammen.

»I mean, it's very kind of you«, milderte Oda ab, um den Mann nicht weiter einzuschüchtern. »But why?«

Der Mann schob sich die rote Mütze in den Nacken und rang um Worte. Schließlich sagte er: »Verzeihen Sie, aber wäre es möglich, Deutsch zu sprechen?«

Oda lachte erstaunt. »Sie sprechen Deutsch?«

»Leider nicht so flüssig«, erwiderte der andere, »dafür gern.«

»Wie kommt das? Haben Sie es studiert?«

Nun musste der Mann lachen. »Nein, nein«, sagte er, »nicht studiert. Selbst beigebracht.«

»Oho. Was hat Sie denn dazu bewogen?«

Wieder rückte er die Mütze zurecht und blickte auf der Bucht umher.

»Lange Geschichte. Zu lang.«

»Ich habe Zeit.«

»Ich weiß.«

»Wie bitte?«

»Ich weiß.«

»Ich habe Sie schon verstanden, aber ich frage mich, woher Sie wissen wollen, dass ich Zeit habe.«

»Weil Sie am hellen Tag spazieren gehen im Garten und aufs Wasser schauen.«

Mit diesem Satz hatte der Angler seine Verlegenheit vertrieben. Er stand nun ruhig und fest im Boot und sah Oda an. Seine Kleider waren alt und schmutzig, Kleider, wie man sie zum Angeln anzog und die man auch zum Schuppen der Fische nicht zu wechseln brauchte.

Bei jedem anderen hätte Oda die Bemerkung über ihren Zeitvertreib als Anmaßung empfunden, diesem Mann aber glaubte sie anzusehen, dass ihm für Dreistigkeit die Voraussetzungen fehlten. Als Inbegriff der Arglosigkeit stand er in seinem kippeligen Boot. Vermutlich verbrauchte er sein gesamtes Reservoir an Härte für das Totschlagen seiner Fische.

»Soll ich Ihnen künftig keine Fische mehr bringen?«, fragte er.

Oda hatte auf diese Frage keine klare Antwort parat. »Vielleicht sollten wir eine Absprache treffen«, schlug sie vor, um Zeit zu gewinnen. »Aber wir sind Ihnen jedenfalls dankbar für die Exemplare, die Sie uns bis jetzt gebracht haben. Sie waren sehr gut. Was sind wir Ihnen schuldig?«

»Schuldig?«

»Was sie kosten, meine ich, was wir Ihnen bezahlen sollen.«

»Nein, nein, nicht bezahlen! Es sind Geschenke meinerseits.«

Der Mann sprach beinahe akzentfrei Deutsch, wie einer, der die Sprache viel gehört hat oder sogar dauernd hört, trotzdem schwang ein leicht altertümlicher Ton mit, der von der überdeutlichen Akzentuierung noch bekräftigt wurde.

»Darf ich mich dann wenigstens revanchieren?«, fragte

Oda und glaubte dem anderen anzusehen, wie er bei sich die Bedeutung des Wortes »revanchieren« auslotete. Bevor er antworten konnte, lud sie ihn kurzerhand zum Empfang am 3. Oktober ein. Er brauchte beide Hände, um das Ansinnen abzuwehren, was Oda amüsierte. »Ich bestehe darauf«, erklärte sie.

»Heißt das, dass ich kommen muss?«

»Genau das heißt es.«

»Dann bestehe ich aus einem Fisch.«

»Auf einem.«

»Verzeihung?«

»Sie bestehen *auf* einem Fisch, wollten Sie sagen. Meinen Sie, Sie bestehen darauf, einen mitzubringen?«

»Ja, genau!«

»Nicht direkt zum Empfang, würde ich vorschlagen, vielleicht lieber am Tag danach. Einverstanden?«

Und dann erklärte sie ihm, wie er ihrer Einladung nachkommen müsste, dass er mit dem Boot am Steg anlegen solle, damit sie ihn dort abholen könne, weil der Zutritt durch den bewachten Vordereingang nur Leuten gewährt wurde, die schriftlich eingeladen worden waren, sich fristgerecht angemeldet hatten und darum auf der Gästeliste standen. Für diese Prozedur war es für den Mann mit der roten Mütze zu spät.

Zur abschließenden Bestätigung nickte er und bedankte sich mehrmals mit einem Pluralfehler, der auf eine Art anfängerhaft klang, dass er aus seinem sonst so kultivierten Deutsch geradezu grotesk herausstach: »Viele Danke!« Dann startete er den Außenborder und nahm wieder auf der hinteren Ducht Platz, stand aber sofort erneut auf, um über den Motorenlärm hinweg Oda etwas zuzurufen: »Ihre Frage. Warum die Fische. Meine Antwort: Wer nicht angeln kann, braucht einen, der es für ihn tut. So wie einer, der nicht laufen kann, einen braucht, der ihn im Räderstuhl schiebt.«

Das Aluminiumboot legte ab, beschleunigte schnell, nahm Kurs auf die Insel mitten in der Bucht, fuhr in einem Bogen um sie herum und verschwand aus Odas Blickfeld. Offenbar genügte dem Fischer der bisherige Fang nicht, und es zog ihn in weitere Jagdgründe.

Im Pavillon raffte Oda ihr Bettzeug zusammen und ging ins Haus. Es war noch früh, ein Zusammentreffen mit Botschaftsangestellten kaum zu befürchten. Sie winkte nur einmal kurz in die Überwachungskamera, bevor sie das Haus betrat.

Nach einem schnellen Frühstück bezog sie Posten am Panoramafenster, um die Rückkehr des Fischers nicht zu versäumen. Anderthalb Stunden später sah sie ihn hinter der Insel hervorkommen. Er hielt zunächst direkt auf die Botschaft zu, zog dann aber leicht nach Nordosten, ohne das Tempo zu verringern. Das konnte nur bedeuten, dass er unter der Straßenbrücke, die außerhalb von Odas Blickfeld lag, hindurch in die nächste und hinterste Meeresbucht fuhr. Irgendwo dort musste er wohnen, oder aber er hatte dort nur einen Liegeplatz für sein Boot gemietet. Oda beschloss, es herauszufinden. Nach seinem Namen, fiel ihr ein, hatte sie ihn auch nicht gefragt.

DIE FRAU DES BOTSCHAFTERS

Die Botschaft hat zwei Gesichter. Zur Straße und zu beiden Seiten fasst ein hoher Zaun aus weißen, oben zugespitzten Metallstreben das Gelände ein, Sprechanlage und Überwachungskameras sorgen am Eingang für Sicherheit; wer in einer Konsulatsangelegenheit vorstellig wird, muss sich von einem Wachmann, der zuvor den Ausweis kontrolliert, über den Hof zum Eingang führen lassen. All das erweckt den Eindruck eines Hochsicherheitstrakts.

Auf der Rückseite des Gebäudes merkt man davon nichts, denn dort breitet sich der zum Meer hin abschüssige Park aus, und wenn man durch die Panoramafenster der Botschafterwohnung aufs Wasser blickt, sieht man nicht einmal aus den Augenwinkeln etwas vom hohen Zaun. Hier herrscht Ruhe, denn außer dem Gärtner und dem Hausmeister betritt normalerweise niemand den Park.

An den Tagen, an denen ihr Mann auf Reisen war, dehnte sich in den Privatgemächern der Botschaft die Stille rings um Oda ungeheuer. In den Büros saßen die Angestellten an ihren Computern, im Konsulat wurden Passangelegenheiten abgewickelt; von alldem hörte und sah Oda nichts, wenn sie sich nicht dorthin begab, wo sich das gebändigte Leben in den Büros ereignete. Doch sie ging nicht hin, denn was sollte sie dort? Im Amtsbezirk des verschachtelt angelegten Gebäudekomplexes gab es für sie nichts zu tun, Aufgaben wuchsen ihr ausschließlich an der Seite ihres Mannes zu, wenn es galt, ihm beim Repräsentieren zur Seite zu stehen – was wörtlich zu nehmen ist. Neben ihm stehen war ihr Job. Ihre Herausforderung aber bestand darin, ihren Tag sinnvoll zu gliedern.

Der Morgen bereitete noch kein Problem; aufstehen, Morgentoilette, Frühstück, die Zeitungen, dann aber hatte er Termine und sie nicht. Die Stunden bis zum Mittagessen konnten lang werden ohne Anforderung, und wenn ihr Mann dann nicht herüberkam, weil er in der Stadt verpflichtet oder eben auf Reisen war, drohte sie das Übermaß an träge wabernder Zeitmasse schier zu ersticken. Erst recht, weil am frühen Nachmittag keine Schulkinder zu erwarten waren, die Freude und Ärger ins Haus brachten, Geschichten aus der Schule, mürrische Münder und fröhliche Pläne, rollende Augen und pubertären Missmut, maßlose Forderungen und Kinderküsse. Unreflektierte, natürliche Präsenz. Bleistiftkauende, tastaturhackende, über Hausaufgaben stöhnende, am Handy quatschende, Klavier übende, Soaps glotzende, Kühlschranktür aufreißende Anwesenheit.

Oda kannte Diplomatenfrauen, die ihre Aufgabe darin sahen, ihre Kinder in jeder nur denkbaren Hinsicht zu coachen, ihnen zu Erfolgen beim Sport, beim Musizieren und natürlich in der Schule zu verhelfen, die Ehefrauen der deutschen Attachés und des Verwaltungsleiters engagierten sich als Elternsprecher an der Deutschen Schule und waren stets zur Stelle, wenn es dort etwas zu beraten oder zu organisieren gab, sie gebärdeten sich, als wären sie neben Lehrern und Schülern Teil des Betriebs. Oda hatte es bei der Abiturfeier beobachtet, bei der Robert die Festrede gehalten und, wie vorauszusehen, hauptsächlich die Wörter »Weg« und »Zukunft« bemüht hatte. Das Umherwuseln der eifrigen Diplomatenmütter auf dem Schulgelände hatte Zugehörigkeit ausgedrückt, oder zumindest den Wunsch danach. Die Sehnsucht nach der sinnvollen Funktion.

Andererseits waren sich Diplomatenfamilien in der Regel durchaus selbst genug. Vater, Mutter, Kinder (immer zwei, aus irgendwelchen Gründen waren es immer zwei und immer Junge und Mädchen, bildete sich Oda ein) formierten eine geschlossene Einheit, ein Familienteam, das alle drei, vier Jahre das Land wechselte, ohne sich im inneren Zusammenhang zu verändern. Die Abläufe innerhalb der Formation blieben identisch, ganz gleich, ob der Standort Peking oder Paris hieß. Vermutlich setzten sie mit der inneren Stabilität dem ständigen äußeren Wechsel etwas entgegen. Daran änderte sich erst etwas, wenn die Kinder groß wurden, eigene Entscheidungen trafen, ein selbstständiges Leben ins Auge fassten und sich einen Studienort aussuchten (denn sie nahmen alle ein Studium auf; Diplomatenkinder machten keine Lehre als Kfz-Mechaniker). Dann verlagerte sich ihre Anwesenheit ins Gespräch. Todsicher wurde bei den Veranstaltungen im diplomatischen Kreis, bei Nationalfeiertagsempfängen wie bei den inoffiziellen Cocktailpartys, aber zum Beispiel auch beim alljährlichen gemeinsamen Wintersporttag über die erfolgreichen Studien des Nachwuchses in London, Paris, Boston, Berlin parliert, und stets waren es die Frauen, die das Thema anschnitten und dann nicht so schnell davon abließen. Oda staunte, wie genau diese Mütter über das Leben ihres Nachwuchses Bescheid wussten, bis hin zu Stundenplan und Prüfungsordnung, sie fand es, wenn sie sich für einen Moment in die Kinder hineinversetzte, geradezu beklemmend und monströs. Aber natürlich beneidete sie die anderen Frauen auch, der Neid blieb einfach nie aus, wenn es um Kinder ging, sosehr sie sich dafür schämte, anschließend oft auch im Gram verbiss, weil sie sich vorwarf, mit ihrem Neid auf die sich erfolgreich entwickelnden Zöglinge der anderen ihrem eigenen Sohn minderen Wert beizumessen. Dann ließ sie keine Gnade mit sich walten, zumal der Umkehrschluss die Richtigkeit der Gleichung bewies: Keine der anderen Frauen beneidete Oda um Felix.

Die Frage, ob es einer erwachsenen Frau mit höherer Schulbildung genügend Befriedigung verschaffte, ihrem Mann den Rücken freizuhalten, die Familie auf ihrer Tournee durch die Welt zusammenzuhalten und die Kinder zu Höchstleistungen zu trimmen, stellte Oda inzwischen nicht einmal mehr, wenn man im Rahmen des Damenprogramms bei Kaffee und Kuchen zusammensaß. Anfangs hatte sie es gelegentlich gewagt, jedoch nie eine stichhaltige Antwort erhalten, sondern nur Unverständnis geerntet oder gar Unmut hervorgerufen. Für manche war es wohl ein heikles Thema, das wunde Punkte barg, andere hingegen schienen nicht einmal annähernd zu verstehen, was Oda überhaupt meinte. Diese Frauen füllten ihre Rolle ohne Reibungsverluste aus, sie liefen dabei auf Hochtouren, und ihr Treibstoff war der Stolz.

Oda musste ohne Stolz auskommen, Robert mit einer verminderten Portion. Nicht dass ein Leben ohne Stolz kein vollwertiges wäre, doch das Rückgrat stärkte er allemal, wusste Oda.

Auf ein Kind, das sich nicht gut entwickelt, das nie Erfolg haben, nie Spektakuläres leisten wird, kann man nicht stolz sein. Es geht einfach nicht. Wenn man so ein Kind hat, muss man lernen, ohne Stolz zu leben.

Robert fiel das schwer. Er litt darunter, kein strahlender Vater sein zu dürfen, obwohl er einen Sohn gezeugt hatte.

Als ihm nach der Geburt die Diagnose über die Schädigung von Felix' Gehirn vorgelegt worden war, hatte Robert das nicht einfach hinnehmen wollen und eine Klage gegen die Klinik wegen ärztlicher Kunstfehler erwogen. Er war Jurist, er hatte Beziehungen, es fiel ihm leicht, einen geeigneten Anwalt für einen solchen Fall zu finden, er setzte die Maschinerie in Gang, obwohl Oda ihn anflehte, es nicht zu tun. Die Wucht der Enttäuschung trieb ihn an, und er ließ sich erst aufhalten, als der auf einschlägige Fälle spezialisierte Anwalt nach Akteneinsicht von einem Prozess abriet, weil er ihn für aussichtslos hielt. Alles spreche in diesem Fall dafür, dass Ärzte und Hebamme das Menschenmögliche getan hätten. Wenn die Gebärende die Kraft verlasse, das Kind deswegen im Geburtskanal stecken bleibe und einer Sauerstoffinsuffizienz unterliege, könne man das dem Klinikpersonal in den allermeisten Fällen nicht zum Vorwurf machen, zumal wenn es umgehend sämtliche zur Verfügung stehenden Maßnahmen eingeleitet habe.

Seine Frau war also schuld. Das ließ sich mit einer Klage nicht beheben. Sie brauchte Trost. Doch den konnte er ihr nicht geben, weil er selbst welchen brauchte. Trauer ist nicht teilbar, auch dann nicht, wenn man sie als Paar erfährt.

Ein kleiner Grund zum Stolz fiel für Robert immerhin ab, als man ihn zum Botschafter ernannte. Allerdings erwies sich das als zweischneidige Sache, denn er wurde nicht an einen Ort der Welt entsandt, an dem herausragendes diplomatisches Geschick gefordert war und er sich mannigfach beweisen konnte. Innerhalb der EU waren die Spielräume für Diplomaten begrenzt, zumal in einem unauffälligen Musterstaat wie Finnland. Für einen Botschafter gibt es nur einen Weg, sich in den Augen seines Ministers auszuzeichnen: durch Berichte relevanten Inhalts. Dafür muss im Land etwas passieren, es muss prekäre Konstellationen und heikle Interessenkonflikte geben. Die können differenziert beschrieben werden, und dann kann man der Schilderung Lösungsansätze folgen lassen, man kann Maßnahmen skizzieren, und sei es nur der Vorschlag, im betreffenden Land eine bilaterale Handelskammer oder eine Deutsche Schule zu gründen oder eine Zweigstelle des Goethe-Instituts einzurichten.

All diese Institutionen gab es in Helsinki bereits, Probleme gab es keine. Für Robert hieß das: Er war Botschafter, also befördert und aufgewertet, dabei aber für den Minister quasi unsichtbar geworden. Überdies waren seine Gestaltungsspielräume eng. Man erhob ihn zur Exzellenz – und degradierte ihn zum Netzwerker. Denn Diplomatie ist heutzutage nicht viel mehr als ein Bestandteil des *Networking* im Rahmen der internationalen Wirtschaftsbeziehungen. Robert sah es selbst nicht anders. »Ich bin nur Lobbyist«, stieß er seiner Frau gegenüber einmal bitter aus, »aber einer mit bescheidenem Gehalt und ohne Aussicht auf Erfolgsprämien.«

Immerhin machte die Residenz in Uferlage etwas her und tröstete ihn zeitweise über seine Bedeutungslosigkeit hinweg. Außerdem bestand die Aussicht, nach einigen Jahren auf einen attraktiveren Posten versetzt zu werden, denn Botschafter dürfen nie lange an einem Ort bleiben, damit sie nicht lernen, das Land, in dem sie stationiert sind, zu gut zu verstehen. Schließlich sollen sie die Interessen Deutschlands vertreten oder, wie es offiziell heißt, *für deutsche Positionen werben und diese erläutern.*

Kurzum. Robert gab sich Mühe, das Beste aus seinem Posten zu machen, was dazu führte, dass er sich als Exzellenz bisweilen einen Hauch zu aristokratisch gab. Vielleicht versuchte er dadurch auch, seine Herkunft aus sogenannten einfachen Verhältnissen zu kompensieren. Seltsamerweise gingen ihm, seit er den Posten hatte, die Haare aus, als gehöre das zur Dienstkleidung eines Botschafters, als dürfe man in dem Amt, um sich genug Respekt zu sichern, nicht allzu jung wirken und als gelte es, sich von dem, der man vorher war, zu unterscheiden. Diplomaten neigen dazu, Schlussstriche unter ihre Vergangenheit zu ziehen. Sie sagen von sich zum Beispiel »Ich bin Jurist« und gehen über diese biografische Grenze nicht hinaus. Was davor war, interessiert nicht mehr, man könnte meinen, sie befürchteten, die Banalität ihrer Lebensgeschichte könnte ihre Aura als Exzellenz beschädigen.

Aus diesem Grund, aber natürlich auch wegen ihres unsteten Lebens, haben Diplomaten keine alten Freunde. Stattdessen sind sie mit ihren Amtskollegen befreundet, und zwar a priori, schon bevor sie diese näher kennenlernen. Sie bilden gemeinsam die Kaste der exterritorialen Personen, ihr Diplomatenenglisch dient ihnen als Sprache der Verbrüderung, sie reden sich mit *you* und Vornamen an und haben dabei vielleicht das Gefühl, sich gleichzeitig zu duzen und zu siezen, sie ergreifen die Gattinnen der Kollegen beherzt an beiden Oberarmen und bedenken sie mit Wangenküssen, und sie verzichten darauf, sich gegenseitig nach der Herkunft zu fragen. Der einende Korpsgeist steht über der Auffächerung individueller Lebensläufe.

Für Oda aber hatte die Frage nach der Herkunft und all dem, was vorher war, keineswegs an Bedeutung verloren. Darüber sprachen wir bei ihrem zweiten Besuch in der Bibliothek, nicht lange nach ihrer Ankunft in der Stadt. Sie hatte einen Stoß Bücher zur Ausleihe auf den Tisch gelegt und sich diskret erkundigt, was mich denn in diese Stadt, in dieses Land verschlagen habe und woher ich ursprünglich stammte.

Wo kommst du her, warum bist du hier – diese Fragen stehen immer am Anfang, wenn sich Emigranten im Ausland treffen. Oda beantwortete meine Gegenfrage nach ihrer Herkunft allerdings ungewöhnlich. Normalerweise nannte man einen Ort und, falls es sich nicht um eine allgemein bekannte Stadt handelte, die Gegend, in der er lag. Sie aber sagte, die Frage *Wo kommst du her?* klinge in ihren Ohren mittlerweile so: *Wo bist du nicht mehr?* »Man wird zum Exterritorialmenschen«, sagte sie. Von ihr habe ich das Wort, und wenn ich mich nachts im Hinterzimmer der Bibliothek auf meinem Matratzenlager ausstreckte und daran dachte, dass ich nach dem letzten Kunden am Nachmittag mit niemandem mehr gesprochen hatte, entdeckte ich ein Gefühl in mir, auf das Odas Wortschöpfung perfekt zu passen schien.

WEGWEISENDE WAHLEN

Anfangs kostete es mich Mühe, konzentriert bei der Sache zu bleiben, wenn Oda mit mir sprach, denn einen beträchtlichen Teil meiner Energie musste ich dafür aufwenden, meine Fassungslosigkeit zu kaschieren.

Jedes Mal, wenn ein neuer Botschafter aus Deutschland in die Stadt kommt, lade ich ihn ein, in der Bibliothek einen Vortrag zu halten. Bis jetzt hat noch jeder die Gelegenheit ergriffen, auch Robert. Er sprach über *Perspektiven einer innovativen auswärtigen Kulturpolitik* und ließ dabei durchblicken, dass er eine hundertdreißig Jahre alte Bibliothek nicht für innovativ, sondern für eine angestaubte Institution hielt, was nicht gerade höflich zu nennen und vermutlich der Versuch war, gleich zu Beginn klarzustellen, wer hier von wem abhängig war. Mich konnte er damit nicht beunruhigen, denn ich war Demütigungen dieser Art gewohnt, außerdem befand ich mich seit dem Moment, in dem seine Frau durch die Tür getreten war, in einem schwer zu beschreibenden Ausnahmezustand.

Ich hatte sie sofort erkannt, auf Anhieb fiel mir auch ihr Name ein, und ich wusste genau, wann ich sie ein einziges Mal zuvor gesehen hatte: am 25. Januar 1987 in Bonn.

Ein Vierteljahr zuvor war ich zum Studieren in die Stadt gekommen, ich kannte kaum jemanden, doch ein einheimischer Kommilitone, der mit mir im spärlich besuchten Freitagnachmittagsseminar über das Drama des 18. Jahrhunderts saß, nahm mich an jenem Tag zu einer Wahlparty mit. Es war die letzte Bundestagswahl vor der deutschen Wiedervereinigung, was wir damals freilich noch nicht wissen konnten. Das Wort *Wiedervereinigung* gehörte nicht einmal zu unserem Wortschatz, und wenn ich an Berlin dachte, sah ich eine Enklave vor mir, in der ich niemals leben wollte, weil man von dort aus keinen freien Zugang zu offener Landschaft hatte.

Ich rechnete mit einer Flaschenbierfete in einer WG, doch dann stellten wir unsere Fahrräder vor einer Villa in Bad Godesberg ab. Dort waren junge Menschen aus gutem Hause versammelt, man sah es sofort an den Kleidern und an der Körpersprache, an ihrer ganzen Art, sich im Leben aufzuhalten.

Eigentlich gehörte ich dort nicht hin, doch in dem Wohnsaal mit Glasfront zu einem parkartigen Garten hin drängten sich hübsche Frauen in einer Dichte, dass ich nicht gleich wieder gehen mochte. Man konnte ja nie wissen. Vielleicht kam die eine oder andere auch aus *einfachen Verhältnissen* und war bloß im Gefolge einer Freundin hier gelandet. Tatsächlich erspähte ich bald eine, die sich nicht ständig so bewegte, als agiere sie vor Publikum. Die Außenseiterin musste sie dennoch nicht spielen, sie war bestens integriert und stand nur hin und wieder allein da, weil sie sich aus eigenem Entschluss von einer Gruppe löste, um die Bilder an der Wand zu betrachten oder sich ein Glas Wein zu holen.

Wie die meisten anderen bezog sie kurz vor der ersten Hochrechnung vor dem Fernseher Position, ich konnte gut beobachten, wie sie interessiert auf den Bildschirm blickte und dann, sobald die Grafik eingeblendet war und die vorläufigen Ergebnisse für die einzelnen Parteien der Größe nach aufgesagt wurden, nicht wie die anderen reagierte.

Bestürzt musste ich nämlich mit ansehen, wie mehrere

Dutzend Menschen meines Alters die Arme hochrissen und Jubelschreie ausstießen, weil die ersten Hochrechnungen einen Stimmenanteil von über 9 Prozent für die FDP prognostizierten.

Es überstieg mein Verständnis, dass man als Zwanzig-, Fünfundzwanzigjähriger diese für meine damaligen Begriffe durch und durch opportunistische Partei, deren Gesinnung sich auf die Besitzstandssicherung der Wohlhabenden beschränkte, wählen konnte.

Es war erst meine zweite Bundestagswahl, und wie beim ersten Mal hatte ich grün gewählt. Vier Jahre zuvor hatte ich in meiner Heimat mit Freunden vor dem Fernseher gefiebert, bis endlich feststand, dass die Partei, die unsere Vision für eine bessere Welt zu vertreten schien und an die wir echte Hoffnung knüpften, knapp die Fünfprozenthürde übersprungen hatte. Nun gelang es ihr, mit mehr als 8 Prozentpunkten das Ergebnis zu verbessern.

Insofern war ich guter Laune, wenn nicht die sogenannten Liberalen einen Prozentpunkt mehr geholt hätten.

Die Frau, die ich im Blick hatte, nahm das Resultat mit einem expertenartigen Stirnrunzeln, zugleich aber mit erkennbarer Unzufriedenheit zur Kenntnis. Womöglich hatte sie Johannes Rau gewählt und ärgerte sich über die Stimmeneinbußen der SPD. Zwar hatte die Union noch mehr verloren, trotzdem sah man sofort, dass es mit Schwarz-Gelb und Kohl als Kanzler weitergehen würde. Durchaus gute Gründe für abwärtsweisende Mundwinkel, fand ich.

Da hörte ich jemanden rufen: »Mensch, Oda, mach nicht so ein Gesicht!« Im nächsten Moment wurde sie von aufgekratzten Jungliberalen umringt und aufgezogen. Aber das nahm ich kaum noch wahr, weil ihr Name eine so starke Wirkung auf mich ausübte. Erstaunlich, dass jemand so hieß. Nie zuvor hatte ich diesen Namen gehört, die Eltern dieser Frau hatten sich Gedanken gemacht und für ihre Tochter eine ausgefallene Wahl getroffen, wie um sie von der Taufe an zu adeln.

Ich wusste nicht einmal, ob mir der Name gefiel, aber ich rätselte über seine Herkunft und Bedeutung. Er kam mir irgendwie germanisch vor, was ich nicht unbedingt sympathisch fand, außerdem kannte ich mich mit Odin und Konsorten so gut wie gar nicht aus. Wie auch immer, meine Neugier war entfacht, so sehr, dass ich mich entschloss, eine Expedition ins Weltall zu starten, mit dem kühnen Plan, eventuell nach den Sternen zu greifen: Ich wollte sie ansprechen, obwohl sie mir noch kein einziges Mal zugelächelt, sondern nur hin und wieder mit dem Blick mein Gesicht gestreift hatte. Sogleich leitete ich innerlich meinen persönlichen Countdown ein: *Ground control to Major Tom, take your protein pills und put your helmet on (Ten), ground control (Nine) to Major Tom (Eight, Seven, Six), commencing countdown (Five), engines on (Four, Three, Two), check ignition (One) and may God's (Blastoff) love be with you …*

Doch dann kam Thor.

Ein großer Mann mit sichtlich schweren Armen, eindeutig älter als die anderen Gäste, mit schulterlangen blonden Haaren, Ohrring, Cowboystiefeln, baute sich vor Oda auf, schraubte neben ihrem Gesicht die rechte Pranke an die Wand und blockierte dadurch mit dem Arm das Sichtfeld zwischen mir und ihr.

Es konnte nicht lange dauern, bis sie ihn abfahren ließ, dachte ich trotzig. Doch es geschah das Gegenteil. Das Gespräch der beiden wollte kein Ende nehmen, Thor konnte alsbald die Blockade aufheben und den Arm von der Wand nehmen, weil er sah, dass er der Braut den Fluchtweg gar nicht abschneiden musste. Sie unterhielt sich vollkommen freiwillig mit ihm. Wahrscheinlich, weil er als Einziger außer mir nicht die FDP gewählt hat, redete ich mir ein.

Keine Stunde später brach sie auf – in Thors Gefolge. Vielleicht hatte er eine Besichtigung seiner Hammerkollektion in Aussicht gestellt.

Sechs Bundestagswahlen haben seitdem stattgefunden, zu einer Wahlparty wurde ich nicht mehr eingeladen, Oda geriet in Vergessenheit. Als sie gut dreiundzwanzig Jahre später eintausendsiebenhundert Kilometer nördlich von Bonn zur Tür herein- und auf mich zukam, staunte ich über diesen Hakenschlag des Lebens. Hätte ich nicht einige Sekunden zu spät den Start eingeleitet, wäre es mir damals vielleicht gelungen, mich in Odas Umlaufbahn zu katapultieren, und mit etwas Glück hätte sie mich nicht gleich wieder ins schwarze Universum zurückgeschleudert, denn die Ausgangssituation war gar nicht schlecht in jenem für uns beide fremden Wohnzimmer in Bad Godesberg, als Aliens unter jungen Liberalen. Damals mochte die Schnittmenge unserer Lebensweisen und Hoffnungshorizonte groß genug gewesen sein, um Sympathie und Annäherung nicht von vornherein auszuschließen. Dreiundzwanzig Jahre später standen wir uns mit ganz und gar unterschiedlich gelebten Leben in den Knochen gegenüber, und die Schnittmenge unserer Gemeinsamkeiten beschränkte sich auf die Fläche der Bibliothek, in der wir uns befanden, und auf die Rede des Botschafters, die wir teils gewollt, teils ungewollt über uns ergehen ließen. Zwar hielten wir uns beide außerhalb der Heimat in einem fremden Land auf, doch während sie hier nach gezieltem Flug gelandet war, fühlte ich mich seit geraumer Zeit bloß noch gestrandet, seit dem Tag nämlich, an dem ich Haus- und Autoschlüssel auf dem Küchentisch hinterlegt hatte und ins Hinterzimmer der Bibliothek gezogen war, um vorübergehend dort zu kampieren – und ohne zu ahnen, dass die Macht der Gewohnheit daraus einen Dauerzustand machen würde.

Zwar kritzelt die Zeit unbeirrbar in den Gesichtern der Menschen herum, doch sie vermag sie weder vollkommen zu maskieren noch zu entstellen. Die Chance zur Erinnerung bleibt gewahrt, und wenn man die andere Person nach vielen Jahren tatsächlich wiedererkennt, wird man von der Zeit belohnt; sie beschenkt einen im selben Augenblick noch mit der gesamten Atmosphäre der letzten Begegnung.

So sah ich also Oda vor mir stehen und dachte sogleich eifersüchtig an Thor. Mir schien es beinahe unvermeidlich, sie zu fragen, ob zwischen ihnen *etwas gewesen* sei. In gespenstischer Intensität erfüllte mich das Gefühl nach meinem gescheiterten Flugversuch am 25. Januar 1987 in Bonn – sie aber erkannte mich nicht einmal wieder. Als man nach dem Vortrag ihres Mannes bei einem Glas Wein zusammenstand, sah ich genau, dass sie mit mir wie mit einem sprach, den sie noch nie gesehen hatte. Ihre Augen mögen damals mein Gesicht gestreift haben wie das aller anderen Partybesucher auch, doch haben sie es nicht behalten, da es keine Bedeutung für sie hatte.

EIN NEUER GAST

Da eine Wohnung mit Blick aufs Meer von vielen Menschen als größtmögliche Gunst des Schicksals eingestuft wird, enthielten sich Erstbesucher der deutschen Vertretung in Helsinki nie des überschwänglichen Lobs über Lage und Aussicht der Residenz, was dem Botschafter die Gelegenheit zu ausladenden Gesten der Genugtuung bot. »Irgendwann«, sagte er, »wurde mir klar, dass die meisten Hauptstädte der Welt am Meer liegen. Und in dem Moment war die Entscheidung für die diplomatische Laufbahn unumstößlich getroffen.«

Ich stand in der Nähe und hörte jedes Wort. Seiner Frau glaubte ich anzusehen, dass sie nur mit größter Anstrengung ein Verdrehen der Augen verhinderte und innerlich auf die Schnelle Washington, London, Paris, Moskau, Wien, Zürich, Belgrad, Budapest, Brüssel, Madrid, Warschau, Bangkok, Peking aufzählte.

Wie immer herrschte am 3. Oktober schönes Wetter. Seit es den Tag der Deutschen Einheit gab, wurde ich zu dem Datum in die Botschaft eingeladen, und immer war das Wetter schön; man fragte sich, ob meteorologisch-zeremonielle Gründe den Ausschlag gaben, als man sich 1990 für den 3. Oktober und gegen den 9. November entschieden hatte, und nicht nur der Unwille, bei den Empfängen immer eine zumindest teilbetroffene Miene zur Schau tragen zu müssen, wegen der Pogromnacht und weil man aufpassen musste, dass man das tückische Wort nicht auch noch falsch aussprach, mit einem »r« nach dem »P«.

Den eigentlichen Anlass für den Exkurs ihres Mannes über diplomatische Vertretungen in Meeresnähe und sein lebenslanges Faible für das nasse Element bot diesmal nicht die Aussicht, sondern ein Kunstwerk, das er jüngst erworben hatte und nun anlässlich des Empfangs in der Halle des Botschaftsgebäudes präsentierte. Er gefiel sich in der Rolle des Mäzens, obwohl er nichts anderes getan hatte, als auf Amtskosten ein Bild zu kaufen. Es lehnte an der Wand, versehen mit einem Waschzettel, der den Namen des Künstlers – Juho Karjalainen – und den Titel des Werks nannte, ergänzt um den Zusatz: »Neuanschaffung der Deutschen Botschaft Helsinki«. Die großformatige Grafik zeigte einen nackten, kahlköpfigen Mann, der ein ans Ufer gezogenes Boot betrachtete. Es war ein großartiges, elementares Bild; wenn man eine Weile darauf schaute, erkannte man plötzlich, was das Boot über den Menschen verriet. Es stellte die Summe seiner Fähigkeiten unter Beweis, denn es erfordert eine Menge Kenntnisse und Geschick, aus Holz ein Boot zu bauen, das zuverlässig seinen Zweck erfüllt. Durch seine Nacktheit vor unspezifischer Meereskulisse erinnerte der Mann auf dem Bild an eine Art Urmensch, und unwillkürlich dachte man, dass es seit Anbeginn der Menschheitsgeschichte Boote gegeben haben musste. Die Grafik löste durch ihre kunstvolle, archaische Schlichtheit noch jede Menge weiterer Gedanken in mir aus, und dabei merkte ich, wie der Botschafter, der mit einer Mischung aus aristokratischem Gebaren und Leutseligkeit von einem Stehtisch zum anderen schritt, um allen Gästen das Gefühl zu geben, willkommen und tatsächlich persönlich eingeladen zu sein, in meinen Augen an Ansehen gewann. Wer so ein

Bild kaufte, konnte kein Ignorant sein, dachte ich und genierte mich ein wenig, denn auf die Idee hätte ich früher kommen müssen, schließlich war nicht vorstellbar, dass eine Frau wie Oda sich mit einer oberflächlichen Person zusammengetan hätte.

Kaum ging ich dazu über, meine Meinung zum Herrn Botschafter zu revidieren, sorgte er dafür, dass ich es gleich wieder bleiben ließ. Seine joviale Runde führte ihn naturgemäß auch zu dem Tisch, an dem ich inzwischen zu stehen gekommen war, zusammen mit dem Deutschlektor der Universität, einer Musiklehrerin der Deutschen Schule und einer Halbtagskraft des Goethe-Instituts. Er begrüßte uns, jedoch kollektiv, und hielt sich nicht zum Small Talk auf. Seit seinem Auftritt in der Bibliothek wusste er natürlich, wer ich war, doch wechselte er freiwillig kein Wort mit mir. Er mochte sich dessen nicht einmal bewusst sein, aber er verachtete mich, weil mein Gehalt mit Subventionsmitteln bezahlt wurde, die unter Haushaltsvorbehalt standen. Mein Lohn hing vom *Goodwill* der Budgetmacher in Berlin ab und legitimierte sich nicht durch die erbrachte Leistung selbst. Ich konnte jederzeit den Arbeitsplatz verlieren, sobald der Staat keinen kulturpolitischen Sinn mehr darin erkannte, eine deutsche Bibliothek in einem europäischen Randstaat zu finanzieren, insofern war ich von der Fürsprache des Vertreters Deutschlands in diesem Land abhängig; sobald Robert in Berlin sagte, die Bibliothek stelle nur noch ein Relikt überkommener auswärtiger Kulturpolitik dar, würden die Zuwendungen gestrichen, und ich stünde auf der Straße. Die wenigsten achten den Menschen, der von ihnen abhängig ist. Überdies glaubte der Botschafter zu wissen, dass ich ihm bei seiner Aufgabe als Netzwerker im Dienste Deutschlands in keiner

Weise behilflich sein und er mich daher spielend übergehen konnte.

Darin täuschte er sich allerdings. Er unterschätzte meine Position – zwar nicht in hierarchischer, doch in psychologisch-strategischer Hinsicht. Ich saß Tag für Tag am selben Tisch, rührte mich kaum von der Stelle, doch kamen täglich Menschen zu mir, betraten den Raum, in dem ich saß, und trugen ihre Welt zu mir herein. Ich kannte sie fast alle, die Landsleute, die es in diese Stadt verschlagen hatte, mit mehr oder weniger Heimweh, Frauen zumeist, denn sie lasen die Bücher, während ihre Männer wichtige Posten bei den hiesigen Niederlassungen deutscher Unternehmen bekleideten und so beschäftigt waren, dass sie zum Lesen gar nicht kamen; Frauen mit melancholischem Zug um den Mund. Nur selten war eine mit ungefilterter Fröhlichkeit darunter – Oda gehörte nicht dazu.

Viele von ihnen erblickte ich beim Empfang zum Tag der Deutschen Einheit in der Menge, einige stellten mich sogar ihren Männern vor, andere beschränkten sich auf einen kurzen Gruß, um nicht das Misstrauen ihrer Begleiter zu wecken, die es nicht mochten, wenn ihre Frauen mit einem wie mir zuerst über Literatur und dann über die Einsamkeit der Gattin beim Karrieresprung des Mannes redeten.

Es wurden Häppchen deutscher Art gereicht, kleine Bratwürstchen zum Beispiel, die von Serviererinnen auf Tabletts durch die Gästeschar getragen wurden, man pickte sich eines mit dem Zahnstocher heraus, tunkte es in Senf, steckte es am Stück in den Mund, damit die Serviererin nicht zu lange warten musste, legte das Hölzchen ab und geduldete sich zwangsläufig, bis die nächste Frau in weißer Bluse mit anderen Happen vorbeikam. Dazu gab es Weißwein aus Rheinhessen, durchaus trinkbar, ziemlich gut sogar, und einen Rotwein, dessen Etikett ich nicht erkennen konnte.

Man musste kein Insider sein, um nach wenigen Minuten wahrzunehmen, was für Gruppierungen sich wie von selbst gebildet hatten. In der Randzone, wo auch ich mich befand, stand das Volk der Unwesentlichen herum und trank schneller, als nachgeschenkt werden konnte, etwas weiter zum Zentrum hin erfasste das Auge ältere Männer in schlecht sitzenden Anzügen neben gleichaltrigen Damen in Kostümen, das war die Fraktion der Professoren, dort hielt kaum einer das Glas am Stiel; das Epizentrum des Empfangs aber bildeten die Vertreter der freien Wirtschaft. Man sah dort zumeist gut sitzende, teils wohl auch maßgeschneiderte Anzüge, man sah Gesichter, die man aus der Presse kannte, man hörte Sforzando-Lachen, und wenn man auf dem Weg zur Toilette die Abkürzung durch diese Zone nahm und dabei etwas trödelte, konnte man Fetzen von Gesprächen aufschnappen, in denen es bevorzugt um *Wettbewerbsfähigkeit* und um die Frage ging, *wie die Märkte reagieren*. Es wurde dort aber auch gern über das Leben im Ausland gesprochen, über die Vor- und Nachteile diverser Länder. So hörte ich zum Beispiel einen über Japan reden und neben der Reinlichkeit die dortige Logistik loben. Seinen überschwänglichen Beitrag ließ er in der Nennung des größten Vorzugs Nippons gipfeln: »Man muss nie Trinkgeld geben!«

Was das diplomatische Korps betraf, so drängte es keineswegs in die Mitte, sondern sammelte sich wie auf Verabredung in jener Nische des weitläufigen Foyers, in der schwarz glänzend der Flügel stand. Sie blieben unter sich, die Exterritorialpersonen, und man sah, dass es gut so war. Sie gingen freundschaftlich miteinander um, obgleich sich einer von ihnen nach der Willkommensrede des deutschen Botschafters (einem belanglosen Wortgebinde weitgehend meteorologischen Inhalts) einen vermutlich gezielten Fauxpas geleistet hatte; der russische Kollege nämlich hatte sich einfach das Mikrofon geschnappt und sich für die Einladung bedankt, mit der Bemerkung, es sei für ihn immer eine besondere Freude, die Vertretung Deutschlands zu besuchen. Ich hatte sofort zum amerikanischen Botschafter, einem breitschultrigen Glatzkopf, der verblüffenderweise einen auffallenden Silberring am Ohr trug, hingesehen und bemerkt, wie betont gelassen er die Anmaßung des Russen zur Kenntnis nahm. Seine Frau warf die lange, dunkle Mähne zurück und legte ganz privatmenschartig den Arm um ihren Mann; womöglich morste sie ihm mit den Fingerspitzen eine zügelnde Verhaltensanweisung auf den breiten Rücken.

Nach dieser Episode plauderten die Diplomaten nun wieder miteinander, aller Welt signalisierend, dass man sich verstand. Der französische Botschafter trat x-beinig und mit femininem Firnis auf. Er hatte sich einen weißen Mohair-Schal um die Schultern gelegt, so konnte jeder sehen, dass er im Herbst empfindlich für Erkältungen war. Sein italienischer Kollege blickte von unten zu ihm auf und gestikulierte heftig, als hätte ihm jemand eingesagt, er solle sich betont italienisch benehmen, überhaupt schienen sie alle nationale Stereotype verkörpern zu wollen, man hatte nicht die geringste Schwierigkeit, etwa die Vertreter Großbritanniens oder Schwedens zu identifizieren.

Neugierig war ich auf den Umgang mit den Vertretern aus Nordafrika, in deren Ländern große Umbrüche vor sich gingen, doch konnte ich keinen erkennen, dessen Aussehen in diese Richtung deutete, den Vertreter Bulgariens konnte ich bestimmen, weil er beim Japaner stand und Robert beim Ansteuern der beiden »My neighbours« rief.

Vorübergehend wurde ich von meinen Studien abgelenkt, weil aus dem Epizentrum der freien Wirtschaft ein Grüppchen Anzugträger in die Nähe unseres Tisches driftete, darunter der ehemalige Wirtschaftsminister, der seine Insiderkenntnisse inzwischen als Vorsitzender des Arbeitgeberverbands gewinnbringend nutzbar machte, sowie der ehemalige Botschafter Finnlands in Moskau und Berlin. Dieser war aus dem diplomatischen Dienst ausgeschieden, um die lukrative Leitung eines Ost-West-Lobbybüros zu übernehmen. Zu meiner Genugtuung meinte ich diagnostizieren zu können, dass unter seiner zur Schau gestellten Selbstzufriedenheit ein Hauch von Unbehagen hervorschimmerte – als hätte er ein schlechtes Gewissen.

Als hätte er meine Gedanken gelesen, drehte er unvermutet sein alterndes Bubengesicht in meine Richtung, aber der Grund lag im Erscheinen einer mir fremden Frau, die sich soeben an unseren Tisch gesellte und in ihrem kleinen Schwarzen und mit ihrem großen Make-up ein wenig peinlich, aber keineswegs unattraktiv wirkte. Jedenfalls trat sie schicker auf als die Botschafterin Österreichs, deren Kleiderwahl vermuten ließ, dass sie nach dem Empfang sofort zum Reiten ging.

Da sie nun neben mir stand, hätte ich sie ansprechen dürfen oder müssen, schon allein um den Lobbyisten, der sie hungrig anstarrte, abzublocken, doch lautes Gelächter und der Klang aneinanderstoßender Gläser aus einer anderen Richtung weckten meine Aufmerksamkeit. Draußen vor der geöffneten Terrassentür sah ich Oda inmitten einer Schar rauchender Männer stehen, die unschwer als Journalisten zu erkennen waren. Alle hielten Sektgläser in der Hand. Womöglich hatte Oda eigens für ihre Kollegen ein paar Flaschen Schampus kommen lassen. Sie hob das Kinn und senkte leicht die Lider, wenn sie an ihrer Zigarette zog, man sah, dass sie sich kurzzeitig den Repräsentationspflichten entzogen hatte und sich prächtig mit den Vertretern der Zunft, der sie selbst angehörte, amüsierte.

Erstaunlich, wie zwanglos sich die Truppe da draußen dem Spaß am Gespräch hingab, doch dann schien Oda etwas erblickt zu haben. Sie wurde ernst, drückte die Zigarette aus und ging nach einem kurzen Gruß zielstrebig nach drinnen – geradewegs auf ihren Mann zu, der in diesem Moment den offenbar soeben eingetroffenen finnischen Außenminister zum amerikanischen Botschafter und dessen Frau führte. Oda schloss sich nahtlos dem neu entstehenden Grüppchen an, und ich bewunderte sie dafür, wie sie ihren hellwachen Geist nonchalant in den Dienst des Pflichtgefühls stellte.

Nach den Begrüßungsformeln und stimmungsbildenden Einleitungssätzen ergab es sich rasch, dass die drei Männer Körperhaltungen annahmen, die den Beginn eines Gesprächs ernsten Inhalts vermuten ließen, während die beiden Frauen dazu übergingen, sich miteinander zu befassen. Oda gebärdete sich gegenüber der Frau des amerikanischen Botschafters, als wären sie engste Freundinnen. Oder als wären sie im Begriff, es zu werden. Die Amerikanerin verkörperte die typische US-Schönheit, bei der man unwillkürlich nach Spuren chirurgischer Maßnahmen Ausschau hält, doch gab es allem Anschein nach keine. Unübersehbar waren allein die Folgen eines vermutlich harten und immerwährenden Fitness- und Diätprogramms, für das sie sich mit dem Tragen figurbetonter Kleidung belohnte. Sie mochte zehn Jahre älter sein als Oda, demgemäß kam in ihrer Körpersprache etwas von der Haltung der Erfahreneren durch, die Verständnis für die Jüngere hat, weil sie auf das Lebensstadium, in dem diese sich gerade befindet, bereits zurückblickt.

Einen Augenblick lang stellte ich mir vor, wie es wäre, einfach zu den beiden hinzuzutreten und sich ins Gespräch einzuschalten, doch spürte ich deutlich die Barriere, die mich davon abhielt. Mein niederer Status machte es unmöglich, auf die Frauen zuzugehen, es wäre einer peinlichen Anmaßung gleichgekommen. Um die Schranke legitim überwinden zu dürfen, hätte es eines Zeichens von Oda bedurft, doch dieses Zeichen blieb natürlich aus, obgleich sie während des freundlichen Gesprächs mit ihrer amerikanischen Schicksalsgenossin die Szenerie um sich herum im Auge behielt und sicherlich auch mich wahrnahm, zumal ich in der Nähe der Glasfront stand, zu der sie auffallend häufig blickte, als rechne sie damit, dass sich jeden Moment draußen im Park etwas Beachtenswertes ereignete.

Und dann nahm sie wirklich etwas wahr. Ganz langsam legte sie der Amerikanerin die Hand auf den Oberarm, entschuldigte sich bei ihr und verließ den Raum durch die Terrassentür, jedoch nicht, um wieder den Journalisten Gesellschaft zu leisten, die inzwischen fest ihr Lager neben dem Aschenbecher aufgeschlagen hatten. Sie durchquerte den Kollegenkreis und ging auf dem von Laub gesprenkelten Weg zum Ufer hinunter. Ein Fotograf hätte die Kamera gezückt und sich das Bild nicht entgehen lassen, in dem die Frau, umrahmt vom hell brennenden Ahorn-, Espen-, Birkenlaub, auf das in der Nachmittagssonne dunkelblaue Wasser zuging, aufrechten Ganges, auf hohen Schuhen, deren rote Sohlen bei jedem Schritt kurz aufblinkten.

Am Ufer betrat sie den Steg, und man verstand sogleich, warum, denn dort hatte ein schlichtes Aluminiumboot angelegt, in dem ein Mann mit roter Mütze von der Ducht aufstand. Seinetwegen hatte Oda das Gespräch mit der Frau des amerikanischen Botschafters unterbrochen. Er stieg aus dem Boot, sie reichte ihm die Hand und sprach zu ihm. Ich sah es und hätte damals viel dafür gegeben, zu erfahren, was.

»Ich freue mich, dass Sie gekommen sind!«

Der Mann mit der Mütze wirkte verlegen. Weil ihm keine angemessene Antwort einfiel, zog er seinen Anorak aus und warf ihn ins Boot. Zum Vorschein kamen ein bis zum Hals zugeknöpftes kariertes Hemd aus dickem Baumwollstoff und ein graues Sakko, wie man es oft bei alten türkischen Männern sieht. Die Hose passte dazu, es schien sich um einen Anzug zu handeln.

»Darf das Boot hier liegen bleiben?«, fragte der Neuankömmling.

Oda bejahte. »Hier legt heute keiner mehr an. Herr Würth hat den Privatjet genommen anstatt der Jacht.«

Diesen Scherz verstand der Mann nicht, und Oda erlöste ihn sofort aus seiner Ratlosigkeit. »Wollen wir nicht reingehen?«

»Wenn Sie es für richtig halten.«

»Das tue ich. Aber die Mütze kann von mir aus im Boot bleiben.«

Wieder sah der Mann sie fragend an, bis er begriff, sich die rote Wollmütze vom Kopf riss und ins Boot warf. Dann gingen sie nebeneinander den Weg zum Gebäude hinauf, wobei der Mann sich mit zu Berge stehenden Haaren nach allen Seiten umblickte und den Garten lobte.

Den Journalisten fiel es sichtlich schwer, ihre Neugier zu verbergen und sich Bemerkungen über das vom Anlegesteg heraufkommende Paar zu verkneifen. Sie sagten jedoch nichts, sondern bildeten nur ein verhalten grinsendes Spalier, durch das Oda den neuen Gast rasch hindurch in Richtung Tür schob. Gleich nach der Schwelle zauderte er. Die Menge der gut gekleideten Menschen und das vom Wein freigesetzte Stimmenbrodeln schüchterten ihn ein, weshalb Oda einen schnellen Entschluss fasste und ihren Schützling am Arm an meinen Tisch führte, um den sich mittlerweile die niederen Chargen drängten, die Lehrerinnen, Übersetzer, Dolmetscherinnen, sogar der deutsche Pfarrer mit seiner Frau suchte hier Anschluss; und der seit Jahrzehnten in der Stadt lebende, in Prag geborene deutsche Maler, der so freundlich und bescheiden war, dass sich noch nie ein deutscher Botschafter verpflichtet gefühlt hatte, ein Bild von ihm zu kaufen, stand auch dabei. Nur die unbekannte Frau im kleinen Schwarzen, die vergebens auf meine Aufmerksamkeit gewartet hatte, war verschwunden, während ich Oda minutenlang hinterhergestarrt hatte.

Oda nutzte unsere Tischgesellschaft, um den unerfahrenen Stehempfangbesucher an die neue Umgebung zu gewöhnen. »Darf ich Ihnen vorstellen«, fing sie an, und da wurde mir klar, dass sie seinen Namen nicht kannte. »Das ist …«, sagte sie weiter, als hätte sie den Namen sehr wohl parat, doch das war nur Teil ihres Tricks, die missliche Lage zu meistern. »… aber vielleicht sagen Sie am besten selbst, wie Sie heißen, damit ich Ihren Namen nicht durch meine schlechte Aussprache verunstalte.«

Es funktionierte prompt. »Ja, also, Klaus«, sagte er. »Klaus Koskinen mein Name. Sehr angenehm.«

Alle wandten sich ihm zu, weil er die deutschen Wörter mit so auffälliger Sorgfalt artikulierte. Mithilfe des Geflechts üblicher Erstfragen band man ihn rasch in den Kreis ein, Oda sorgte dafür, dass er ein Glas Wein bekam, und sobald sie merkte, dass er Fuß fasste und allmählich die Befangenheit verlor, zog sie sich diskret wieder in die Pflichtsphäre zurück, indem sie sich an die Seite ihres Mannes begab.

Klaus sagte, er wisse gar nicht, wie er seine Freude darüber zum Ausdruck bringen solle, einen Tag wie diesen an einem solchen Ort mit Deutschen verbringen zu dürfen. Man fragte ihn, was er denn für einen Bezug zu Deutschland habe, dass er sich so freue, und er erklärte, es handle sich um eine sehr persönliche Beziehung. Näher ging er darauf nicht ein. Stattdessen stimmte er ungefragt einen Lobgesang auf Deutschland und die Deutschen an, was teilweise groteske Folgen hatte, denn es verunsicherte die deutschen Zuhörer und reizte sie zum Widerspruch. Pries er die unerschütterliche Wirtschaftsmacht des Landes, hielten sie ihm die Anzahl der Niedriglohn-Empfänger entgegen; nannte er die Führungsfunktion Deutschlands bei der Lösung der Finanzkrise vorbildlich, mahnten einige, man dürfe die kleinen EU-Länder nicht übergehen. So ging es weiter, Klaus sprach tüchtig dem Wein zu, geriet dank seines großen Körpers jedoch nicht ins Wanken, außerdem aß er reichlich. Die Serviererinnen suchten bald seine Nähe, da sie ihre Häppchen anderswo nicht mehr loswurden, vor allem aber, weil sie sahen, dass sich da einer ehrlich an ihren Gaben freute und jedes Mal auch noch ein freundliches Wort für sie übrig hatte.

Zunehmend befeuert, setzte sich das Pro-und-Contra-Spiel fort, bis Klaus zusammenfasste, ihm imponiere immer wieder die deutsche Diskussionskultur. Er höre regelmäßig deutsche

Radiosendungen auf seinem Kurzwellenempfänger und freue sich jedes Mal, wenn ein aktuelles Thema kontrovers erörtert werde. So nahm er dem Selbstgeißelungstrieb meiner Landsleute den Wind aus den Segeln und schwang sich zum Herold der Einheit und Größe Deutschlands auf.

Auch wenn ich wusste, dass hinter seinem Enthusiasmus triftige private Gründe steckten, wurde mir die Lobhudelei auf Dauer schwer verdaulich, weshalb ich ablenkte und die Gesellschaft auf die Wetterveränderung aufmerksam machte. Draußen hatten sich Wolken gebildet, Wind kam auf und wirbelte Blätter durch die Luft wie überdimensionales Konfetti. Während wir noch hinausschauten, wurde in der Runde nachgeschenkt, weil ein Lehrer sich getraut hatte, vom Serviertisch zwei volle Flaschen herüberzuholen. Klaus verband beide Vorkommnisse in der kurzen Stille nach dem Anstoßen, indem er deklamierte:

»Der Nebel steigt, es fällt das Laub; schenk ein den Wein, den holden! Wir wollen uns den grauen Tag vergolden, ja vergolden!«

Wir lachten staunend, worauf Klaus sogleich fortfuhr:

»Und geht es draußen noch so toll, unchristlich oder christlich, ist doch die Welt, die schöne Welt, so gänzlich unverwüstlich!«

»Ist das von Ihnen?«, fragte der Pfarrer, was ihm eine Zurechtweisung vom Botschafter persönlich eintrug, denn der war offenbar von der lautstarken Rezitation in Vers und Reimen angelockt worden und drängte sich von hinten in den Kreis.

»Aber hören Sie mal!«, rief er aus. »Das ist Storm!«

Klaus, der nicht wusste, wer sich da einmischte, bestätigte es nickend und setzte noch eins drauf:

»Und wimmert auch einmal das Herz – stoß an und lass es klingen! Wir wissen's doch, ein rechtes Herz ist gar nicht umzubringen.«

Während ich mich noch wunderte, wie trinkliedhaft Storm sein konnte, stellte Robert sich dem Rezitator vor. Klaus war fassungslos. Also, das sei ja unerhört. Sogleich verlangte er, auf die deutsche Diplomatie anzustoßen, welche immerhin auf eine bedeutende Tradition auch auf finnischem Boden zurückblicke.

Ob er da ein Beispiel nennen könne, wollte der Botschafter wissen.

Klaus überlegte kurz, dann nannte er als einen Höhepunkt die KSZE-Konferenz. In deren Vorfeld hätten auch die Botschafter Großes geleistet, denn sie hätten die Vorverhandlungen geführt. Die Botschafter seien es gewesen, die sich auf die Arbeitsweise der Konferenz geeinigt und das Gerüst des Schlussdokuments aufgestellt hätten.

Robert zeigte sich beeindruckt und gestand, er wäre damals gern als Vertreter Deutschlands dabei gewesen, habe es sich doch tatsächlich um eine außerordentliche diplomatische Herausforderung gehandelt, wie es sie heute gar nicht mehr gebe, jedenfalls nicht in Finnland. Das letzte vergleichbare Ereignis sei wohl 1997 das Gipfeltreffen von Clinton und Jelzin gewesen.

Klaus bestätigte es mit einem Gesichtsausdruck, der ihn aussehen ließ wie ein Angehöriger des diplomatischen Korps. Dann kam er noch einmal auf die Siebzigerjahre zurück, auf die KSZE-Folgekonferenz, in deren Rahmen es gleich zwei wichtige Treffen zwischen Helmut Schmidt und Erich Honecker in Helsinki gegeben habe. Ob Exzellenz darum wisse.

»Selbstverständlich.«

Natürlich, natürlich, aber er meine nicht die bilateralen Gespräche an sich, sondern deren Umstände. Vor dem ersten Treffen habe man es mit einem schwerwiegenden diplomatischen Protokollproblem zu tun gehabt, denn es sei unklar gewesen, wer denn nun wen empfange. Nicht einmal der überaus kluge Kanzler Schmidt habe da Rat gewusst.

»Zum Glück half ihm der diplomatische Zufall, wenn man das so sagen darf«, meinte Klaus. Schmidt sei vor der Verabredung nämlich in der Cafeteria der Finlandia-Halle einen Kaffee trinken gegangen. Honecker habe die gleiche Idee gehabt und sich an einen Nebentisch gesetzt. »Als die Tassen leer waren, standen sie gleichzeitig auf und trafen sich gewissermaßen zufällig, kamen zwanglos ins Gespräch und begaben sich dabei ganz natürlich nebeneinander zum Konferenzraum 109.«

Robert nickte schmunzelnd. Er musterte den kenntnisreichen Menschen, der seine Garderobe offenbar nach den Maßgaben volkstümlichen Understatements gewählt hatte, und fragte dann: »Haben Sie gerade diplomatischer Zufall gesagt?«

Klaus bestätigte es mit banger Miene, als wäre ihm ein Fauxpas unterlaufen, aber der Botschafter stellte nur fest, das sei ein hochinteressanter Begriff, verabschiedete sich und hinterließ den Aufbruchbazillus, denn nun wurde in der Runde auf die Armbanduhren geschaut, man schickte sich an zu gehen, meinte, zu Hause warteten die Kinder, und ehe ich mich's versah, stand ich mit Klaus allein am Tisch. Zwei Männer, die keinen Nachwuchs zu versorgen hatten.

Er sah sich um, entdeckte Oda, beobachtete sie bei der Erfüllung ihrer Gastgeberpflichten, bis sie seinen Blick spürte und ihm mit einer kurzen Geste zu verstehen gab, sie werde bei der nächsten Gelegenheit zu ihm kommen.

Ich gestehe, dass ich mich an dieser Stelle übersehen und darum etwas gekränkt fühlte. Ich trank mein Glas aus, nickte Klaus kurz zu und begab mich auf dem direkten Weg zur Garderobe. Am Ausgang warf ich beim Zuknöpfen des Mantels noch einen kurzen Blick zurück und registrierte, wie Oda auf ihren persönlichen Gast zuging.

»Haben Sie sich gut unterhalten?«

»Oh ja, ich habe mich prachtvoll amüsiert. Sehr nette Menschen hier. Sogar mit dem Herrn Botschafter habe ich mich austauschen dürfen.«

»Tatsächlich? Und worüber haben Sie gesprochen?«

»Die deutsche Diplomatie.«

»Ein besonderes Interessengebiet von Ihnen?«

»Nicht unbedingt. Aber mich interessiert alles, was mit Deutschland zu tun hat, schon seit meiner Jugend.«

»Mit Ihrem deutschen Vornamen hat das aber nichts zu tun, oder doch?«

Inzwischen standen nur noch wenige Gäste herum, Robert hatte den finnischen Außenminister nach draußen begleitet und war nicht wieder zurückgekehrt, sondern nach oben gegangen. Die Frauen vom Catering sammelten die leeren Gläser ein.

Klaus zögerte die Antwort hinaus. Er öffnete den obersten Knopf seines Hemdes und blickte sich im Raum um. »Wie man es nimmt«, murmelte er, dann deutete er auf das neu erworbene Kunstwerk. »Ein Mann und ein Boot«, sagte er.

Sie gingen zu dem Bild hinüber und betrachteten es schweigend.

»Man sieht dem Mann an, dass er das Boot selbst gebaut hat«, meinte Klaus nach einer Weile.

»Woran glauben Sie das zu erkennen?«

»Der Maler hat ihm gute Muskeln gegeben, und er sitzt so zufrieden da, wie einer, der viel kann. Zum Beispiel ein Boot bauen. Ein Mann, der ein Boot bauen kann, der kann alles.«

Oda sah ihn von der Seite an. »Können Sie es?«, fragte sie.

»Nein.«

»Woher wissen Sie das?«

»Ich habe es versucht. Drei Jahre lang. Dann habe ich damit mein Haus geheizt.«

»Aber Boot fahren können Sie sehr gut. Das sehe sogar ich«, versuchte sich Oda an einem kleinen Trost. »Da fällt mir ein: Sie hatten angeboten, mir morgen einen Fisch zu bringen. Dabei mag es bleiben, aber für die Zukunft sollten wir uns auf einen Modus einigen. Ich möchte Sie nicht ausnutzen, aber ich könnte mir vorstellen, hin und wieder einen Fisch bei Ihnen zu bestellen, doch dann bitte gegen Bezahlung.«

»Wenn Sie daraus bestehen.«

»Darauf.«

»Ja, richtig. Verzeihung, das hätte ich mir merken müssen.«

Oda erkundigte sich nach den Feinheiten des Fischens in den Buchten vor Helsinki und erfuhr, dass Klaus in der warmen Jahreszeit manchmal weit draußen auf dem Meer vom Boot aus Lachse fischte, im Mai und Juni aber manchmal auch einfach von der Brücke aus Strömlinge angelte, wenn sie zum Laichen nah an die Küste herankamen, und dass er im Winter zum Pilken aufs Eis ging, sich mit dem großen Bohrer ein Loch machte und dann – im Januar und Februar – außer Barschen auch Aalquappen herauszog.

»Sehen hässlich aus, schmecken aber schön«, meinte er lachend, ohne dass zu entscheiden gewesen wäre, ob der Ausdrucksfehler ein Versehen oder Absicht war.

Bevor sie sich von der Grafik abwendeten, deutete Klaus noch einmal darauf und stellte fest, man könne sich das Bild nur mit einem Holzboot vorstellen, auf keinen Fall mit einem Boot, wie er es habe. »Aber mein Aluminiumboot ist praktisch«, sagte er. »Und haltbar. Das wird mich bis zu meinem Tod fahren. Es saugt sich nicht mit Wasser voll, es bekommt keine Risse, es kann nicht brennen und nutzt sich auch nicht ab. Und wenn man mal auf einen Stein fährt, kann man es ausbeulen. Perfekt. Und trotzdem als Vorlage für ein Kunstbild nicht gut genug.«

»Ich bin hier noch nie Boot gefahren«, sagte Oda, ein bisschen wie zu sich selbst, denn es war ihr gerade erst aufgefallen. Trotz des langen, robust gebauten Anlegestegs gehörte eine Jacht nicht zum Inventar der Botschaft.

Indessen begaben sich auch die letzten Gäste zur Garderobe, nachdem es Pressechef Becker gelungen war, die von ihm eingeladenen Journalisten von Aschenbecher und Sektflaschen loszueisen. Oda winkte ihnen zu. Klaus schien die Situation schnell zu erfassen, denn er verabschiedete sich hastig, worauf Oda ihn zurück zum Steg begleitete.

Der Wind hatte ein wenig nachgelassen, es wehten nur noch vereinzelt Blätter durch die Luft. Als letzter Gruß der untergegangenen Sonne glommen die Wolkenbänke über dem Horizont orangerot. Die Meeresoberfläche glich einem beweglichen Miniaturgebirge mit riesiger Ausdehnung. Klaus' Boot schaukelte am Steg.

»Vom Boot aus sieht Helsinki ganz anders aus als vom Land«, erklärte er auf dem Weg zum Anleger ein wenig zögernd, als formuliere er etwas Ungehöriges. »Und mit dem Boot kann man durch die Schären fahren.«

Oda begriff, dass er soeben eine schüchterne Einladung

zu einer Bootspartie ausgesprochen hatte. Deutlicher würde er nicht werden. Sie überlegte noch, wie sie darauf reagieren sollte, da erreichten sie den Aluminiumnachen, und sie las am Bug den Namen: *Loreley.*

»Huch!«, entwich es ihr ungewollt.

Klaus zog seinen Anorak über, setzte die rote Mütze auf und machte die Leinen los. »Mein Vater war Deutscher«, sagte er verlegen, als wäre das eine Erklärung. Dann warf er den Motor an.

»Nehmen Sie mich mal mit?«, rief Oda über den Motorenlärm hinweg.

Klaus winkte, dann gab er Gas und fuhr davon.

Nach einem anstrengenden Empfang hatte man stets das Gefühl, es müsse spät in der Nacht sein, dabei dauerte es noch eine ganze Weile bis zur Tagesschau, denn die Veranstaltung hatte schon um 15 Uhr begonnen. Es lohnte, sich noch einmal umzuziehen, und es galt wieder einmal, Zeit zu überbrücken. Oda blätterte in den Büchern, die ich ihr beim letzten Bibliotheksbesuch ans Herz gelegt hatte (denn nach anfänglicher Störrischkeit wusste sie meine Empfehlungen inzwischen durchaus zu schätzen), und nachdem sie den Rest des Abends mit ihrem Mann vorm Fernseher hinter sich gebracht hatte, sprach sie noch etwas für Felix auf Band.

Heute war der Tag der Boote, Felix. Eines hat mich daran erinnert, was dein Vater für ein Feingefühl aufbringen kann, wenn er nur will, ein zweites hat mir einen seltsamen Vogel gebracht, der Fische fängt, und ein drittes habe ich in einem dünnen, blauen Buch gefunden, es schwimmt in einem Gedicht, und das geht so:

Rudern zwei
ein boot,
der eine
kundig der sterne,
der andre
kundig der stürme,
wird der eine
führn durch die sterne,
wird der andre
führn durch die stürme,
und am ende ganz am ende
wird das meer in der erinnerung
blau sein

ZIELE VERFOLGEN

Hätte Oda eine alltägliche Gemeinsamkeit ihres jetzigen Lebens mit ihrem vorigen Leben in Berlin nennen müssen, wäre ihr wahrscheinlich die Informationsversorgung in den Sinn gekommen. Die wichtigsten Presseerzeugnisse standen ihr in Papierform zur Verfügung, dazu gab es die elektronischen Ausgaben auf dem iPad, außerdem das Material von dpa – Oda hatte alles zur Hand, um sich umfassend zu informieren. Genauso war es in der Redaktion gewesen, bloß dass sie dort auch noch ständig den Ticker im Auge behalten hatte. Außerdem war die gesamte Informationsbeschaffung fokussiert gewesen: Was wird das Thema der nächsten Sendung sein? Welche Gäste laden wir dazu ein?

Wenn Oda in der Vormittagsstille des Botschaftsgebäudes sorgfältig und ohne Eile die Zeitungsseiten umschlug, dachte sie bisweilen an die Unruhe zurück, mit der sie auf dem Weg zur Redaktion in der S-Bahn die Berliner Zeitung las, nachdem sie beim Frühstück schon den großformatigeren Tagesspiegel gesichtet hatte. Obwohl sie sich fast täglich von der Rempelnähe der anderen öffentlichen Verkehrsteilnehmer genervt fühlte (außer wenn eine der üblichen Störungen im Betriebsablauf dafür sorgte, dass sich auf den Bahnsteigen Schicksalsgemeinschaften bildeten), sah sie sich mit Wehmut im Gedränge auf den Treppen, beim ungeduldigen Schlangestehen in der Bäckerei, beim heiklen Transport des heißen Kaffeebechers mit der Hand, die zu der Ellenbeuge gehörte, an der die viel zu voll gepackte Tasche hing, beim Hineinplatzen ins Redaktionsbüro, wo sich die Köpfe der schon Anwesenden zeitgleich hoben und sie begrüßten, wodurch sofort das Bewusstsein geweckt wurde, dass auch an diesem Tag alle ihren Beitrag leisten würden, um die gemeinsame Aufgabe zu bewältigen: die nächste Sendung. Alles, was gelesen und besprochen wurde, stand im Dienste dieses Ziels, wodurch sich die Nachrichten wie von selbst gewichteten und sortierten; sie zu lesen hatte einen Zweck, man brauchte die Information.

Davon konnte, seit sie an dieser Ostseebucht residierte, nicht mehr die Rede sein. Wenn Oda sich dennoch ausführlich der Zeitungslektüre widmete, dann nicht bloß aus Gewohnheit und um die Vormittagsstunden zu füllen, sondern auch, um an etwas festzuhalten, was einmal wichtiger Bestandteil ihres Lebens gewesen war.

In Libyen machten die Aufständischen Jagd auf Gaddafi, es konnte nicht mehr lange dauern, bis sie ihn hatten, was aber würde dann geschehen? Robert sprach seit Wochen über das Thema, denn es war eines der wenigen, bei denen er als Diplomat gelegentlich gefordert war. Die Bundesregierung hatte beschlossen, sich an der militärischen Durchsetzung der Flugverbotszone in Libyen nicht zu beteiligen, und Robert hatte *für die deutsche Position zu werben*, ohne Engländer, Franzosen, Polen zu brüskieren, die sich für eine Intervention entschieden hatten. Es konnte verdammt schwierig sein, die eigene Entscheidung als die richtige zu vertreten, ohne gleichzeitig zu insinuieren, die der anderen sei falsch. Oda gab sich Mühe, ihren Mann mit Argumenten zu unterstützen, doch er besprach sich täglich mit seinen Mitarbeitern über die anliegenden Themen, weshalb es beim letztlich geringen Nutzwert von Odas Beiträgen blieb.

Sie merkte, wie sich ihre Wahrnehmung des Weltgeschehens schleichend veränderte, die Ereignisse schoben sich übereinander und bildeten schwer fassbare Schichtungen, wenn man sie nicht vom Blickwinkel eines gezielten Interesses aus gliederte, und für dieses seltsame Jahr 2011 galt das besonders. Kaum hatte man das erste Staunen über das Aufbegehren in Tunesien und Ägypten überwunden, da brach in Libyen der Krieg aus, in Japan fand eine Katastrophe statt, deren Einzelheiten alsbald hinter dem Etikett *Fukushima* verschwammen, und ganz Europa zog im Schatten einer Wirtschaftskrise, deren mögliche Folgen man sich lieber nicht genauer ausmalte, den Kopf ein. Alles schien instabil zu werden, auch an diesem Tag las Oda vom *Absturz* der europäischen Börsen, nur weil der Chef der Deutschen Bank am Tag zuvor einen geringeren Gewinn als erwartet für das neue Quartal in Aussicht gestellt hatte, sie las über die *wachsende Angst* vor einer Griechenland-Pleite, von *ausdauernden Sorgen* wegen der europäischen Schuldenkrise, sie sah die entsprechend sorgenfaltigen Gesichter der Entscheidungsträger auf den Pressefotos und wusste, dass sich nichts davon auf ihr alltägliches Leben niederschlug. In ihrem Zimmer an der Ostseebucht änderte sich nichts, die Stille blieb stabil, allein die durch das Panoramafenster einwirkenden Lichtverhältnisse von Himmel und Wasser sorgten für geringfügige Atmosphärenwechsel.

Insofern glich ihr Dasein dem ihres Sohnes, dessen Leben darin bestand, in den Räumen seiner Betreuungsgruppe zu liegen oder zu sitzen, mit gelegentlichen Unterbrechungen durch Krankengymnastik oder eine Spazierfahrt an der frischen Luft. Von der Welt kannte er auch im ereignisreichen Jahr 2011 nur die Stimmen und Geräusche, die ihn unmittelbar umgaben. Nie drang etwas Mittelbares an sein empfindliches Gehirn.

Oda kam bei dem Gedanken der nackte Mann mit dem Boot in den Sinn, und sie nahm sich vor, das Bild gleich noch einmal genauer anzuschauen, es als eine Ermahnung an das elementare Menschsein zu betrachten und sich an der Vorstellung zu erwärmen, Robert habe es mit dem Hintergedanken an Felix und dessen aufs Elementare reduziertes Dasein erworben, doch vorerst rührte sie sich nicht vom Fleck, weil sie auf der Lauer lag: Sie hatte Klaus mit dem Boot hinausfahren sehen, sich daraufhin Sportsachen angezogen und wartete nun startbereit seine Rückkehr ab.

Schließlich kam er, um, wie versprochen, einen Fisch auf dem Steg abzulegen, und in dem Moment lief Oda nach unten zum Vorderausgang, rief dem Wachmann schon aus der Entfernung zu, er solle das Tor öffnen, rannte auf die Straße, dort zwei-, dreihundert Meter nach Osten – und sah gerade noch, wie Klaus unter der Brücke hindurch in die angrenzende Bucht fuhr. Sie lief am Ufer weiter, Klaus steuerte sein Boot mitten über die Bucht, er schien auf das Ufer gegenüber zuzuhalten, bis ein weiter Bogen ihn am Ende doch aus Odas Blickwinkel hinausführte.

Zu Hause gelang es ihr, auf dem Stadtplan das ungefähre Fahrziel des Fischers auf einen Uferabschnitt von höchstens einem Kilometer einzugrenzen, was ihr kindliche Freude bescherte und sie zur weiteren Suche antrieb. Sie verstaute den Fisch vom Steg in einer Plastiktüte und danach im Gefrierschrank, ließ sich von der mutmaßlichen Mittagessenserwartung ihres Mannes nicht aufhalten, sondern holte das Fahrrad aus der Garage und machte sich auf den Weg.

Entlang der Küstenlinie konnte sie bald nicht mehr fahren,

denn die Ufergrundstücke mit den großen Villen befanden sich in abgezäuntem Privatbesitz, sie wurde zu Umwegen gezwungen, verlor zwischenzeitlich die Orientierung, und die Fahrt zog sich erstaunlich in die Länge, bis die Bebauung plötzlich endete. Oda fand ans Ufer zurück, passierte einen Schilfgürtel, radelte auf einem kleinen Damm durch einen halb überschwemmten Birkenwald, der sie an den Film *Down by Law* erinnerte, sah Männer in grünen Tarnanzügen hinter Fernrohren auf einem hölzernen Aussichtsturm stehen und nach Zugvögeln ausspähen und wollte schon die Hoffnung aufgeben, in diesem für Bebauung offenbar ungeeigneten Uferabschnitt noch auf Wohnhäuser zu stoßen, als sie am Rand des unasphaltierten Fahrwegs einen Briefkasten sah, von dem eine Einfahrt zu einem gelb gestrichenen Holzhaus führte. Dessen Garten grenzte ans Schilf, im Schilf ragte ein langer Steg ins Wasser, und an dessen Ende war ein Aluminiumboot befestigt.

Klaus machte ein Gesicht, als hätte noch nie ein Mensch vor seiner Tür gestanden. Oda freute sich über die gelungene Verfolgung, deshalb strahlte sie schlichte, ungefilterte Freundlichkeit aus. Zwar fand Klaus zunächst keine Worte, doch trat er einen Schritt zurück und ließ die Besucherin eintreten. Diese wollte, der Landessitte gemäß, die Schuhe ausziehen, doch Klaus beeilte sich, zu sagen, das sei nicht nötig.

Bis dahin hatte Oda nur im Freilichtmuseum ein finnisches Holzhaus von innen gesehen, nun stand sie in einem, in dem jemand lebte. Auf den Bodenbrettern der Wohnküche lagen Flickenteppiche, an den mit Paneelen verkleideten Wänden hingen allerhand Utensilien sowie zahlreiche gerahmte Bilder, zumeist Fotografien, auf die Schnelle erkannte sie die Luftaufnahme eines Hauses, ein paar Landschaftsfotos mit Wald und Seen, aber auch alpine Gebirgslandschaften, diverse Dome und weitere Aufnahmen von deutschen Sehenswürdigkeiten, darunter – tatsächlich – die Loreley. Den Küchentisch flankierten Bänke ohne Rückenlehnen, und neben der Küchenzeile dominierte ein gemauerter Ofen den Raum, in dem hörbar und spürbar Feuer brannte. Neben der Ofenklappe stand ein Tragegestell mit Holzscheiten bereit.

Oda trat taktvoll ans Fenster, um dem Gastgeber die Gelegenheit zu bieten, in ihrem Rücken unbeobachtet die Hosenträger überzuschnallen und das Hemd zuzuknöpfen. Zwischen der äußeren und der inneren Scheibe sah sie eine geöffnete Streichholzschachtel sowie einige Flechten liegen. Von dort ging ihr Blick auf einen Garten mit sichtbar selbst gezimmerten Hochbeeten, die jetzt im Oktober abgeerntet waren, und einem merkwürdigen Verhau, der sich nach einiger Betrachtung als Sommerküche identifizieren ließ. Dahinter türmten sich zwei gewaltige Haufen aus Birkenscheiten. Die Spaltflächen leuchteten frisch, das Holz musste erst vor Kurzem gehackt worden sein.

»Es ist bescheiden«, sagte Klaus, »aber ich bin es nicht anders gewohnt.«

»Wohnen Sie schon immer hier?«, wollte Oda wissen.

»Seit 1964.«

»Das ist mein Geburtsjahr«, stellte Oda fest. »Und wo waren Sie vorher?«

»Im Norden.«

Oda wartete kurz ab, ob Klaus ihr doch noch den genauen Ortsnamen verraten wollte, aber er ergänzte nur: »Weit im Norden.«

Seine Sparsamkeit im Preisgeben von Informationen erinnerte Oda daran, dass sie im Grunde nichts anderes als ein Eindringling war. Sie verzichtete auf weitere Fragen, bat stattdessen um Verzeihung für den unangemeldeten Besuch, sie sei mit dem Fahrrad unterwegs gewesen und habe vom Weg aus zufällig das Boot am Steg gesehen und wiedererkannt.

»Solche Boote gibt es viele«, erwiderte Klaus.

»Aber es gibt nur eines, bei dem eine rote Mütze an der Steuerpinne hängt.«

»Steuerpinne«, sprach Klaus leise nach, als wolle er sich das Wort einprägen. Dann lachte er. »Da haben Sie Glück gehabt, denn ich vergesse meine Mütze nie im Boot. Normalerweise. Möchten Sie Kaffee?«

Oda wollte schon ablehnen, da fiel ihr ein, was ich ihr bei einem unserer Gespräche über finnische Gepflogenheiten erzählt hatte: Wenn einem in Finnland ältere Leute Kaffee anbieten, lehnt man das nicht ab, handelt es sich doch um ein althergebrachtes Signal der Gastfreundschaft. Kam früher einer zum Nachbarhof, belauerten sich Besucher und Besuchter gegenseitig; der eine versuchte es so hinzubiegen, dass man ihn zu einer Tasse einlud, der andere versuchte herauszufinden, ob der Besucher genügend interessante Neuigkeiten im Gepäck hatte, dass es sich lohnte, für ihn Kaffee aufzusetzen.

Oda nahm die Einladung an, und was Klaus nun tat, fügte sich nahtlos zu den Geschichten aus alten Zeiten, denn er präparierte nicht etwa eine Kaffeemaschine, sondern füllte Wasser in einen Kessel.

Oda schritt indessen die Wand ab, schmunzelte über Bilder des Hausherrn mit großen Fischen, wurde aus den Gruppenaufnahmen nicht schlau, ging daher zu den touristischen Fotos über und entdeckte außer der Loreley noch weitere Bilder aus dem Rheintal, Burgen, einen alten Ladekran, die Stadtansicht von Rüdesheim, Rheinschiffe und den Mäuseturm vor Bingen. Dazwischen hing ein Rahmen ohne Bild. Er enthielt nichts weiter als einen winzigen Zeitungsausschnitt, allem Anschein nach eine Annonce. Sie umfasste lediglich vier Zeilen und begann mit einem unverständlichen, langen finnischen Wort, nach zwei weiteren Wörtern folgte ein Datum ohne Jahreszahl, dann wieder so ein unaussprechliches Wort. Danach aber zuckte Oda zusammen, denn da stand plötzlich auf Deutsch *Obergefreiter*, was sich in dem finnischen Umfeld sonderbar ausnahm. Über den anschließenden deutschen Namen Franz Wagner wunderte sie sich nicht mehr, die Ortsbezeichnung Niederheimbach erklärte schon fast die Anzahl der Rheinfotos an der Wand, und mit dem finnischen Frauennamen nebst finnischer Ortsbezeichnung dämmerte Oda, womit sie es zu tun hatte.

Sie drehte sich um. Klaus nahm den Kaffeekessel vom Herd und stellte ihn auf den Tisch. »Er muss sich noch setzen«, erklärte er.

»Dieser Ort hier«, sagte Oda und tippte auf den Bilderrahmen mit dem Zeitungsinserat, »liegt der im Norden?«

»Weit im Norden«, bestätigte Klaus.

»Wären Sie so nett, mir die erste Zeile zu übersetzen?«

Klaus trat neben sie und las: »Ihre Verlobung haben heute, am 9. 9., bekannt gegeben.«

Oda musterte ihn von der Seite. »Verstehe«, sagte sie. »Aber was ich nicht verstehe: Warum heißen Sie Koskinen mit Nachnamen?«

Klaus wies zum Tisch. »Sie stellen große Fragen. Nehmen

Sie Milch und Zucker? Große Fragen beantwortet man am besten, wenn man in einem Boot sitzt.«

»Wer sagt das?«

»Meine Wenigkeit. Sie sagten doch, sie wollten mal mit.«

ALTE KINDER

Klaus, der gar nicht ungern spricht und, einmal in Fahrt gekommen, weit ausgreifende Redebogen zu bilden versteht, fiel mir zuerst wegen seines beredten Schweigens auf.

Ich hatte mich vom Vorsitzenden des Vereins der Kinder deutscher Soldaten überreden lassen, einen Vortragsabend in meiner Bibliothek zu veranstalten, obschon ich nicht an großen Publikumszuspruch glaubte. Wer interessierte sich schon für das Schicksal von Menschen, deren Väter deutsche, im Norden Finnlands stationierte junge Soldaten gewesen waren, die mit ebenso jungen Finninnen Kinder gezeugt und spätestens im September 1944 den Rückzug angetreten hatten, und zwar nicht ohne in Lappland verbrannte Erde hinterlassen zu haben? Die Antwort stand mir zwanzig Minuten vor Beginn der Veranstaltung vor Augen, als bereits alle Reihen gefüllt waren. Ich musste sämtliche Stühle herbeischaffen, die sich finden ließen, und mich selbst, nachdem ich den Referenten vorgestellt hatte, hinter dessen Rücken auf der Fensterbank niederlassen. So hatte ich das Publikum im Blick und sah einen Raum voll gleichaltriger Menschen. Das Bild erinnerte an ein Klassentreffen, und mir war nun klar, wen dieser Vortrag interessierte: die Betroffenen.

Der Referent, ein wohlgenährter Mann, den natürlich nichts als Wehrmachtsangehörigensohn stigmatisierte, umriss kurz die Tätigkeit des Vereins, den er repräsentierte, erzählte dann aber ausführlich seine Lebensgeschichte. Je weiter er vorankam, desto mehr Verständnis und Zustimmung schien in den Gesichtern der Zuhörer auf. In einem fort wurde genickt. Alle hörten mit gespannten Körpern zu, die Augen weit geöffnet, manche mit wissendem, leicht bitterem Lächeln, andere mit Tränen. Ich hatte keinen dieser Menschen je zuvor gesehen, ahnte nach einer halben Stunde aber, dass sie ein ähnliches Schicksal wie der Referent hatten, und wusste es endgültig, als nach dem Vortrag die allgemeine Diskussion begann und gar nicht mehr aufhören wollte, weil sich nahezu alle Anwesenden daran beteiligten, indem sie entscheidende Passagen aus ihrem Leben wiedergaben und dabei die Erfahrung von Schmach und Schande nicht aussparten. Sie schilderten die Minderwertigkeits- und Unzugehörigkeitsgefühle ihrer Kindheit, weil der Vater fehlte, weil sie nicht wussten, wer er war, weil die Mutter schwieg, weil es sie befremdete, von den anderen Kindern als Nazis beschimpft zu werden, ohne zu wissen, was das hieß, und dann durch Zufall die Wahrheit über die eigene Herkunft zu erfahren. Ich hörte von finnischen Stiefvätern, die alles, was an ihren deutschen Vorgänger erinnerte, verschwinden ließen oder vernichteten, von Verstecken, in denen die Mütter Fotos und Briefe aufbewahrten, von Bemühungen, die Väter Jahrzehnte nach Kriegsende in Deutschland ausfindig zu machen, und von Begegnungen mit Halbgeschwistern und gemeinsam durchgeführten Gentests.

Als zum ersten Mal vom Schweigen der Mütter die Rede war, ging die deutlichste Welle zustimmenden Kopfnickens durch die Menge: Diese Erfahrung teilten fast alle, und für einen Moment sah es so aus, als hätte das Schweigen der Mütter ihnen einen bestimmten Ausdruck ins Gesicht geschrieben. Klaus verfiel jedoch in eine kompliziertere Bewegung des Kopfes, in der zwar ein Nicken enthalten sein mochte, aber auch ein Schütteln und Wiegen. Er hatte die ganze Zeit höchst aufmerksam zugehört und jede Äußerung mit seinem Mienenspiel begleitet, ohne selbst ein Wort beizusteuern. Vermutlich war er einfach nicht dazu gekommen, da er so sehr mit Zuhören beschäftigt war – und mit dem Staunen darüber, von so vielen gleichartigen Erfahrungen umgeben zu sein. Sein Schweigen wirkte dabei so aufgeregt, dass ich schon Mitgefühl für ihn aufbrachte, bevor ich auch nur irgendetwas von seinem Lebenshintergrund erfuhr.

Am nächsten Vormittag betrat er kurz nach der Öffnung die Bibliothek, um sich für die Veranstaltung des Vorabends zu bedanken, sich in die Kartei aufnehmen zu lassen und Bücher zu entleihen. Von da an war er Stammkunde, kam einmal wöchentlich zu Rückgabe und Ausleihe vorbei, und vielleicht auch, um hin und wieder etwas loszuwerden, was ihn beschäftigte, denn normalerweise unterhielt er sich eine Weile mit mir.

Lange bevor Oda ihm zum ersten Mal begegnete, wusste ich durch zahlreiche Andeutungen und Anekdoten bereits einiges über sein Leben. Mutter und Großmutter hatten ihn als Kind in groben Zügen eingeweiht. Dein Vater ist ein deutscher Soldat gewesen, hatte es geheißen, ein guter Mann. »Warum ist er dann nicht hier?« – »Weil er nach Deutschland musste und danach nicht mehr zurückdurfte.« – »Und warum sind wir nicht dort?« – »Weil wir die Sprache nicht beherrschen und weil wir hier daheim sind.« Und so weiter. Außerhalb des Hauses hörte Klaus während der gesamten Kindheit und Jugend in seinem Heimatort am Polarkreis das Ostinato einschlägiger Schmährufe, was dazu führte, dass er irgendwann einfach versuchte, das zu werden, wozu er ohnehin abgestempelt war. Er verwandte einen Gutteil seiner Energie darauf, sich alles anzueignen, was mit dem Herkunftsland des Vaters zu tun hatte, malte Soldaten in deutschen Uniformen, zeichnete die Stützpunkte und Truppenbewegungen der Wehrmacht im Norden Finnlands auf Landkarten ein, las alles, was die örtliche Bibliothek an Druckerzeugnissen über Deutschland, die Deutschen und ihre Kriege zu bieten hatte. Nachdem er die Pflichtschuljahre absolviert hatte, verdingte er sich als Waldarbeiter, sparte vom Lohn, so viel er konnte, und kaufte sich schnellstmöglich einen Weltempfänger. Den gab es im Heimatdorf natürlich nicht, Klaus musste mit dem Postbus mehr als hundert Kilometer zum Elektrogeschäft in der nächsten Stadt fahren. Von da an hörte er über Kurzwelle deutsche Sender, verstand zwar nichts außer wenigen Eigennamen, hörte jedoch aufmerksam und hartnäckig zu und versuchte, halblaut mitzusprechen, bis allmählich doch Verständnis keimte. »Hat man einmal angefangen, etwas zu verstehen, versteht man bald mehr und immer mehr«, hatte er mir erklärt. So gelang es ihm, durch zehn, zwölf Jahre systematisches Radiohören, ergänzt durch ein paar per Post bestellte Sprachkurse fürs Selbststudium, passabel Deutsch zu lernen: »Mein Lehrer hieß Grundig und war in allen Fächern kundig.«

Sobald er sich sprachlich kompetent fühlte, machte er sich auf den Weg nach Süden, um seinen Vater zu suchen. Er war zuversichtlich, denn er kannte ja Namen und Herkunftsort des Mannes und hatte außerdem im Radio eine Sendung über den Suchdienst des Roten Kreuzes gehört. Dann aber schaffte er es nicht einmal über die Ostsee, sondern blieb in Helsinki hängen.

Ich wagte es nicht, ihn zu fragen, was ihn vom letzten

Schritt abgehalten hatte, hoffte, er würde es mir irgendwann von sich aus erzählen, doch er ließ mich vergebens warten.

Das Meer, das er vor seiner Ankunft in der Hauptstadt nicht gekannt hatte, muss eine unüberwindbare Grenze für ihn gewesen sein. Später bewegte er sich wendig im eigenen Boot darauf und betrat es im Winter gar zu Fuß. Aber vielleicht verkörperte die Seefläche weiterhin das Ausmaß der Enttäuschung, die er damals plötzlich befürchtet hatte. Die jäh aufbrechende Angst vor der Zurückweisung. Oder vor der Banalität der Begegnung mit dem fremden Menschen, der sein Vater war, die Angst gar, von ihm verleugnet zu werden: Ich habe keinen Sohn. Lassen Sie mich in Ruhe!

TÜCKEN DES AMTES

»Schon wieder Fisch?«

Man musste das nicht als Beschwerde verstehen, womöglich wunderte sich Robert einfach. Oda beschloss, darüber hinwegzuhören, hatte die Rechnung jedoch ohne ihren Mann gemacht, der eine vollwertige Reaktion verlangte:

»Ich habe dich etwas gefragt.«

»Und ich habe dir nicht geantwortet, da die Tatsachen ja für sich sprechen.«

»Es war nicht als Kritik gemeint.«

»Klang aber danach.«

»Ich bin einfach erstaunt, weil du früher nie Fisch gemacht hast.«

»Ich hatte ja nie frischen.«

Solche Dialoge. Vollkommen sinnlose, eigentlich langweilige, dabei jedoch zutiefst zersetzende Dialoge. Warum werden sie herbeigeführt? Warum kann ein frisch zubereiteter, appetitlich duftender Fisch auf einem Qualitätsteller aus Porzellan auf einem geschmackvoll gedeckten Tisch an einem Panoramafenster mit unverstelltem Blick auf eine Meeresbucht das Gespräch eines Ehepaars in die Reizzone bringen?

Ich müsste die Frage sachkundig beantworten können, da ich meine Ehe mittels unzähliger Dialoge dieser Art in den Sumpf gesungen habe. Unter tatkräftiger Mithilfe meiner Frau, versteht sich.

Robert und Oda hatten allerdings eine hilfreiche Technik entwickelt, aus der Reizzone wieder herauszufinden. Sie hielten inne, sahen sich kurz an und riefen sich in Erinnerung, dass sie einander nicht im Stich lassen konnten, weil sie einander brauchten. Diplomaten vereinsamen ohne ihre Frauen, die Frauen wiederum verdanken ihre Aufenthaltsberechtigung in der Residenz allein dem Gatten.

Wenn Diplomatenpaare sich vor dem ersten Amtsantritt in einer Auslandsvertretung auf ein Lebensmodell einigen, in dem die Frau dem Mann zur Seite steht, damit er seine Aufgabe ohne Reibungsverluste erfüllen kann, mögen sie sich durchaus darüber im Klaren sein, was es für eine Ehe bedeutet, wenn immer nur er die Marschroute vorgibt. Womöglich sprechen sie sogar darüber, dass es für die Frau nicht leicht sein wird, ihre Tage sinnvoll zu gestalten. Ein Problemfeld aber lassen sie notwendigerweise außer Acht, weil sie es sich schlichtweg nicht vorstellen können: Botschaftergattinnen schauen ihren Männern fortwährend ausgeruht und unbeansprucht bei der Ausübung ihres Amtes zu. Und da es sich bei den Gattinnen der Botschafter in aller Regel um intelligente Frauen handelt, sehen sie mit klarem Blick, wie ihre Männer agieren, und das kann Folgen haben.

Darf man Oda Glauben schenken, so hat beispielsweise das erste Sommerfest der Botschaft unter Roberts Ägide für einen Knacks in ihrem Verhältnis gesorgt, weil sie Zeugin wurde, wie er ausdauernd mit den Mannequins des Sponsors vor der Motorhaube eines Sportwagens posierte. Sie war keineswegs eifersüchtig gewesen wegen der jungen Frauen, deren Dienstkleidung all jene Merkmale betonte, die dem allgemeinen Konsens nach für das männliche Geschlecht die stärksten Reize darstellen, nein, es war ein tiefer greifendes Gefühl, das sie bei dem Anblick beschlich. Es hatte mit Abscheu und Verachtung zu tun.

Robert hatte dreitausend Leute in den Botschaftsgarten einladen lassen. Im Vergleich zu den Festen in Auslandsvertretungen wie Washington konnte man das durchaus als überschaubaren Rahmen bezeichnen, doch für kleine Residenzen innerhalb der EU sah der Etat solche Dimensionen nicht vor. Aus diesem Grund ließ Robert die Fahnen des Sponsors hissen und überall auf dem Gelände dessen Fahrzeuge verteilen. Die Szenerie erinnerte an eine Automesse, zumal Firmenvertreter mit Namensschildern am Revers Gebrauchtwagenhändlercharme aufblitzen ließen. Das Dutzend Langbeinige, das man zur Verzierung verpflichtet hatte, animierte die männlichen Festbesucher, die süddeutschen Qualitätsfahrzeuge probehalber zu besteigen, und sprach dabei Englisch mit russischem Akzent.

Nicht der pure Anblick ihres Mannes mit zwei Agenturschönheiten im Arm verstörte Oda, sondern die Tatsache, dass er mit den Hostessen auf einer Motorhaube posierte, obwohl er wusste, dass dieses Foto später in diversen Werbemitteln des Autobauers auftauchen würde. Legte es Robert so sehr darauf an, wichtig zu erscheinen, dass er bereit war, sich in vorauseilendem Opportunismus für PR-Maßnahmen herzugeben?

Hätte sie rechtzeitig das Gespräch mit mir gesucht, wäre Oda auf das, was ihr bei sommerlichen Temperaturen im Botschaftspark unvermutet kalte Schauer über den Rücken jagte, vorbereitet gewesen. Ich hatte aus den Amtszeiten von einem halben Dutzend Vorgängern ihres Mannes meine Schlüsse gezogen und hätte zu sagen gewusst: Der deutsche Botschafter in Finnland ist de facto in keiner Hinsicht wichtig. Aber er gibt sich so, weil er es gerne wäre, weil es von ihm erwartet wird und weil er nur auf diese Weise ein Minimum an Würde wahren kann. Aus reiner Selbstachtung muss er so tun, als liefen die Geschäfte zwischen beiden Ländern ohne sein Zutun nicht.

Die Kehrseite hat es allerdings in sich, denn aufgrund dieser Konstellation sieht die Frau des Botschafters ihren Mann bei der Ausübung seines Amtes oft als dünkelhaften Wichtigtuer – und somit im Grunde als groteske Figur, die auch vor geschmacklosen Formen der Anbiederung an die Sphäre der Relevanz, sprich: Wirtschaft, nicht zurückschreckt.

Hinzu kommt eine amtstypische Tücke, der auch Botschafter in wichtigeren Ländern unterliegen. Sie besteht darin, dass man sich nie aus persönlicher Perspektive pointiert politisch äußern darf. Man hat für die Positionen Deutschlands zu werben, ganz gleich, welcher Meinung man ist. Und dies, nun ja, wirkt sich verblüffend schnell auf die Redegewohnheit aus. Vereinfacht gesagt: Diplomaten drücken sich notwendigerweise farblos aus. Mit der Konsequenz, dass sie von ihren Frauen in der Öffentlichkeit immer nur als Langweiler erlebt werden. Sie treten ans Mikrofon, ziehen die Karteikarten mit den großen Buchstaben heraus, rasten in amtsbewusster Haltung ein und lassen eine Floskel nach der anderen aufsteigen. Doch ganz gleich, wie bedeutsam sie sich dabei fühlen, wirken sie auf den geübten Betrachter und die aufmerksame Zeugin doch stets wie bemitleidenswerte Kreaturen, denen man nicht nur den Charme, sondern alles Leben aus dem Leib geprügelt hat.

Als Robert bei mir in der Bibliothek zum Amtsantritt seinen Vortrag mit der großspurigen Überschrift *Perspektiven einer innovativen auswärtigen Kulturpolitik* hielt, trat er wie ein Messias vor sein Publikum, das keineswegs aus einflussreichen Persönlichkeiten, sondern lediglich aus größtenteils bejahrten Deutschlandfreunden bestand. Pressechef Becker musste das Knöpfchen am tragbaren Computer drücken, damit die – von Becker angefertigte – Powerpoint-Präsentation auf die Wand gebeamt wurde, und Robert sprach dazu mit großer Geste einen Text, der inhaltlich höchstens einem Gymnasiasten-Referat entsprach, weil er natürlich keine substanziellen Sätze formulieren konnte.

Die Frau eines Botschafters wohnt Hunderten solcher Reden ihres Mannes bei. Warum sollte dabei nicht unmerklich die Befürchtung wachsen, die diplomatischen Prämissen könnten sich auf Dauer ins Privatleben einschleichen und in der Ehe überhandnehmen? Beileibe keine übertriebene Vorstellung, denn ein Botschafter muss unerschütterlich und souverän wirken, er kann es sich in seinem Repräsentationsamt nicht leisten, die Last privater Konflikte sichtbar mit sich herumzuschleppen, weshalb es gilt, solchen Konflikten erst gar keinen Nährboden zu bieten.

Sollte Oda also befürchtet haben, Robert lege es darauf an, ihre Ehe allmählich in *eine von gegenseitigem Respekt getragene bilaterale Beziehung* zu verwandeln, hätte sie damit nicht unbedingt falschgelegen.

Er hielt strikt an den diplomatischen Regeln fest, da er die gesamte Bedeutsamkeit seiner Existenz aus dem Amt bezog. Es gab jedoch Momente, in denen er sich an seinem Status so berauschte, dass er alle Beschränkungen außer Acht und sich zum Schwadronieren über politische Themen hinreißen ließ. Dies geschah mitunter beim Abendessen zu Ehren eines Gastes aus Deutschland, im kleinen Kreis der exakt vierundzwanzig Personen, die an die Tafel der Residenz passten, und es geschah vor allem, wenn Robert auf beflügelnden Widerhall stieß. Dann bestätigte man sich gegenseitig in seinen Ansichten, bevorzugt zwischen den Gängen, aus zurückgelehnter Haltung heraus und mit den Gebärden der Wissenden, über den Dingen Stehenden – und Unbeteiligten. Dann füllte altväterliche Behaglichkeit den Raum, wie es nun einmal geschieht, wenn Männer, deren Hemden über den Bäuchen spannen, hingebungsvoll ein Sortiment von Teufeln an die Wände malen.

Am leichtesten fiel es den Herren, über Fragen der Wirtschaftspolitik zu sprechen, zumal in Zeiten, da aktuelle Verschuldungsfälle und finanzpolitische Rettungsmaßnahmen das Entwerfen von Untergangsszenarien begünstigten. Dass letztlich kaum ein Anwesender die komplizierten Abläufe innerhalb der Wirtschafts- und Finanzwelt in allen Einzelheiten verstand, spielte dabei keine Rolle. Schließlich hatten ja auch die Entscheidungsträger der Wirtschaftsmächte das Durchschauen der Zusammenhänge und die Analyse ihrer Wirkung auf *die Märkte* an drei sogenannte Ratingagenturen delegiert – ein Umstand, der Oda geradezu fantastisch vorkam und sie in ihrem früheren Leben veranlasst hätte, in der Redaktion eine Sendung zu dem Thema zu planen – vielleicht mit dem Finanzminister (roter Gast), einem landesweit bekannten, artikulationsfreudigen Banker oder Unternehmensberater (blau) und dem ehemaligen Mitarbeiter einer Ratingagentur, der aus Gewissensgründen sein Büro in der Londoner City geräumt hatte (grün).

Aus unerfindlichen Gründen war drei Hochhäusern voller Wirtschafts- und Finanzexperten die Macht zugewachsen, mittels eines Klassifikationscodes aus drei Buchstaben Präsidenten großer Länder in Rage und die Länder selbst in die diagnostizierte Krise zu stürzen. Angesichts dieses wahnwitzigen Sachverhalts musste es ein wenig lächerlich anmuten, wenn sich die Männer am Esstisch in der Botschaft in macht- und einflussloser Allwissenheit ergingen. Man fragt sich unwillkürlich, ob eine Frau, die ihren Mann sich regelmäßig in solch folgenloser Selbstgefälligkeit produzieren sieht, von diesem Mann erotisch angezogen werden kann.

Hinzu kam etwas, was die Erotik noch effektiver vergiftet: Mitleid. Oda bedauerte ihren Mann, weil sein Leben an entscheidenden Stellen von Demütigungen geprägt wurde. Nicht nur wegen Felix, der ihm die Vaterrolle verbog, sondern auch wegen seines Postens, von dem er so geträumt hatte und der sich als so bedeutungslos erwies.

Viele ihrer Amtsschwestern – Oda hatte das beobachtet – blickten von Stolz verklärt auf ihre Männer oder genossen doch wenigstens den gesellschaftlichen Status, den sie ihnen zu verdanken hatten, und sahen darum das Ridiküle nicht. Andere identifizierten sich mit dem Amt des Gatten und ließen sich von dem Bewusstsein tragen, als Paar eine bedeutende Aufgabe für ihr Land zu erfüllen.

Bei solchen Paaren konnte man es sogar knistern sehen. Beim amerikanischen Botschafter und seiner Frau Abigail zum Beispiel, die beide fließend von staatstragender Ausstrahlung zu jovialem Charme übergehen konnten und sich in der Öffentlichkeit auf eine Art beiläufig berührten, die dem Kenner verriet, dass sie das letzte Liebesspiel noch frisch in Erinnerung hatten. Die beiden vermittelten durch ihr Auftreten, dass sie mit aller Kraft für die Vereinigten Staaten einstanden und dankbar waren, dies tun zu dürfen. Sie waren auf Du und Du mit dem Amt, hatten es sich in ihrem luxuriösen, schwer bewachten Hochsicherheitstrakt gemütlich gemacht – und vögelten wie die Teufel.

So würde Abby es Oda nie gesagt haben, trotz der wachsenden Vertrautheit zwischen ihnen, aber Frauen sind fähig, im Zwiegespräch einen Code zu aktivieren – »*you know …*« –, der keine Zweifel aufkommen lässt, ohne dass man sich durch explizite Formulierungen kompromittierte. »*We have our private life, you know …*«

Anders gesagt: Abby sah ihren Mann so gern in Schlaf- und Wohnzimmer, dass es sie nicht störte, ihn außerhalb der Privatsphäre langweilige Reden schwingen zu hören.

Robert war Oda nach ihrer ersten Begegnung nicht dank funkelnder Rhetorik und statusbewusst-offensivem Charme im Gedächtnis geblieben, sondern weil es dem hohen Beamten im Außenministerium gelungen war, gegenüber der Redakteurin eines privaten Fernsehsenders verbindlich zu bleiben, entgegenkommend zu wirken und sich dabei doch ihren Bestrebungen, ihm eine Stellungnahme zum Thema »humanitäre Kriegseinsätze« auf dem Balkan zu entlocken, aus der sich ein Widerspruch zur Fischer-Linie konstruieren ließ, systematisch zu entziehen. Robert legte unantastbare Loyalität an den Tag und bewies zugleich Fairness und Verständnis für die Aufgabe der Journalistin. Mit keiner Silbe deutete er an, was er von der politischen Krawallshow hielt, für die Oda sich damals noch verdingte – vielleicht, weil er nicht damit gerechnet hatte, dass die Redakteurin eines solchen Formats eine vernünftige Person mit seriösem Auftreten sein konnte.

Oda wiederum hatte in Roberts Büro zum ersten Mal wirklich das Gefühl gehabt, eine ernsthafte Journalistin werden zu können. Eine Vertreterin der vierten Instanz, die mit den Vertretern der anderen Instanzen auf Augenhöhe kommunizierte, in dem Bewusstsein, zu den Stützen der Gesellschaft zu gehören.

Wie die intravenöse Zufuhr eines belebenden Elixiers empfand Oda diese Erfahrung. Sie unterschied sich krass vom gewohnten Lebensgefühl in ihrem Dasein, in dem sie das Private und das Berufliche nicht nur wegen der ausufernden Arbeitszeiten nicht trennen konnte, sondern vor allem, weil sie mit dem unberechenbaren Berserker liiert war, der die Sendung, für die sie arbeitete, produzierte. Gegenüber dessen totaler Formlosigkeit – und zunehmend auch Unförmigkeit – nahm sich Roberts Förmlichkeit verblüffend wohlgestaltet aus.

Als er sie zum Essen einlud, wirkte es nicht bedrängend, und es wäre leicht gewesen, Nein zu sagen. Aber Oda hörte an der Art, wie Robert den Vorschlag äußerte, dass er nicht in festen Händen war und ernsthaft an ihr interessiert zu sein schien.

Sie trafen sich zunächst gelegentlich, dann regelmäßig, sie tauschten sich aus, weil sie erkannten, wie bereichernd es sein konnte, komplexe Dinge aus unterschiedlichen Perspektiven zu betrachten, und irgendwann war Oda so weit, dass sie sich privates Glück auch ohne Exzesse vorstellen konnte.

Robert verdankte sein Glück nicht zuletzt dem Timing. Er trat auf den Plan, als der Bauch des Produzenten, der weitaus mehr verkörperte als den bloßen Vorgang der Fetteinlagerung am Abdomen, Oda abzustoßen begann. In ihren Tagträumen fürchtete sie, vom Gewicht ihres Lebensgefährten erdrückt zu werden, doch mehr als die Wampe selbst störte sie die Lebenshaltung, der sie entwuchs. Einer wie Robert würde nicht verfetten, vermutete sie in einem nachdenklichen Augenblick, und als sie sich bei dem Gedanken erwischte, jagte ihr das keinen geringen Schrecken ein.

Auf Attaché-Posten in Daressalam und Manila hatte Robert bereits Erfahrung als Verwalter großer Aufgabengebiete in Metropolen mit anspruchsvollen klimatischen Bedingungen gemacht. Die Zeiten, die er dazwischen und danach im Ministerium in Bonn als einer von vielen Hundert Beamten verbrachte, erfüllten ihn mit einer Gelassenheit, die andere Leute bestenfalls im Jahresurlaub erreichen. Als lediger Mann konnte er sich seine Zeit frei einteilen, und das kam der inneren Ausgeglichenheit zugute.

Kaum waren sich Oda und Robert nähergekommen, wurden sie durch Roberts Job zur Fernbeziehung gezwungen, da er für zwei Jahre den Botschafter in Maskat vertrat. Daran schloss sich aber gleich der Umzug nach Berlin an, es folgten Heirat, Schwangerschaft, das ganze Glück der Sesshaften, und es kam schließlich die schwere Geburt mit ihren Folgen, die Robert wieder auf die Idee brachte, mit forcierter Aktivität einen Auslandsposten anzustreben.

Oda stellte sich anfangs quer, nach einiger Zeit dann nicht mehr, als sich zeigte, dass Felix gut untergebracht war, obwohl sie inzwischen wieder in ihrem Beruf arbeitete. Sie gab klein bei, weil sie ihren Mann um die vollwertige Vaterschaft gebracht hatte und ihm daher, wie sie glaubte, etwas schuldig war – womöglich lebenslang. Da schien es ihr nicht zu viel verlangt, ihm zuliebe einige Jahre lang als Frau des Botschafters aufzutreten.

»Der Fisch war gut.«

»Du bist nicht im Dienst, du musst nichts sagen, was du nicht meinst.«

»Was ich sage, meine ich auch.«

»Sah allerdings nicht so aus.«

»Wieso?«

»Du hast den Fisch wortlos verschlungen und wolltest nicht mal wissen, was es für eine Sorte war.«

»Also?«

»Maräne.«

»Aha.«

»Und wo er herkommt und wie ich ihn gemacht habe, willst du nicht wissen?«

»Oda, ich bitte dich.«

»Nein. Ich bitte dich. Und zwar um Folgendes: Komm nächste Woche mit zu Felix.«

»Ich ...«

»Ich weiß. Die Delegation aus dem Thüringer Landtag. Die neuen deutschen Doktoranden an der Technischen Hochschule. Das Luncheon bei den Briten. Das Gastspiel der Badischen Landesbühne in Oulu. Der Festakt zum fünfzigjährigen Jubiläum der Städtepartnerschaft zwischen Hämeenlinna und Weimar. Ich weiß, ich weiß. Trotzdem. Was sagst du?«

»Ich ...«

»Was sagst du?«

»Ich kann so nicht mit dir reden, Oda.«

»Also nein?«

»Ja.«

»Ja?«

»Nein. Ich meine Nein. Leider.«

»Lüg nicht.«

»Ich lüge nicht. Ich bin kein Unmensch!«

»Wann kommst du mit? Wann lässt du es dir von deiner Sekretärin in deinen Terminkalender setzen?«

»Es gefällt mir nicht, wenn du sarkastisch wirst.«

»Wann?«

»Also gut. Im Dezember. Wie jedes Jahr.«

Meine Sehnsucht hat Flossen, Felix:
Maräne, Kropfer, Brienzling,
Bezoule, Kilch, Bondelle,
Powan, Pfärrig, Riedling,
Albock, Omul, Felchen.
Hägling, Renke, Schnäpel,
Lavaret, Storsik, Muksun,
Palée, Aspsik, Quietschbauch,
Gangfisch, Schelly, Balchen,
Tugun, Blaalig, Albeli.
Schwimm schön in den Schlaf!

FELIX

Ein Säugling ist ein Säugling ist ein Säugling. Er schläft, nimmt Nahrung auf, ruht in der körperlichen Nähe seiner Mutter und schläft wieder ein. Ein Säugling ist ein Säugling, auch wenn man ihn gleich nach der Geburt mit Diagnosen ausstattet, die für ein ganzes Menschenleben reichen, auch wenn man weiß, dass er sich nie zu dem Kind entwickeln wird, das man sich wünscht. Auch ein Säugling mit Schädigungen von Geburt an ist ein Säugling und als solcher gewissermaßen ganz normal. Schiebt man ihn im Kinderwagen durch die Stadt, erkennt kein Mensch den Keim der Fehlentwicklung, die in dem Kleinen wirkt und immer wirken wird. Keiner sieht der Mutter eine spezielle Sorge an, keiner ahnt, dass sie sich vorwirft, aufgrund ihrer Schwäche bei der Geburt dem eigenen Kind das unbeschwerte Leben geraubt zu haben.

Weil Oda nach vielen Stunden Kampf im Kreißsaal nicht mehr pressen konnte, steckte das Kind zu lange in einer Lage, in der es keine Luft bekam. Sein Gehirn wurde nicht ausreichend mit Sauerstoff versorgt, infolgedessen starben Nervenzellen ab, an mehreren Stellen des Gehirns fielen Funktionen irreversibel aus, und das Schicksal des Kindes war besiegelt.

So lautete in etwa die Version, die Oda sich angeeignet hatte. Sie hätte auch eine abweichende Variante wählen können, die besagte, es sei während des Geburtsvorgangs zu einem plötzlichen Herz-Kreislauf-Stillstand beim Kind gekommen, der keineswegs durch Odas Schwäche ausgelöst worden war. Nur habe es aufgrund ihrer Erschöpfung dann länger gedauert, das Kind aus dem Geburtskanal zu holen und mit Sauerstoff zu versorgen.

Diese Version wäre nicht unbedingt falsch gewesen, doch Oda hielt an der Variante fest, die sie stärker belastete, als wäre das Los des Kindes leichter zu ertragen, wenn es eine Schuldige dafür gab. Als wäre ein negativer Sinnzusammenhang immer noch besser als die vollkommene Sinnlosigkeit des Schicksals.

Der Mutter, die den Kinderwagen schiebt, sieht man das Schuldgefühl nicht an, dem Säugling steht das künftige Krankheitsbild nicht ins Gesicht geschrieben, später aber, wenn das Kind dem Säuglingsstadium entwachsen sollte, wenn es schon sitzen müsste, aber nicht sitzt, wenn es das Krabbelalter erreicht, aber nicht krabbelt, dann kommen Fragen auf. Was hat das Kind?

Da muss die Mutter lernen, Antworten zu finden, auch wenn sie nicht zur Verständigung führen, sondern nur zu Äußerungen des Mitleids, denen oft anhaltende Stummheit folgt.

Zwar wächst auch dieses Kind, doch langsam und nicht etwa der Selbstständigkeit entgegen. Anstatt sich Stück für Stück die Welt zu erobern, bleibt es auf seine Art ein Säugling und muss sein Leben lang auch so versorgt werden.

Das ist natürlich traurig, aber man gewöhnt sich daran, denn Liebe kennt keinen Darwinismus. Ist sie einmal da, sucht sie nicht nach besseren Alternativen.

Doch das wachsende Kind nimmt an Gewicht zu und wird schwerer handhabbar. Es kommt zu dem Moment, in dem die Mutter dies erkennt und erschrocken die Hände vors Gesicht schlägt, weil ihr im Zusammenhang mit ihrem Kind das

Wort *handhabbar* eingefallen ist. Ihr Entsetzen ändert jedoch nichts daran, dass mit ihrem Kind auch ihre Überforderung wächst. Erst recht, wenn weitere Beeinträchtigungen auftreten. Die zerebrale Störung kann eine tückische Form der Epilepsie mit sich bringen, das Kind erleidet Krampfanfälle, die schwer zu erkennen sind, wenn sie als stille Absencen vor sich gehen, die jedoch umgehend durch die Gabe eines schnell wirkenden Medikaments gestoppt werden müssen, weil bei jedem Anfall weitere Gehirnzellen absterben, die nicht mehr regenerierbar sind. Eltern ohne medizinische Ausbildung überfordert das. Sogar die Ernährung ihres Kindes kann sie überfordern, nämlich in Fällen, wo eine normale Nahrungsaufnahme nicht gelingt, weil der Schluckreflex und die sonstige notwendige Motorik versagen. Dann muss eine Magensonde gelegt werden, was schon von Rechts wegen nur Personen mit Krankenpflegeausbildung tun dürfen.

Deswegen tritt unausweichlich der Moment ein, in dem die Eltern die Entscheidung treffen müssen, ihr Kind in die Obhut ausgebildeter Fachkräfte zu geben. Oft wird ihnen das schon wenige Tage nach der Geburt in der Klinik nahegelegt, doch willigen nicht alle Eltern sofort ein. Viele wollen das Neugeborene unter allen Umständen mit nach Hause nehmen und selbst versorgen.

Robert nannte es vernünftig, Felix in ein Heim zu geben, er hatte recht, nahm damit seine Verantwortung als Vater und Ehemann wahr. Oda hätte ihm dankbar sein können, weil er ihr die unschöne Entscheidung abnahm, doch sie nannte ihn Unmensch, obwohl sie bald darauf zustimmte.

Wochen später, nachdem sie für Felix das beste Heim gefunden hatten, das man sich vorstellen konnte, bat sie ihn um Verzeihung, doch ungerechte Benennungen können sich halten wie hartnäckige Gewächse und im Gefühlshaushalt eines Menschen überhandnehmen wie das Drüsige Springkraut auf einer Rheinaue.

Dieses *Unmensch* wurde Robert nicht mehr los. Trotzdem blieben sie beieinander.

Einmal im Monat reiste Oda zu ihrem Sohn, hob mittels Flugzeug und Eisenbahn die Entfernung auf und führte sie sich zugleich aufs Neue vor Augen: Sie war eine Mutter, die ihr Kind besuchte.

Anfangs, als sie noch in Bonn lebten, waren es nicht mehr als hundertfünfzig Kilometer Fahrt rheinaufwärts gewesen. Nach einer Autofahrt von anderthalb Stunden stand man vorm Eingang des Martinusheims. Das Haus lag wie ein Refugium hinter Mauern, doch stand das große Tor stets offen. Die Kinder wurden nicht versteckt, täglich schoben Mitarbeiterinnen die sperrigen Spezialrollstühle durch die Straßen, wie um daran zu erinnern, dass auch diese Menschen zu den Einwohnern der kleinen Stadt gehörten. Im Haus waren die Kinder in Gruppen aufgeteilt. Jede davon bildete eine Wohneinheit mit festem Personal, das in zwei Schichten immer nur in der jeweils eigenen Gruppe arbeitete, lediglich die Nachtschicht war für das ganze Haus zuständig. Es gab eine Physiotherapieabteilung mit Schwimmbad, es gab Krankengymnastik und Beschäftigungstherapie, aber es herrschte eine unklinische Atmosphäre, trotz der Hilfsmittel und Spezialvorrichtungen, die überall herumstanden.

Was Oda am meisten beeindruckte, war die Abwesenheit von Eile im Umgang mit den Kindern. Jeder Handgriff, jeder Blick, auch im Zusammenhang mit banalen, alltäglichen Verrichtungen, galt dem Kind. Man hatte das Gefühl, als sprächen die Mitarbeiterinnen alles, was sie taten, innerlich mit: Jetzt löse ich die Gurte an deiner Sitzschale. Nun schiebe ich die rechte Hand hinter deinen Rücken und die linke unter deine Kniekehlen, dann hebe ich dich hoch und trage dich ins Bad, um dich zu waschen.

So sah Zuwendung aus, obwohl sie Arbeit war. Schon bei der ersten Besichtigung hatten die Gebärden dieser Frauen Odas Vertrauen geweckt. Doch den Ausschlag für den Entschluss, Felix dieser Einrichtung anzuvertrauen, hatte etwas anderes gegeben: An jenem ersten Nachmittag im Martinusheim vergaß Oda erstmals alle Scham. Niemand dort kam auf die Idee, etwas Verwerfliches daran zu sehen, ein Kind wie Felix im Heim unterzubringen. Im Gegenteil, es war, als würden sich alle über die Entscheidung freuen, weil sie wussten, wie sehr es dem Wohlbefinden des Kindes nützen würde.

Hundertfünfzig Kilometer sind keine Entfernung für Menschen, die ein komfortables Auto besitzen oder sich jederzeit eine Bahnfahrkarte leisten können, und so fuhr Oda fast jede Woche ins Heim, bis der Umzug nach Berlin nicht mehr aufzuschieben war. Robert ging voraus, fasste in der neuen Abteilung des Amtes schnell Fuß, und Oda folgte, nachdem sie beim Sender in Köln gekündigt hatte. Sie fand eine Wohnung in Charlottenburg, kümmerte sich um die Einrichtung und reservierte dabei sogar ein Kinderzimmer, falls sie Felix trotz aller Umstände doch einmal übers Wochenende holen sollten. Sie stattete es mit einer abwaschbaren Liegefläche aus, breit genug, dass sie dort neben dem Kind schlafen könnte.

Felix aber blieb am Rhein. Die Entfernung war gewachsen, Odas Besuche fanden nunmehr einmal im Monat statt. Mit dem Taxi nach Tegel, mit dem Flugzeug nach Frankfurt, mit dem Regionalexpress über den Rhein und dann linksrheinisch durch Obstfelder zum Bahnhof der kleinen Stadt, schließlich zu Fuß die Hauptstraße hinauf zur Kirche. Auf dieser Höhe pochte ihr Herz, doch wenn sie nach der Kirche in die schmale Straße einbog und das offene Tor zum Heimgelände sah, die heimeigenen Fahrzeuge unter den hohen Bäumen im Hof und weiter hinten die Spielgeräte, die eigens für Kinder mit Beeinträchtigungen entwickelt worden waren, lächelte sie, vergaß, was in ihr wie, warum, wie schnell pulsierte, und steuerte zügig die gläserne Eingangstür an.

An diesem Ablauf hatte sich auch nach dem Umzug nach Helsinki so gut wie nichts geändert, sah man einmal davon ab, dass sie nun bisweilen vom Chauffeur zum Flughafen gebracht wurde und der Flug nach Frankfurt eine Stunde länger dauerte. Alles andere blieb gleich, auch das Besuchsintervall: einmal im Monat.

Im Botschaftspark hatte der Seewind den Bäumen bereits einen großen Teil des Laubs geraubt, im Park des Heims gestand die milde Luft des Rheintals den hohen Eichen, Linden, Ahornbäumen sogar noch grüne Blätter zwischen den gelben und roten zu. Oda trat aus altweibersommerlicher Wärme in die kühle Eingangshalle, wurde dort mit Namen begrüßt und durfte sich ohne Begleitung in Felix' Gruppe begeben, wo sie von Kerstin und den anderen Mitarbeiterinnen empfangen wurde wie eine Schwester, die von einer Reise heimkehrt. Felix saß bereits in seinem Rollstuhl am Esstisch. Wie immer hatte Oda es so eingerichtet, dass sie zur Mittagszeit da war, damit sie ihm Essen geben konnte. Zwar fiel ihm das Schlucken schwer, weshalb auf künstliche Ernährung nicht verzichtet werden konnte, aber Oda wollte, dass er Geschmack in den Mund bekam, und sie wollte ihren Händen zu Beginn des Besuchs gleich eine sinnvolle Aufgabe zuteilen, weil sie dadurch automatisch in den Rhythmus der Betreuungsgruppe fand, in diese geräumige Wiege, in der normalerweise keine Ungeduld aufschien.

Um zu verstehen, wie Oda nach der Überbrückung von zweitausend Kilometern ihrem Sohn begegnet, muss man wissen, wer Felix ist. Dies wiederum ist nicht so einfach, denn genau genommen kann man gar nicht wissen, wer er ist, weil man sein Wesen nicht erfassen kann. Man weiß nicht, ob er einen Charakter besitzt. Seine Betreuerinnen würden das bestreiten, denn sie sind Tag für Tag mit ihm zusammen und neigen dazu, ihm Eigenschaften zuzuschreiben. Doch viele Züge seiner Persönlichkeit wissen auch sie nicht zu benennen, weil er nur über begrenzte Varianten der Gefühlsäußerung verfügt.

Felix kann nicht laufen und ohne die Hilfe von Fixierungen durch Rücken-, Nacken-, Seitenstützen und elastischen Gurten mit Kreppverschluss an Oberschenkeln, Unterschenkeln und Füßen auch nicht sitzen. Ohne Unterstützung kann Felix nur liegen und in begrenztem Radius Arme und Beine bewegen. Manchmal streckt sich sein Körper in einem Krampf, und wer das sieht, spürt am eigenen Leib den Schmerz, den er im Körper des kleinen Menschen zu erkennen glaubt. Welche Schmerzen Felix tatsächlich empfindet, ist wiederum schwer zu sagen, denn er kann nicht sprechen und somit keine Auskunft über die Vorgänge in seinem Körper und seiner Seele geben. Felix kann weinen und lachen, er kann staunen oder sich wundern, grimmig sein oder ernst. So viel scheint sicher, wenn man ihn lange genug beobachtet. Ob er die Sehnsucht kennt, Zuneigung, Liebe gar oder umgekehrt Abneigung, Hass, Gleichgültigkeit – das bleibt im Dunkeln. Es dringt nicht durch seine braunen Augen, es bildet keinen in dieser Hinsicht lesbaren Gesichtsausdruck heraus. Die leisen Laute, die er von sich gibt, lassen sich kaum voneinander unterscheiden, deutlich werden nur das Lachen und das Weinen. Zwar sendet er mit der Spannung seines Körpers zusätzlich Signale aus, doch auch hier ist Achtsamkeit gefragt. Resultiert die Versteifung aus Unbehagen, kann man den Jungen betten, berühren, beruhigen. Handelt es sich aber um Anzeichen einer epileptischen Attacke, ist schnelles medizinisches Handeln geboten. Dann muss dem Kind ein krampflösendes Mittel rektal verabreicht werden, weil der Darm die Wirkstoffe am schnellsten absorbiert und das Kind innerhalb einer Viertelminute wieder aus dem Schraubstock seiner Nerven befreit.

Nie wird Felix sich differenziert über sich und seine Umwelt äußern können. Was kann die Umwelt da über Felix sagen? Wer ist Felix?

Ein Mensch, der auf die Hände anderer Menschen angewiesen ist. Auf sich allein gestellt würde er nicht überleben. Darum ist Felix einer, der den Menschen um sich herum enormen Wert verleiht.

Auch der Mutter. Sobald Felix ihre Stimme hörte, lächelte er, und als sich die Stimme näherte, ganz nah kam und ihn mit Haut und Lippen berührte, lachte er, riss Augen und Mund auf und schickte alle Energie, die in ihm steckte, in Arme und Beine. So ging das beim Füttern weiter, und Oda freute sich an ihrem hübschen Kind, dessen Anblick nur von der mit einem Pflaster an der Wange fixierten Magensonde etwas gestört wurde, was sich aber im Lauf der langen Mahlzeit änderte – durch die Gewöhnung, aber auch durch die sichtbare Notwendigkeit. Von dem, was Oda Felix mit dem

Plastiklöffel gab, fand nur ein Bruchteil den Weg in den Magen, und Kerstin musste warme Flüssignahrung zugeben.

Danach, im Besucherzimmer, wurden keine Hilfskräfte gebraucht. Die Tür war geschlossen, Felix lag in Odas Armen und erinnerte seine Mutter an die Bedeutung ihres Körpers.

DIAGNOSEN UND ERKENNTNISSE

Für zwölf Euro konnten Eltern im Heim übernachten. So schlief Oda in unmittelbarer Nähe zu ihrem Kind, geschützt von der Sicherheit, die das Haus mit seinen Vorkehrungen bot. Und am nächsten Morgen war sie sofort zur Stelle, konnte mit Felix all das tun, was sonst andere Frauen an ihrer Stelle taten, Kerstin insbesondere. Rat und Hilfe benötigte sie nicht mehr, sie wusste, wie man die höhenverstellbare Duschwanne und all die anderen Hilfsmittel gebrauchte.

»Ende September waren wir mit Felix beim Arzt«, sagte Kerstin, als sie sich Zeit für eine Tasse Kaffee nahmen. Sie hatte sich entschlossen, Odas Hörbotschaften vorläufig nicht zur Sprache zu bringen, da sie zuletzt wieder harmloser geworden waren und nicht mehr so verzweifelt klangen. Außerdem gab es Dringlicheres, was ebenfalls nicht leicht zu sagen war. Sie zögerte eine Spur zu lange damit, weshalb Oda sofort etwas ahnte.

»Und was hat die Untersuchung ergeben?«

»Also, ich glaube ja nicht unbedingt, dass er mit seiner Diagnose recht hat«, meinte Kerstin anstatt einer Antwort.

»Was hat er denn nun gesagt?«

»Dass Felix vermutlich seine Augen bald nicht mehr benutzen kann.«

Es war, weiß Gott, nicht das erste Mal, dass Kerstin einen Satz dieser Art unumwunden aussprach, weil er sich beim besten Willen nicht schönen ließ. Trotzdem plagte Oda einige Sekunden lang starke Übelkeit.

»Wieso das? Was ist passiert?«

»Es ist nichts passiert, es ist Bestandteil des allgemeinen Abbaus. Sagt der Arzt.«

»Aber du sagst, du glaubst es nicht?«

»Ja. Vielleicht sollte ich besser sagen, ich will es nicht glauben. Wo er so schöne Augen hat. Man mag sich einfach nicht vorstellen, dass die irgendwann nichts mehr sehen.«

»Kann man etwas tun? Operieren?« Oda mochte sich nicht der Passivität ergeben.

»Noch ist nichts sicher. Es werden demnächst genauere Untersuchungen gemacht. Wir sollen Felix inzwischen beobachten und aufschreiben, was wir sehen. Auf welche Reize er reagiert. Bewegung, Licht, Kontraste und so weiter. Im Dezember werden wir mehr sagen können, schätze ich.«

»Mir ist gestern und heute nichts an ihm aufgefallen«, sagte Oda. »Er hat mich angeschaut wie immer. Ein bisschen ungenau im Fixieren ist er nun mal.«

»Lass uns vorerst Ruhe bewahren«, wollte Kerstin weiter beschwichtigen, aber ihr Versuch zielte an Oda vorbei.

»So einfach ist das nicht. Vielleicht müsste man schnell handeln, bevor es zu spät ist.«

»Ich kümmere mich darum …«

»Wir sollten spätestens einen neuen Termin beim Arzt haben, wenn ich im November komme. Am besten bei einem anderen Arzt, damit man mehr als eine Meinung hat.«

»Vertrau mir, Oda, ich mach das schon. Bis jetzt haben wir uns noch um alles rechtzeitig gekümmert. Diesmal wird es nicht anders sein.«

So war das, und gegen diese Wahrheit half kein Aufbegehren. Sie würden sich kümmern, während Oda aus dem Panoramafenster der Botschaftswohnung auf die Ostsee blickte, und wenn es etwas Gravierendes zu entscheiden gäbe, würden sie sich melden und die Zustimmung der Eltern einholen. Alles würde seinen Gang gehen, Grund zur Beunruhigung bestand in dieser Hinsicht nicht.

Während Oda mit Kerstin am Tisch saß, bereiteten die Kolleginnen die Ankunft eines neuen Kindes vor. So etwas kam ziemlich selten vor, es herrschte wenig Fluktuation im Haus, fast alle Kinder blieben vom Tag ihrer Aufnahme bis zu ihrem achtzehnten Geburtstag. Dann musste ein Nachfolgeheim gefunden werden. Ganz selten starb ein Kind vor dieser Zeit, die Lebenserwartung der meisten reichte über das Datum der Volljährigkeit hinaus.

Die Ankunft des Neuen verursachte daher einige Spannung. Die Heimleitung kam in die Gruppe, um zu prüfen, ob alles vorbereitet war. Felix lag in der Kiste mit den bunten Bällen und juchzte gelegentlich, Oda trug ihn zur Ruhematte und hörte von dort aus zu, wie die Vorgesetzten den Betreuerinnen noch einmal die wichtigsten Aspekte im Umgang mit dem neuen Kind in Erinnerung riefen. Womöglich formulierten sie in Odas Anwesenheit diplomatischer als sonst, erst recht, als sie einige Sätze zur Mutter des aufzunehmenden Kindes sagten. Sie sei mit der Situation noch überfordert, jedoch äußerst kooperativ. Möglicherweise suche sie Unterstützung; die Mitarbeiterinnen müssten selber sehen, wie weit sie ihr die geben konnten. Der Heimleiter legte den Frauen nahe, sich nicht zu viel abzuverlangen.

Als er später mit dem Kind, der Mutter und einem Gefolge von Pädagogik- und Pflegeleitung sowie mehreren Therapeuten wiederkam, übernahm er die Aufgabe, den Betreuerinnen das Kind vorzustellen und sie mit dessen Mutter bekannt zu machen. Oda registrierte das Geschick, mit dem er, ohne zu dramatisieren, die Beteiligten ins Bild setzte. Anschließend wussten alle, woran sie waren, welche Abläufe man vorgesehen hatte, wann und wie oft welche therapeutischen Maßnahmen durchgeführt werden sollten, welche Besonderheiten bei der Pflege beachtet werden mussten.

Der Junge saß unterdessen in einem Kinderrollstuhl mit leicht nach hinten gekippter Sitzschale. In den wenigen Momenten, in denen er entspannt dasaß, wirkte er gar nicht wie ein krankes Kind, sondern nur sehr, sehr müde. Er war fünf Jahre alt und hieß Alexander. Oda sah ihn schon im nächsten Sommer mit einer Schultüte im Hof seines Elternhauses stehen, da bäumte sich der Junge plötzlich ungeheuer auf, in einem Krampf von solcher Wucht, dass es Oda, die im Heim in den letzten Jahren immerhin einiges zu Gesicht bekommen hatte, schlagartig den Mund austrocknete.

Unwillkürlich blickte sie auf die Mutter des Kindes. Die unternahm nichts, und Oda verstand ihre Haltung richtig zu deuten: als blanke Hilflosigkeit.

Wenig später sank Alexander aus der körperlichen Überspannung zurück, und man legte ihn zum Ausruhen im Nebenzimmer in ein Gitterbett. Seine Mutter folgte ihm. Heimleitung und Therapeuten verabschiedeten sich leise, und die Betreuerinnen nahmen im Gruppenraum an dem Tisch Platz, auf den der Heimleiter die Akte des Jungen zur Durchsicht gelegt hatte.

Alle wussten Bescheid, nur Oda nicht. Kerstin erklärte es ihr kurz. Die Krankheit hieß Metachromatische Leukodystrophie und verlief innerhalb von Monaten oder wenigen Jahren tödlich. Der Junge sei bis vor anderthalb Jahren ein vollkommen normal entwickeltes, gesundes Kind gewesen. Dann seien Lähmungserscheinungen aufgetreten, die sich der Hausarzt nicht erklären konnte. Da sie immer mehr zunahmen, wurde Alexander zur Untersuchung in die Klinik überwiesen, wo bald die Diagnose gestellt worden war. Der Körper des Kindes baute sukzessive ab, bis er irgendwann nicht mehr lebensfähig wäre.

»Unsere Aufgabe besteht darin, dem kleinen Kerl bis dahin so viel Erleichterung wie möglich zu verschaffen. Ob er tatsächlich bis zum allerletzten Stadium hierbleibt, ist noch nicht entschieden.«

Kerstin hatte noch nicht ausgeredet, als Alexanders Mutter aus dem Nebenzimmer herüberkam. Alle sahen sie an. Der Junge schlafe jetzt, ob sie sich setzen dürfe. Sie könne so lange bleiben, wie sie wolle, sagten die Mitarbeiterinnen, standen selbst aber auf, denn es gab noch andere Kinder zu versorgen.

Alexanders Mutter wirkte so, als akzeptierte sie jeden Platz, den man ihr zuwies. Sie strahlte nicht die Spur von Selbstbewusstsein aus, und Oda sah auf den ersten Blick, dass sie nicht der sozialen Schicht angehörte, aus der die Gäste für Botschaftsempfänge ausgewählt wurden. Die Gäste für Talkshows allerdings schon. In ihrem Job als Redakteurin in Berlin, den sie bis zu Roberts Entsendung gemacht hatte, wäre es durchaus möglich gewesen, dieser Frau zu begegnen. Sie wäre ein klassischer *grüner Gast* gewesen. Bekam man für eine Sendung keinen attraktiven *roten Gast*, also keinen allseits bekannten *A-Promi*, und konnte den Mangel nicht durch ausreichend interessante *B-Promis (blaue Gäste)* kompensieren, musste man einen grünen Gast auftreiben: eine *No-name-Geschichte*, ein ergreifendes Schicksal. Und was war ergreifender als das Schicksal einer Mutter, die ihr Kind durch eine heimtückische Krankheit verlor?

»Arbeiten Sie auch hier?«, wandte sich die Frau an Oda.

Kaum hatte Oda gesagt, sie sei die Mutter eines Kindes und nur zu Besuch hier, griff die Frau nach ihrer Hand und stieß einen Satz der Erleichterung aus: »Ich bin ja so froh, dass er jetzt hier ist!«

Dann nahm sie die Hand weg und lehnte sich wieder ins Schweigen zurück.

»Mein Sohn heißt Felix«, sagte Oda. »Wollen Sie ihn mal sehen?«

Die Frau nickte.

Ein leichter Fall wäre sie als grüner Gast nicht gewesen, ein Vorgespräch am Telefon hätte nicht genügt, Oda hätte zu ihr nach Hause fahren, sich ausführlich mit ihr unterhalten, sie möglichst genau auf ihre Kamerataublichkeit prüfen und sie vor allem auf eine klare, leicht verständliche Geschichte bringen müssen.

Oda erinnerte sich an die Anspannung, mit der sie die Liveaufzeichnung von Sendungen mit schwer zu führenden Gästen verfolgt hatte. Sie hatte Verantwortung gespürt, aber es war ein seltsam schizophrenes Verantwortungsgefühl gewesen, weil es einerseits dem Gelingen der Sendung, andererseits dem Wohl des Schicksalsgastes galt, was sich unter Umständen widersprechen konnte. Des einen Not ist des anderen Brot, hatte ihr Redaktionsleiter dazu bemerkt.

Felix lag ruhig da, ohne sich aufzubäumen. Ab und zu drehte er den Kopf nach rechts und links und rollte mit den Augen, wie er es immer tat, doch nun sah Oda genauer hin. Wie unkontrolliert war die Bewegung der Pupillen? Sie fuhr Felix durchs Haar und achtete darauf, ob er reagierte, als sich ihre Hand über sein Gesicht hinwegbewegte. Sie konnte es nicht mit Sicherheit erkennen.

»Was für ein hübscher Kerl«, flüsterte Alexanders Mutter. Auch sie streckte die Hand aus. »Darf ich?«, fragte sie und strich Felix über die Wange. »Ich finde es so schön, dass er keine Schmerzen hat. Die hat er doch nicht?«

»Nein«, bestätigte Oda. »Normalerweise hat er keine.«

»Wird das auch so bleiben?«

Oda sah die Frau an, deren Kind gerade erst im Heim aufgenommen worden war und die sich nun bereits für ein anderes Kind interessierte. Lüde man sie in die Sendung ein, müsste man unbedingt einen kurzen Einspielfilm drehen und sie hier im Heim bei ihrem Kind zeigen.

»Im Großen und Ganzen wird sich nichts ändern, sondern alles wird bleiben, wie es ist«, antwortete Oda.

»Wie schön!«

Als Oda am frühen Nachmittag das Heim verließ, war Alexanders Mutter immer noch dort. Man konnte sich leicht vorstellen, dass sie einfach so lange bleiben würde, bis ihr Sohn gestorben war, mehrere Wochen, mehrere Monate oder ein ganzes Jahr, denn sie machte nicht den Eindruck, als gäbe es irgendwo außerhalb des Heims einen Ort, an dem man sie vermisste.

In Oda hatte die Begegnung mit der scheuen, durch und durch vom Schicksal überforderten Person allerdings Spuren hinterlassen. Bis dahin hatte es sie immer deprimiert, zu wissen, dass sich Felix nie weiterentwickeln würde. Angesichts von Alexanders Prognose sah sie das auf einmal in anderem Licht.

Oder etwa doch nicht? Sie saß im Nahverkehrszug und

rang um Fassung, weil sie sich bei der Frage erwischte, ob es ihr womöglich lieber wäre, wenn auch Felix absehbar dem Lebensende entgegentriebe. Dann könnte sie trauern. Dann könnte sie sagen: Mein Kind ist gestorben, und von allen Seiten wäre ihr ungeteilter Zuspruch sicher.

Sie schämte sich für ihre Gedanken. Als hätte es Alexanders Mutter leichter. Diese Frau, die nicht einmal vollständig zu begreifen schien, wie ihr geschah, die kein Mitleid heischte, sondern nur das Einvernehmen mit den anderen suchte, mit dem Personal, aber auch mit Oda, die sie womöglich nie wiedersehen würde – und von der sie insgeheim als *grüner Gast* betrachtet worden war.

Am Umsteigebahnhof musste Oda auf die Flughafen-S-Bahn warten. Sie kaufte sich eine Pappschachtel mit frittierten Stücken von Fischen und Schalentieren und trat damit ins Freie. Vor dem Bahnhof hielten sich viele Menschen auf, es herrschte Unruhe, Busse und Straßenbahnen kamen an und fuhren ab, es ging ein ständiges Ein- und Aussteigen vonstatten. Oda hörte eine Flasche aufs Pflaster fallen, jedoch nicht zersplittern, sondern davonrollen. Mit Erleichterung nahm sie es zur Kenntnis, als ginge es sie etwas an. Dann zuckte sie zusammen, weil jemand ungeheuerlich laut schrie. Ein betrunkener Mann mit Schorfflecken im Gesicht kam auf sie zu, stoppte aber beim Aschenbecher vor dem Bahnhofseingang, wühlte darin, pickte sich ein paar Kippen heraus und ging weiter. Sobald sein Blick Oda erfasste, steuerte er sie an, die Augen auf die Schachtel in ihrer Hand gerichtet. Mit nach vorn gerecktem Kopf trat der Mann dicht an sie heran, sah ihr ganz kurz ins Gesicht und spuckte dann gezielt auf Fischstücke und Scampi.

Oda hatte mir den Vorfall bei ihrem nächsten Bibliotheksbesuch offenbar als grelle Kuriosität schildern wollen, doch ich hörte eine Schockwirkung heraus, die den Rahmen der unappetitlichen Anekdote sprengte. Vor Ekel hatte sie ihre Essensportion einfach fallen lassen, direkt vor dem Eingang, und war in die Bahnhofshalle geflüchtet. Noch in der S-Bahn habe sie sich immerfort nach dem Angreifer umgesehen, in der Befürchtung, er könne sie erneut attackieren, und erst im Flugzeug habe sie sich allmählich sicher gefühlt und nach und nach beruhigen können.

Sie schüttelte sich, nachdem sie mit der Geschichte zum Schluss gekommen war, und verschwand dann zwischen den Bücherregalen. Wenig später tauchte sie mit etwas Klassischem und etwas Unterhaltsamem wieder auf. Zusätzlich griff sie sich noch etwas vom Neuerwerbungstisch. Während ich auf jeder Entleihkarte das Rückgabedatum eintrug, sagte ich, ohne aufzublicken, ich könne ihr nun jemanden nennen, der bereit sei, ihr Sprachunterricht zu geben.

Zunächst schien sie gar nicht zu wissen, wovon ich sprach, sie sah mich irritiert an, als ich ihr die Bücher reichte. Dann erinnerte sie sich. »Ach so, ja, stimmt. Sie haben um Bedenkzeit gebeten. Ist Ihnen der ideale Lehrer eingefallen, so wie Sie es versprochen hatten?«

»Hatte ich das?«

»Ja.«

Das war mir selbstverständlich peinlich, aber in dem Moment konnte ich mich auch nicht mit Selbstgeißelung aufhalten. Augen zu und durch, sagte ich mir und wagte es, mich vorzuschlagen.

Sie sah mich ungewohnt lange aufmerksam an. Und lehnte ab. Sie sagte, wenn sie es sich genau überlege, wolle sie eigentlich gar keinen Finnischunterricht mehr nehmen. Wozu auch. Dass sie bislang versucht habe, etwas von der Sprache zu lernen, sei nichts als eine Art Beitrag zur Funktion ihres Mannes gewesen. Ansonsten gehe der Bemühung jeglicher Sinn ab, denn spreche sie die Sprache schlecht, mache sie sich bei jeder Gelegenheit damit zur Äffin, womit niemandem gedient sei, nicht einmal den Leuten, denen sie mit ihrem Radebrechen höflichen Respekt erweisen wolle. Und für ein gründliches Erlernen dieses undurchdringlichen Idioms fehle ihr auf jeden Fall die Zeit, denn spätestens in ein, zwei Jahren werde ihr Mann, sofern es mit rechten Dingen zugehe, ohnehin versetzt. Fortan wolle sie bei Deutsch und Englisch bleiben. Das genüge vollkommen, außerdem habe sie dann wenigstens das Gefühl, wie ein erwachsener Mensch zu klingen, wenn sie sich äußere.

Zum Abschluss ihrer Rede packte sie die Bücher in die Tasche und bedankte sich bei mir.

»Wofür?«, wollte ich wissen und schaffte es kaum, das Wörtchen mit Klang zu füllen.

»Dafür, dass Sie mir zu dieser befreienden Erkenntnis verholfen haben.«

IN EINEM BOOT

An einem klaren Oktobertag fuhr Oda zum zweiten Mal zu Klaus, diesmal mit dem eigenen Wagen. Sie hatte warme Kleidung im Gepäck, denn sie war gewillt, die Einladung zur Bootspartie anzunehmen, bevor der Herbst unwiderruflich in den Frühwinter kippte. Ein bisschen aufgeregt war sie und fragte sich, was es für ein Gefühl wäre, in Zonen zu gelangen, über die bisher nur ihr Blick geschweift war, und ob so eine Aluminiumwanne mit Motor eigentlich genügend Sicherheit gewährleistete. Wer nicht gewohnheitsmäßig Boote nutzt, setzt den Fuß nicht gleichmütig in einen schwankenden Kahn.

Schon der erste Schritt ins Boot lässt einen die eigene Unzulänglichkeit spüren: gar nicht so leicht, das Gleichgewicht zu halten in dem kippeligen Nachen, die angebotene Hand schlägt man besser nicht aus. Und siehe da: Schon hatte man sich berührt und saß in einem Boot. Allerdings mit Abstand, denn Klaus saß hinten an der Steuerpinne des Außenborders, Oda auf der Mittelducht, und zwar mit Blick nach vorne.

Klaus löste die Leinen und erhöhte allmählich die Drehzahl des Motors. Auf den ersten Metern ging es mit brummendem Gleiten voran, aber kaum lag der Steg zwanzig, dreißig Meter zurück, gab Klaus gewohnheitsgemäß mehr Gas, der Bug hob sich aus dem Wasser, Gischt spritzte auf, der Fahrtwind blies die Haare nach hinten, und bei jeder größeren Welle traf ein harter Schlag den Bootsrumpf, den das

Aluminium ungefedert an das Rückgrat der Insassen weiterleitete.

Eine bequeme Ausflugsfahrt war das nicht, Oda staunte und hielt sich rechts und links am Bootsrand fest, Klaus aber schärfte ihr von hinten ein, sie solle sich entspannen und nicht mit durchgedrücktem Rückgrat und verkrampften Muskeln den Schlägen begegnen, das sei gefährlich. Um Verstauchungen zu vermeiden, müsse der Körper elastisch bleiben. Oda versuchte, locker zu werden, trotz der starren Rettungsweste, und als es ihr gelang, erfasste sie auch schon Begeisterung, die sich wenig später dann mit unvermuteter Euphorie paarte, als sie unter der Brücke hindurchfuhren und die Botschaftsbucht erreichten. Wie anders alles vom Wasser aussah, schon nach wenigen Hundert Metern! Aus dieser Perspektive erkannte man auch die Gestaltungsabsicht des Botschaftsarchitekten: Der aus der Nähe scheinbar plump verschachtelte Komplex erhob sich durchaus gefällig zwischen den Bäumen am Ufer, Oda begriff, dass manch ein Angler mit Neid oder Verachtung auf das vornehme Anwesen in bester Lage schauen musste. Man brauchte schon eine sehr spezielle Disposition, um auf die Idee zu kommen, ausgerechnet auf dem Steg dieses Palastes aus hellem deutschem Jurastein selbst gefangene Fische zu hinterlegen.

Sie drehte sich zum Mann am Motor um, was wegen der Schwimmweste etwas beschwerlich war. Er nickte anerkennend und hob den Daumen. Es gab eindeutig Menschen, die im Leben ohne Neid auskamen.

Klaus lenkte das Boot auf dem Kurs, den Oda vom Zusehen kannte, an der kleinen Insel vorbei. Dann ging es schnurgerade weiter, unter der Autobahnbrücke hindurch und hinaus auf die offene See. Sie schien sich im Süden in ganzer

Blickfeldbreite zu heben, was natürlich eine optische Täuschung war, erzeugt durch den gleißenden Lichtstreifen entlang des Horizonts. Es wirkte wie die leuchtende Verheißung der Ferne.

In einem sanften Bogen steuerte Klaus das Boot nun auf eine Ansammlung von Inseln unterschiedlicher Größe zu und navigierte zwischen zwei der größeren Schären. Dort drehte er den Gashebel auf null und ließ das Boot zum Stillstand kommen. Als er den Motor abschaltete, merkte Oda gleich, dass er eine Stelle im Windschatten gewählt hatte, von der man die berückend rund geschliffenen Uferfelsen und die Stillwasserbecken, die sie an manchen Stellen einfassten, gut sehen konnte.

»Angeln Sie hier manchmal?«, wollte Oda wissen.

»Hier gibt es keine Fische, nur schöne Aussicht.«

Man hörte nicht das geringste Geräusch von der Stadt her und, da der Sommer vorbei war, auch keine Freizeitstimmen von den Inseln, es herrschte Stille, das Meer hatte sich in Plätscherwasser verwandelt.

Oda drehte sich auf ihrer Sitzbank um, sodass sie ihrem Bootsmann gegenübersaß.

»Danke«, sagte sie. »Danke, dass Sie mir das zeigen.«

»Sind Sie damit zufrieden, oder wollen Sie auch noch die Antworten auf die großen Fragen haben?«

»Ich bin zufrieden. Sogar froh. Ich wollte Ihnen beim letzten Mal nicht zu nahe treten, ich war nur neugierig.«

»Bei mir ist man besser altgierig. Neues gibt es bei mir nicht.«

Oda sah ihm in die Augen, bemerkte den Funken Ernst im Spaß und erkannte zugleich, dass sie mit Menschen wie ihm in diesem Land sonst nie in Berührung kam. Bei allen anderen standen immer zuerst Funktion und Position im Vordergrund, nur wenn man Glück hatte, durfte man nach und nach Bekanntschaft mit dem Rest oder dem wahren Wesen der Person schließen. »Was machen Sie eigentlich beruflich?«, hörte sie sich plötzlich fragen – idiotischerweise, wie seine Antwort auch sogleich bestätigte.

»Ich bin Rentner. Vorher hatte ich keinen Beruf, sondern nur Arbeit.«

Schon wieder heikles Terrain. Oda wollte gerade die Bitte äußern, umzukehren, um die Peinlichkeit nicht überborden zu lassen, da fing Klaus doch noch an, etwas zu erzählen. Er nahm dazu die Mütze ab und hängte sie an die Steuerpinne.

Weit oben im Norden war er Waldarbeiter gewesen und wäre es vielleicht geblieben, wäre er nicht mit neunzehn Jahren eines Tages in einen solchen Streit mit seinem Stiefvater geraten, dass ihm der Kragen geplatzt war und er beschlossen hatte, in den Süden zu gehen.

Mit sich trug er den Namen des Stiefvaters, denn der hatte die Erinnerung an den leiblichen Vater komplett auslöschen wollen, was ihm kein zu hoher Preis dafür zu sein schien, dass er die Frau, die sich mit einem deutschen Soldaten eingelassen hatte, samt ihrem unehelichen Kind zu sich nahm und die Missbilligung der Leute ertrug. Beim Umzug ins Haus des Stiefvaters ließ die Mutter alles, was sie von dem Obergefreiten hatte, in ihrem Elternhaus zurück. Klaus bekam es an seinem achtzehnten Geburtstag heimlich von seiner Großmutter zugesteckt. Viel war es nicht, bloß ein Bündel mit vierzehn Briefen, sechs Postkarten und einem Extrakuvert mit dem Verlobungsfoto und der Anzeige, die bei Klaus an der Wand hing.

»Ein Verlobungsbild ist mir gar nicht aufgefallen«, warf Oda ein, denn sie ging selbstverständlich davon aus, dass es eingerahmt einen Ehrenplatz einnehmen musste.

»Es gibt das Bild nicht mehr«, gestand Klaus, der mit dem Paddel dafür sorgte, dass sie von der Strömung nicht ans Ufer einer Schäre gedrückt wurden.

Oda wollte wissen, wo es hingekommen sei.

»In den Ofen.«

»Warum denn das?«

Klaus zuckte mit den Schultern. »Aus Wut, glaube ich. In jungen Männern brennt oft große Wut.«

Oda ließ den Satz lange ausklingen. Dann erkundigte sie sich vorsichtig nach dem Schicksal der Briefe.

»Die leben noch«, sagte Klaus sofort, mit dem nach vorn gebeugten Eifer eines Schülers, der endlich einmal etwas weiß.

»Was meinen Sie damit? Dass sie noch existieren?«

»Ja, genau.«

Oda stellte sich vor, wie der Mann die Schleife in dem Band, das die Briefe bündelte, aufzog, die Kuverts nach den Daten auf den Poststempeln sortierte und dann mit wachsender Rührung einen nach dem anderen las. Wie seine Hände zu zittern begannen, wie ihm Tränen in die Augen traten bei den Sehnsuchtsworten seines Vaters an seine Mutter. Man hätte Odas Fantasie eins zu eins verfilmen können, so genau folgte sie dem sentimentalen Schema, das jeder Mensch versteht. Sie merkte es selbst und sagte versehentlich halblaut vor sich hin: »Ich denke Kitsch.«

»Gut!«, lobte Klaus sie sofort.

»Wieso das denn?«

»Weil Kitsch oft mehr Wahrheit enthält als Unkitsch.«

Oda verstand nicht, was dieser Satz bedeutete, merkte aber,

dass sie es im Moment gar nicht wissen wollte, denn sie interessierte sich jetzt für die Briefe. »Ist das kein komisches Gefühl, Briefe in der Hand zu halten, die von der eigenen Mutter als Liebesbriefe gelesen wurden, über denen sie womöglich Tränen vergossen hat?«

Klaus zuckte mit den Schultern. »Sie hat sie nicht gelesen«, erwiderte er. »Jedenfalls nicht im herkömmlichen Sinn. Sie konnte ja die Sprache kaum. Ich weiß gar nicht, wie sie sich damals mit ihrem Obergefreiten verständigt hat. Zu mir hat sie immer gesagt, sie könne kein Deutsch. Also hat sie auch die Briefe nicht gelesen, sondern nur betrachtet.«

»Dann waren es Liebesbotschaften, die von der Empfängerin nicht verstanden wurden«, sagte Oda mehr zu sich selbst als zu ihrem Bootsfreund.

Schloss man in der Windstille die Augen und drehte das Gesicht zur Sonne, hätte man meinen können, es werde bald Sommer. Schlug man die Augen auf und drehte sich nach den Inseln um, sah man am Erlen- und Birkenlaub wieder den Oktober. Klaus deutete in die andere Richtung.

»Dorthin wollte ich immer. Zum Obergefreiten aus der Verlobungsanzeige. Ich zog als junger Mann nach Süden, aber nicht, um in der Hauptstadt zu bleiben. Das sollte nur der Brückenkopf sein. Für mich war die Ostsee die Südsee. Ich blickte aufs Wasser und überlegte mir, wie ich mit dem Schiff nach Deutschland käme, ohne den Umweg über Schweden und Dänemark nehmen zu müssen.«

Oda richtete den Blick nach Süden, damit Klaus seine Bekenntnisse nicht in ein halbwegs fremdes Gesicht hinein sprechen musste, aber auch, weil ihr schien, als bilde der südliche Meereshorizont die passende Illustration für die Geschichte. Die Wasseroberfläche sah an vielen Stellen wie glatt gestrichen aus, nur in einzelnen Zonen kräuselte sie sich durch die Unterströmung.

Immerfort sei er nach Feierabend mit dem Fahrrad am Meer entlanggefahren. Er habe sich sein Brot als Hilfsarbeiter auf Baustellen verdient, und weil zu jener Zeit auch im Westen der Stadt viel gebaut worden sei, habe es ihn schon damals zuweilen an die Ufer des Villenviertels, wo heute die deutsche Botschaft stehe, verschlagen.

»Ich kenne seitdem alle Ufer und Buchten von Helsinki und Espoo«, stellte er fest, doch ohne Stolz, sondern mit geradezu resigniertem Unterton.

»Und was kennen Sie von Deutschland?«, fragte Oda, weil sie wissen wollte, wie sich damals die Reisepläne des jungen Mannes entwickelt hatten.

»Viel«, sagte er nach kurzem Schweigen. »Oder müsste es heißen: vieles?«

Oda sagte, da sei sie leider überfragt.

»Aber Sie müssen doch wissen, was in Ihrer Sprache richtig ist«, gab Klaus vorwurfsvoll zurück.

»Wissen Sie immer alles? Wahrscheinlich gehen beide Varianten. Aber was haben Sie denn nun alles in Deutschland gesehen?«

Sie hatte sich wieder zu ihm umgedreht und sah ihn unschön auflachen. Wie seltsam, dass Menschen manchmal ein Derivat des Lachens einsetzten, um das genaue Gegenteil von Freude auszudrücken.

»Gesehen nichts«, antwortete Klaus. »Zwar weiß ich viel, doch habe ich nichts gesehen.«

»Das verstehe ich nicht«, sagte Oda.

Es sei ganz einfach, erklärte Klaus. Er sei nie dort gewesen.

Während der letzten Sätze hatte er das Paddel aus dem

Wasser genommen und quer über die Knie gelegt. Da es nun nicht mehr in Position gehalten wurde, drehte sich das Boot ganz langsam wie eine Kompassnadel nach Norden, gerade so, als sehne es sich nach dem heimatlichen Steg.

Klaus hatte jetzt nicht mehr die Schärenkulisse hinter sich; Oda sah ihn vor dem Meereshorizont. Ganz klein kam ihr das Boot auf der offenen See vor, es war nur eine Nussschale, was da auf der Wasserfläche trieb und von einem großen Himmel überwölbt wurde, trotzdem passte die Geschichte eines ganzen Menschenlebens hinein.

Klaus griff nach dem Motor, um ihn anzulassen, aber Oda hielt ihn mit einer Handbewegung zurück.

»Darf ich Sie noch etwas anderes fragen?«

»Selbstverständlich«, sagte Klaus und nahm dabei Haltung an. Es sah aus, als würde er jeden Moment etwas wie *zu Diensten* oder *ganz wie Sie wünschen* sagen.

»Warum haben Sie die Verlobungsanzeige bei sich aufgehängt und nicht die Hochzeitsannonce?«

»Weil es keine gibt.« Damit warf er den Motor an, als habe er genug von diesem Thema. Doch immerhin war er selbst mit seinem Aluminiumboot sozusagen in die Geschichte hineingefahren, weshalb Oda den Schlusspunkt nicht gleich akzeptieren wollte. »Warum nicht?«, insistierte sie über das Motorgeräusch hinweg.

»Ganz einfach: weil es keine Hochzeit gab.«

»Verstehe«, rief Oda.

»Das glaube ich nicht«, rief Klaus zurück und gab Gas.

Ich schaukle dich, ich wiegle dich, ich waugle dich, ich schiekle dich, Felix, mein kleiner Bootsmann, die Luft ist lau, der Wind ist flau, die Mama blau, nicht vom Kakao.

Schlaf schön, mein Schatz, schlaf schön. Es war so schön, dich zu sehn, bloß ist es schon wieder so viele Tage her.

Aber weißt du, was? Ich komme bald wieder.

NOVEMBER

Der einzige Monat mit schlechtem Ruf überraschte durch Schönheit. Trotz des Graus. Wegen des Graus. Zwar wehte es feucht und kalt vom Meer her, doch nicht eisig, da aus südlicher Richtung. Zwar versickerte am frühen Nachmittag bereits das Licht, doch bevor alles in Dunkelheit versank, nahm die Dimmung sämtlichen Umrissen die Schärfe, auch den Kanten des Botschaftsgebäudes und den Spitzen der hohen Zaunstreben, sie weichte, so konnte man es wahrnehmen, die Härte der ganzen Welt auf. Die Überwachungskameras starrten in den Nebel und sahen nichts als die Silhouetten kahler Bäume, bei denen man den Eindruck hatte, dass die Laublosigkeit befreiend auf sie wirkte: Sie mussten nicht mehr für Sauerstoffproduktion und Kohlenstoffbindung herhalten – es schlug die Stunde ihrer rein ästhetischen Erscheinung. Und siehe da: Sie waren graziös in ihrem Schwarz vor grauem Hintergrund. Man lernte sie allesamt neu kennen, und nach wenigen Tagen hatte Oda einen Blick für die nackte Gestalt von Ahorn, Eberesche, Linde herausgebildet. Sie würde sie fortan auch anderswo ohne Studium der Blattform bestimmen können.

Auf dem Wasser schwammen noch Vögel; Kormoran und Gänsesäger erkannte Oda am Schattenriss, bei den anderen – Möwen, Enten – fehlte ihr die Kompetenz, sie in unterschiedliche Arten einzuteilen. Gänse und Kraniche hatten die Bucht noch im Oktober überquert, bei blauem Himmel, die Spitze der Keilformation in die südliche Ferne gerichtet. Nun endete die Welt im Nebel auf der Bucht.

Das alles sah man vom Esstisch aus, der am Panoramafenster stand. Dort führten Oda und Robert ihre wichtigen Gespräche. Vor Beginn der Nebelzeit, noch im Oktober, hatte sie ihm dort von ihrem Besuch bei Felix berichtet, denn natürlich wollte Robert wissen, wie es dem Jungen ging, ob alles in Ordnung war mit ihm, und selbstverständlich bestärkte er Oda in der Ansicht, es solle auf jeden Fall ein weiterer Augenarzt konsultiert werden, bevor man in Sachen abnehmende Sehfähigkeit an eine endgültige Diagnose glaube, und wie es seine Art war, bemühte sich Robert auch, seine Frau zu beruhigen, die immer wieder sagte: »Ich glaub das einfach nicht. Ich kann das einfach nicht glauben.«

»Du solltest dich trotzdem schon mal mit dem Gedanken vertraut machen, dass die Prognose des ersten Arztes in die richtige Richtung weist«, meinte Robert – nicht um Öl in ihr Feuer zu gießen, sondern weil er davon überzeugt war, dass man sich mit Tatsachen abzufinden hatte, wenn man sein inneres Gleichgewicht behalten wollte. In welchem Maß ihn selbst die drohende Blindheit seines Sohnes berührte, verriet er nicht.

»Geht dir das nicht nahe?«

»Ich fände es tragisch, wenn der arme Junge auch damit noch gestraft würde.«

»Er ist kein armer Junge.«

»Du weißt genau, wie ich das meine.«

»Du empfindest ihn gar nicht mehr als Sohn.«

»Oda, nicht das schon wieder!«

»Wenn er dein Sohn wäre, ginge es dir nahe. Dass es dir nicht nahegeht, heißt, dass er nur noch ein Unsohn für dich ist. Oder wahrscheinlich schon immer war.«

»Ich weigere mich, auf dieser Ebene mit dir zu diskutieren.«

Und damit verließ Robert den Frühstückstisch, um nebenan in der Kanzlei die Arbeit aufzunehmen. Wenig später kam Becker mit dem dpa-Material, das seit dem Tag, an dem Gaddafi in seiner Heimatstadt von Aufständischen getötet worden war, jede Menge Informationen zu Libyen enthielt. Für die Gesandten Deutschlands bedeutete Gaddafis Tod eine Erleichterung, denn dadurch hatte sich das ethisch-diplomatische Problem der Angriffe auf Libyen in Luft aufgelöst, und der Welt musste nicht mehr erklärt werden, warum sich Deutschland daran nicht beteiligt hatte. Die Schwierigkeit bestand seitdem lediglich darin, die eigene Haltung zum Tod des Tyrannen in einer nicht missverständlichen Formulierung auf den Punkt zu bringen. Die Kanzlerin hatte nach der Tötung von Osama bin Laden gesagt, sie freue sich. Robert war damit gar nicht einverstanden gewesen, es hatte ihn an die *klammheimliche Freude*, die ein gewisser *Göttinger Mescalero* angesichts des RAF-Mordes an Siegfried Buback kundgetan hatte, erinnert. So etwas gehörte sich einfach nicht. Man räumte nicht unliebsame Gestalten aus dem Weg und klatschte sich dann ab. Das war Computerspielmentalität.

Bevor er sich eine stimmige Formulierung zurechtlegen konnte, hatte Robert zunächst einen Gedanken bewältigen müssen, der ihm ohne Vorwarnung und verblüffend schnell gekommen war: In Tripolis wäre bald ein hochinteressanter Botschafterposten zu besetzen. Nicht ungefährlich. Ein klassischer Posten für Diplomaten ohne Kinder. Dort könnte man etwas aufbauen. Was man täte, hätte Gewicht. Die eigene Handschrift bliebe sichtbar. Man würde den Nachfolger bei der Amtsübergabe auf ein selbst geschaffenes, festes Fundament führen. In dem Bewusstsein, Gefahren ausgesetzt gewesen zu sein und unter schwierigsten Bedingungen etwas geleistet zu haben.

Er hatte Oda nichts von seinem Tagtraum erzählt, über Libyen unterhielten sie sich gleichwohl. Auch an diesem Abend. Oda hatte Zeit gefunden, nicht nur die Presse genau zu studieren, sondern sich auch diverse Videos im Internet anzusehen, dadurch war sie sehr empfänglich für die unvermutet engagierte Rede ihres Mannes über die Lage in dem Land. Die Hülle der Saturiertheit, die Robert immer häufiger umgab, platzte ab, wodurch Oda Bilder aus der gemeinsamen Anfangszeit in den Sinn kamen, von einem Robert, der auch temperamentvoll und leidenschaftlich denken konnte. In ihren Augen wuchs ihm der breite Scheitel wieder zu, und er gewann etwas von seiner alten Attraktivität zurück, als er von den jungen Menschen in Libyen sprach, von den jungen Männern zumal, die in Europa vor einem Jahr noch allesamt als potenzielle Terroristen gegolten hätten und sich jetzt als Kämpfer für die Freiheit entpuppten, die nichts anderes wollten als Menschenrechte, Demokratie, Hoffnung. Dass er selbst einen Sohn hatte, der in nicht allzu ferner Zukunft ins Alter jener jungen Männer kommen würde, vergaß er dabei völlig, und Oda sprach am Abend für Felix statt eines Kinderreims einen Satz auf Band, der Kerstin am nächsten Tag einen Schauer über den Rücken jagte.

Felix, du müsstest ein Kämpfer sein, dann hättest du auch einen Vater.

Mehr sagte sie an jenem Abend nicht, doch atmete sie noch lange ins Mikrofon, dass man es deutlich hören konnte. Felix kannte das, denn auch wenn Oda bei ihm war und ihn im Besuchszimmer im Arm hielt, ließ sie ihn lange ihren Atem hören und versetzte sich selbst in einen Zustand, in dem sie sich vollkommen damit zufriedengab, mit ihrem Sohn zu atmen. Das Atmen war das Kriterium für das Leben. Wer atmete, war ein Mensch. Jeder verstand das. Niemand kam auf die Idee, einen Komapatienten für tot zu erklären. Man musste nur sehen, wie sich dessen Brustkorb beim Atmen hob und senkte. Die fehlenden Gehirnfunktionen und die zerstörte Hirnrinde fielen da überhaupt nicht ins Gewicht. Wer atmete, war ein vollwertiger Mensch.

Obschon Robert sie über seine Terminpläne unmissverständlich ins Bild gesetzt hatte, versuchte Oda im November erneut, ihren Mann zu überreden, sie beim Monatsbesuch im Martinusheim zu begleiten. Er ließ sich nicht erweichen und berief sich auf sein längst gegebenes Versprechen, im Dezember mitzukommen, wenn es gleich zwei große Anlässe gäbe: Weihnachten und das jährliche *Entwicklungsförderplangespräch*. Dieses Wort kam ihm so fließend über die Lippen wie einem Beamten im Gesundheitsministerium.

Zwei Tage vor ihrem Flug nach Deutschland musste Oda einen Tiefschlag verkraften. Kerstin rief an und teilte ihr mit, das ganze Heim stehe wegen einer Grippeepidemie unter Quarantäne. Besuche seien bis auf Weiteres nicht möglich. Oda hielt sich das Handy ans Ohr und sah auf Park und Garten. Vor ihren Augen ging alles grafisch Reizvolle verloren, und der November wurde seinem schlechten Ruf schlagartig gerecht. Entsprechend widerwillig schleppte Oda sich daher am selben Abend mit Robert zu einer Veranstaltung mit deutschsprachigen Kriminalschriftstellern.

Damit ihr Mann nicht in der ersten Reihe einschlief, stellte sie ihm vor der Abfahrt einen doppelten Espresso hin, machte sich aber trotzdem darauf gefasst, während der Lesung seine Hand nehmen und mit Zeigefinger und Daumen die Akupressurpunkte reiben zu müssen, um ihn wach zu halten.

Beim Auftritt der Autoren aus den deutschsprachigen Ländern, der von den drei Botschaften in Kooperation finanziert wurde, konnte sie sich die stimulierende Massage allerdings sparen, denn Robert blieb von sich aus wacher, als ihr lieb sein konnte. Mit dem Gros des Publikums amüsierte er sich über die vorgetragenen Textpassagen mit ulkigen Todesarten und über die zwischendurch eingestreuten Schnurren, er lachte laut bei jedem Scherz, sogar beim unterklassigsten, was dazu führte, dass Oda zwar ihre Wachsamkeit als Einschlafpolizei vernachlässigen konnte, dafür aber zur Kenntnis nehmen musste, wie sich in ihr wilde Aggression aufbaute. Was gab es zu lachen, wenn unentwegt vom Morden die Rede war? Und wieso fanden sämtliche Anwesenden banale Tölpeleien und Wortwitze aus der großväterlichen Mottenkiste komisch? Auf dem Bild einer Wärmekamera hätte sich Oda als frostig blauer Placken in der ersten Reihe vom orange bis rot erhitzten Publikum abgehoben, sie konnte sich nicht einmal zu einer Miene vorgetäuschten Amüsements durchringen, denn sie hasste all die Menschen, die sich von minderwertigen Scherzen über schematisch karikierte Provinzbewohner und der pompösen Inszenierung des Banalen blenden ließen.

Hasste sie auch ihren Mann? Während dieser zwei Stunden durchaus. Hass war schließlich nicht das Gegenteil von Liebe.

Die Kriminalschriftsteller auf der Bühne jedoch verabscheute sie wegen der Großspurigkeit ihres Auftritts, wo sie in Wahrheit doch nichts weiter waren als Zyniker, die menschliches Leid ausschlachteten und in Einzelteile zerlegten, die sie dann in ihrer Gier nach schnellen Lachern auf die billigste Tour mit anderen effekthascherischen Versatzstücken zusammenbrachten. Oda konnte es nicht fassen, dass niemand sonst das zu durchschauen schien, sogar der Schweizer Botschafter rechts von ihr und dessen österreichische Kollegin links von Robert ließen sich hinreißen. Alle drei Exzellenzen lachten mit dem Volk, als müssten sie sich von ihm wählen lassen.

Beim anschließenden kleinen Empfang konnte ich von Odas Missmut noch nichts wissen, weshalb ich ihr alle drei Autoren vorstellte und sie dadurch nötigte, sich mit ihnen zu unterhalten. Ich tat es, weil ich mich dazu verpflichtet fühlte, denn die Veranstaltung fand unter der Ägide der Bibliothek statt. Nicht dass ich ein Faible für Kriminalliteratur gehabt hätte. Die Drei-Länder-Lesung wurde mir jedes Jahr von den Kulturabteilungen der drei Botschaften aufgedrängt, und da ich mit meiner Bibliothek auf deren Unterstützung angewiesen war, willigte ich notgedrungen ein. Als wir nun zu fünft mit Gläsern in der Hand beisammenstanden, ließ sich Oda zunächst nicht anmerken, was sie von den sichtlich stolzen Skribenten hielt, aber ich glaubte, eine gewisse Verächtlichkeit bei ihr zu spüren. Allerdings äußerte sie kein einziges Wort über die Erzeugnisse der drei, sondern erzählte stattdessen unverfroren, sie habe in ihrem Beruf als Fernsehredakteurin regelmäßig mit den Opfern von Gewalttaten zu tun gehabt, weil diese gern in Talkshows eingeladen wurden, was im Prinzip alles über den Zynismus des Fernsehens, wie es sich heute darstelle, sage. »Wer das Leid anderer für die Quote missbraucht, der hat jegliche moralische Legitimation verspielt, finden Sie nicht?«

Diese Intervention entstammte nun nicht gerade dem Leitfaden für diplomatische Konversation, doch musste Oda feststellen, dass sie den beabsichtigten Schaden gar nicht anrichtete, denn die drei kamen überhaupt nicht auf die Idee, sich von der Kritik mitgemeint zu fühlen. Stattdessen stimmten sie einen Kanon der Verhöhnung des Privatfernsehens an, was ihnen leichtfiel, da die TV-Rechte an ihren Druckerzeugnissen von öffentlich-rechtlichen Sendern gekauft worden waren. Als Oda diese Tatsache nach und nach aus dem dreistimmigen Unisono heraushörte, musste sie zum ersten Mal an diesem Abend wirklich lachen, wenn auch nicht vor Vergnügen.

Auf der Heimfahrt fiel Roberts gute Laune schlagartig durch die Falltür der Müdigkeit. »Ich bin kaputt«, stöhnte er als vorletzten an seine Frau gerichteten Satz des Abends. Der letzte lautete: »Ich muss morgen früh raus.«

Oda sah in ihrem Zimmer lange in den Spiegel, zuerst auf ihr Gesicht und ihre sitzende Gestalt, dann durch das Spiegelbild hindurch in jenen seltsam leeren Raum, der ausschließlich von ihrer Stimme lebte. Sie allein war ausersehen, Licht und Dekor hineinzusprechen. Sie nahm das digitale Aufnahmegerät aus der obersten Schublade des Schminktisches und beschloss, dem Thema Lachen eine Aufnahme zu widmen.

»Hör mal, Felix«, sprach sie ins Diktiergerät. Sie schloss die Augen, sammelte sich, dachte sich in die Erinnerung an hüpfende Mädchenheiterkeit hinein – und lachte. Sie lachte dem Kind auf Band. »Das war ich, Felix«, erklärte sie, »so klingt es, wenn ich lache.«

Du kennst es, du kannst dich erinnern, oder? Wenn ich dich besuche, gibt es immer was zu lachen, weil Kerstin und ihre Kolleginnen so witzig sind, wenn sie am Esstisch von ihren Männern erzählen, oder weil eins von euch Kindern etwas Ulkiges macht oder weil Uwe, der ewig mürrisch drein-

blickende Uwe, der es hasst, gefüttert zu werden, plötzlich einen Lachanfall bekommt, und niemand weiß, weshalb, bis er plötzlich eine Lautfolge von sich gibt, die Ähnlichkeit mit dem Lied hat, das gerade im Radio läuft, und alle schlagartig begreifen, dass Uwe, der aus reinem Missmut gemacht zu sein scheint, Zarah Leanders Lied Kann denn Liebe Sünde sein *zum Brüllen komisch findet. Dann lachen wir alle, und du reißt die Augen auf und strahlst ebenfalls, wegen der Heiterkeit um dich herum. Und wenn du strahlst, wirst du geknuddelt und geküsst, weil ich mich freue, und dann hast du gleich noch mehr Grund zum Strahlen, und so geht das immer weiter, bis das Lachen und Freuen kein Ende mehr nimmt und dem Heim die Decken und Dächer wegspringen und wir alle in den Himmel hinauffliegen und nie mehr wiederkehren aus diesem heiteren Himmel.*

DIE GANZE PROZEDUR

Sie musste nicht winken, nicht einmal den Arm heben, es genügte, zur richtigen Zeit auf dem Anlegesteg bereitzustehen und das Antrittsgeschenk des schwedischen Botschafters zu präsentieren. Kaum hatte Klaus die Frau mit der Angel erblickt, lenkte er sein Boot in ihre Richtung. Es war neblig an jenem Morgen, ein milchiger Vorhang aus feuchter Luft trennte den Steg vom Hintergrund ab, und es sah aus, als schwebte die Frau auf dem Steg in einer Sphäre, in der sich Wasser und Luft vereinten.

So kann man es im Herbst über den Meeresbuchten der Stadt bisweilen sehen, wenn sich im Wasser die Wärme noch hält, während die Lufttemperatur sinkt.

»Ich habe keine Schwimmweste mit«, sagte Klaus, im Boot stehend, streckte dabei aber die Hand aus.

Oda nahm das Risiko auf sich.

»Um diese Zeit frühstücken Sie normal mit Ihrem Mann«, stellte Klaus fest.

»Stimmt. Wir frühstücken normal und normalerweise um diese Zeit. Sie passen gut auf.«

»Im Sommer konnte ich es nicht sehen, aber jetzt brennt morgens Licht über dem Tisch. Und das Fenster ist groß.«

Weil Robert am Festakt zum fünfzigjährigen Jubiläum des Bundesministeriums für wirtschaftliche Zusammenarbeit teilnahm, ergab sich für Oda die Gelegenheit, vom üblichen Tagesprogramm abzuweichen.

»Ich würde gerne wissen, wie so eine Angel funktioniert.«

In weiser Voraussicht hatte der schwedische Botschafter seinem deutschen Amtskollegen keine übermäßige Kompetenz unterstellt und daher als Geschenk keine Spinnrute ausgewählt, bei der man die Schnur direkt mit dem Zeigefinger hätte blockieren und freilassen müssen, was Fingerspitzengefühl und Übung erfordert hätte, sondern zu einem Modell gegriffen, dessen Haspel einen Schalter für die Rücklaufsperre aufwies. Einen Knopf drücken kann jeder, man muss nur lernen, in welchem Moment.

Klaus zeigte es Oda. Er roch nach Kälte, und die Innenseiten seiner Hände waren hart, auch an den Fingern.

Wie leicht so eine Angel war. Eigentlich eine faszinierende Erfindung in all den Details von Mechanik und Material. Und Oda durchlief die Lernstufen, schaffte es schnell von den klammen Händen der Ängstlichen zu den Gesten der Unsicheren und genoss bald schon die aufsteigende Begeisterung, die mit der Übung kam und nach einer Weile in Unersättlichkeit mündete: Sie wollte möglichst schnell immer besser werden und Erfolg haben.

Nicht jeder Wurf gelang gleich gut, misslungene Würfe machten unzufrieden, doch wenn der Haken mit dem Köder im schönen Bogen auf der Wasserfläche landete, löste das eine kleine Freude aus, und schon die erste Kurbelbewegung brachte die Hoffnung in Gang, diesmal müsse einer anbeißen.

»An manchen Tagen fängt man nichts«, versuchte sich Klaus nach mehreren Dutzend Würfen an einem Trost, während er selbst einen Barsch nach dem anderen aus dem Wasser zog.

»Warum klappt es bei Ihnen und bei mir nicht?«, wollte Oda wissen.

Daraufhin holte Klaus die Angel ein, entfernte den Köder und legte die Rute längs ins Boot.

»Bitte sehr«, sagte er mit einer auffordernden Handbewegung zu der Seite, auf der er geangelt hatte, und Oda schaffte unter seinen Blicken einen ansehnlichen Wurf.

Sie kurbelte, und schon nach wenigen Sekunden spürte sie einen Widerstand. Die Rute bog sich. So also fühlte sich das an, wenn einer anbiss. In allen Adern hallte ihr Herzschlag wider.

»Weiterkurbeln!«, rief Klaus. Es fiel ihm sichtlich schwer, sich zu beherrschen und nicht einzugreifen, er fasste mit der Hand nach seiner roten Mütze, als drohe sie ihm vom Kopf zu fliegen, obwohl es im Nebel vollkommen windstill war.

Oda flehte innerlich, der Fisch möge am Haken bleiben. Wie lange das Kurbeln dauerte! Sie hatte weit geworfen, das strapazierte jetzt ihre Geduld, dann aber stieg der Fisch durch die Bewegung ihrer Arme aus dem Wasser, Klaus griff zu, und Oda sah, dass der ziemlich große Barsch den Köder gar nicht mit dem Maul erwischt hatte, sondern mit der Flanke am Haken hängen geblieben war.

»Kommt manchmal vor«, sagte Klaus, während er das scharfe gebogene Metall aus dem Fleisch des Fisches zog.

Oda ließ die Angel fallen und wandte sich ab. Sie fühlte sich für die Brutalität des Anschlags auf die Fischflanke verantwortlich. Als wäre ihr Anteil an der Tötung des Lebewesens größer als geplant, weil das Tier nicht selbst zugeschnappt und sich dadurch am Akt beteiligt hatte.

»Ich glaube, für heute habe ich genug. Fahren Sie mich nach Hause?«

»Nein.«

Klaus erschlug den Fisch, den Oda gefangen hatte, mit dem Paddel und warf den Motor an.

»Die Prozedur ist erst zu Ende, wenn der Fang säuberlich behandelt worden ist.«

Er sagte das mit staatstragendem Ernst, konnte sich aber bald das Grinsen nicht mehr verkneifen und gab Gas.

Oda fühlte sich entführt, weshalb sie sich unwillkürlich etwas sträubte, doch als sie mit dem Boot unter der Straßenbrücke hindurch- und in die innerste Bucht einfuhren, ergab sie sich der Zeit und öffnete die Augen für die Umgebung. Der Nebel hatte sich gelichtet, jedoch nur graues Mindestlicht zurückgelassen. Solch ein Wetter löschte auf allen Sonnenuhren die Zeit, warum sollte man sich da nicht von den Abläufen leiten lassen, ohne ständig das Vorrücken des Zeigers im Blick zu haben.

Wie Felix, in dessen Leben Uhren gar nicht existierten. Zeit war für ihn identisch mit dem nicht berechenbaren Wechsel von Schlaf, Versorgungsmaßnahmen und basaler Stimulation, auf den er keinen Einfluss hatte. Felix ergab sich nach jedem Aufwachen mit Haut und Haar dem Zeitbegriff von fremden Händen.

Klaus machte das Boot am Steg fest. Vom Wasser aus sah man das gelbe Haus hinter den laublosen Erlen am Ufer, im Sommer musste es nahezu unsichtbar sein. Oda ließ sich von der roten Mütze über den langen Steg durchs Schilf auf das Grundstück führen, wo sie unschlüssig herumstand, während Klaus genau wusste, was zu tun war.

Nachdem er den Eimer mit dem Fang abgestellt hatte, machte er als Erstes Feuer an der dafür vorgesehenen Stelle, neben der sich unter einer Abdeckung Holzscheite in unterschiedlichen Größen stapelten. Oda blieb nicht verborgen, dass er keinen einzigen Streifen Papier benötigte, um das Feuer zu entzünden.

Sobald es brannte, holte Klaus einen Metallkasten aus dem Schuppen und entfernte den Deckel. Einem geschlossenen, offenbar selbst gezimmerten Behälter neben dem Brennholz entnahm er eine Handvoll dicker Späne und gab sie in den Kasten.

»Erle«, erklärte er. Dann deutete er auf einen großen Wacholder und bat Oda, ein paar Zweige abzuschneiden.

»Wie groß?«

»Handgroß.«

»Wie viele?«

»Vier oder fünf.«

»Und womit?«

»Die Schere hängt am Stamm.«

Tatsächlich war praktischerweise eine altertümliche Gartenschere mit einer langen Nylonschnur am Wacholder befestigt. Oda schnitt fünf mehrfach gefingerte Astspitzen ab und legte sie in den Räucherkasten.

Klaus hatte inzwischen angefangen, an einem eigens dafür bestimmten Tisch die Fische auszunehmen. Das Messer, mit dem er die Barsche aufschnitt, war durch eine lange Nylonschnur mit dem Tisch verbunden. Die fertigen Fische kamen auf einen Rost, den Klaus sogleich in den Räucherkasten einsetzte, dessen Deckel entlang der Metallfalze rechts und links aufgeschoben wurde.

Mittlerweile war das Feuer so weit heruntergebrannt, dass nur noch Flämmchen aufstiegen. Klaus stellte den Räucherkasten auf vier zu diesem Zweck dort platzierten Steinen über die Glut.

Und dann entstand schon wieder ein Überschuss an Zeit, denn es musste gewartet werden.

»Kaffee?«

»Gern.«

Drinnen sah Oda den Rücken des Mannes, der an der Küchenzeile hantierte, und überlegte, wie sie das Gespräch in Gang bringen und vielleicht auf das Thema lenken konnte, das sie interessierte. Im Boot neulich war die Frage offengeblieben, warum es keine Hochzeit zwischen seiner Mutter und dem Obergefreiten gegeben hatte. Mindestens ebenso sehr interessierte Oda, was Klaus seit Jahrzehnten von einer Fahrt nach Deutschland abhielt, und mit geradezu brennender Neugier wollte sie wissen, ob er seinen deutschen Vater je kennengelernt hatte. Doch die Hemmung, geradeheraus nach diesen Dingen zu fragen, war überraschend groß. Oda versuchte sich systematisch zu erinnern, wie sie das früher gemacht hatte, wenn sie im Vorgespräch mit einem schwierigen Gast darauf bedacht gewesen war, dessen Vertrauen zu gewinnen. Nach und nach kamen ihr Einzelheiten ihrer damaligen Strategie in den Sinn, doch während sie noch damit beschäftigt war, alles zu sortieren und sich für eine produktive Eingangsfrage zu entscheiden, drehte sich Klaus um, stellte das Geschirr auf den Tisch und sagte, der Kaffee im Kessel müsse sich noch setzen. Dann blickte er mit gerecktem Hals aus dem Fenster, vermutlich um zu prüfen, ob das Holz unterm Räucherkasten wie gewünscht glühte. Immer angestrengter schaute er nach draußen, als hinge alles davon ab, den Blick keine Sekunde abzuwenden, und dann fragte er, ohne den Kopf zu drehen:

»Haben Sie manchmal Heimweh?«

Er schaute weiterhin angestrengt nach draußen, und Oda merkte, dass sie schon lange nichts Substanzielles mehr gefragt worden war. Die Fragen, die man ihr stellte, hatten sich auf wenige reduziert, die dafür ständig wiederkehrten. »Wie gefällt es Ihnen in unserem Land?« (finnische Würdenträger).

»Wie war dein Tag?« (Robert). »Hat Robert viel zu tun?« (Mutter am Telefon). »Soll beim Luncheon zum Hauptgang wahlweise Fleisch und vegetarisch oder für alle Fisch gereicht werden?« (Frau Björklund aus der Küche). Darauf zu reagieren, kostete kein bisschen Mühe, die Antworten kamen Oda schneller über die Lippen, als sie sie zu Ende denken konnte: sehr gut (Finnen), wie üblich (Robert), wie üblich (Mutter), Fisch (Frau Björklund). Über die Frage nach dem Heimweh hingegen musste sie nachdenken.

»Jetzt«, sagte Klaus, wandte sich vom Fenster ab und goss Kaffee ein.

»Lassen Sie mich doch eine Minute überlegen«, bat Oda mit einem Hauch von amüsierter Empörung.

»Nein, ich meine, jetzt hat der Kaffee sich gesetzt.«

Klaus vermied es weiterhin, Oda ins Gesicht zu sehen, solange seine Frage im Raum stand, denn er wollte nicht drängen, und Oda fing ernsthaft zu überlegen an, was Heimweh für einen Exterritorialmenschen wie sie bedeuten mochte. Verlangte Heimweh nicht eine Heimat? Die lag in ihrem Fall weder in der Residenz der deutschen Botschaft noch in der Charlottenburger Wohnung. In Bonn? Schon eher. Im Koblenzer Haus ihrer Eltern? Lange nicht mehr. Zog es sie trotzdem manchmal *heim* nach Berlin, Bonn, Koblenz, sodass es *weh*tat?

»Nein«, sagte Oda. »Ich glaube nicht.«

Daraufhin wollte Klaus wissen, wo sie herkam, geradeso, als würde er sich davon die Erklärung für das fehlende Heimweh versprechen, doch kaum fielen die Namen der bisherigen Lebensstationen, überstrahlte seine heimatkundliche Begeisterung alles andere. Bonn lag am Rhein und Koblenz gar nicht so weit von Niederheimbach entfernt, er schaute

Oda an, als hätte er eine verschollene Cousine wiedergefunden oder zumindest eine Klassenkameradin aus der Grundschule und könnte sich kaum beherrschen, ihr ein berühmtes Gedicht mit Regionalbezug aufzusagen.

Er beherrschte sich aber doch, wurde ernst und variierte seine Frage: »Wo steht Ihr Haus?«

Das konnte Oda leicht beantworten, da es keines gab, und es erlaubte ihr zudem, die Verhörlampe umzudrehen, das Licht auf Klaus zu richten und ihn zu fragen, wie er an sein Haus in dieser ungewöhnlichen Lage gekommen sei. »Haben Sie es selbst gebaut?«

»Würden Sie mir das unterstellen?«

»Das würde ich Ihnen zutrauen. Sie scheinen geschickte Hände zu haben.«

Anlässlich dieses Kompliments musste Klaus dringend wieder nach dem Feuer schauen.

»Ich habe es geerbt. Es ist ein gutes Haus, ich muss nichts verbessern, nur aufpassen, dass nichts schlechter wird.«

»Ich dachte, Ihre Mutter hätte weit im Norden gelebt, wie können Sie dann hier ein Haus erben?«

Er lachte bei der Vorstellung, seine Mutter könne tatsächlich ein Haus an der Südküste des Landes besessen haben, und sagte, das sei ein bisschen umständlich zu erklären.

»Ehrlich gesagt fände ich es umständlicher, wenn wir für die Erklärung erst wieder mit dem Boot aufs Meer rausfahren müssten«, meinte Oda frech und merkte selbst, dass sie ihre Unsicherheit allmählich loswurde und dicht daran war, den grünen Gast zu knacken.

Klaus bewies Humor, denn er lachte über ihre Anspielung, entschuldigte sich jedoch mit einem Blick und Fingerzeig aufs Feuer. Die Küchenuhr hing außerhalb seines Blickfeldes an der Wand, er musste also seiner inneren Uhr folgen, als er aufstand und mit Butter, Salz, Pergamentpapier und einigen alten Zeitungen nach draußen ging. Oda sah vom Fenster aus zu, wie er die Barsche aus dem Räucherkasten nahm, auf einem schmalen, selbst gezimmerten Holztisch neben der Feuerstelle ablegte und salzte. Anschließend füllte er jeden Fisch mit einem Stück Butter, wickelte jeden einzeln in Pergament- und danach in Zeitungspapier ein und kam mit den Päckchen ins Haus zurück.

»Die müssen noch ein bisschen ziehen«, sagte er und legte sie auf die Küchenablage.

Seine Jacke roch nach Rauch und feuchter Luft. Nachdem er sie in der Diele aufgehängt hatte, schien es einige Minuten lang nach nichts zu riechen, bis allmählich das Aroma aus dem Fischpäckchen herüberwehte und in Oda enormen Appetit auslöste. Es war wie ein Federkitzeln an den Hungernerven.

Bevor es ans Essen ging, musste jedoch wieder gewartet werden. Allerdings hatte Odas Warten nun eine Richtung und ein Ziel, und außerdem war ja noch mindestens eine Frage offen. »Was das Haus hier betrifft –«, fing sie an. »Ich wollte Ihnen da nicht zu nahe treten. Ich war einfach ein bisschen altgierig.«

Sieh dein Gegenüber an und zeige ihm, dass du ihm zuhörst. Allmählich erinnerte sich Oda nicht nur an die alten Tricks, sondern wusste auch wieder, wie man sie anwendete. Und wie früher bei den Vorgesprächen mit unberechenbaren Gästen galt hier genauso: Wenn man echtes Interesse aufbrachte, weckte man damit echtes Entgegenkommen. Während der Duft der Fischpakete ganz langsam in alle Richtungen dünstete und das Haus bis unters Dach und in die hintersten Winkel hinein ausfüllte, erzählte Klaus von dem Zimmermann, dem er bald nach seiner Ankunft in der Hauptstadt auf einer Baustelle begegnet war. Anfangs half der allein lebende Mann dem scheuen Neuankömmling aus dem Norden, sich in den praktischen Dingen des selbstständigen Lebens zurechtzufinden. Bei der Arbeit an den Dachstühlen brachte er seinem Handlanger alles bei, was ein Zimmermann können musste. Dass man mit diesen Kenntnissen sogar ein komplettes Bauwerk aus Holz errichten konnte, bewies er, indem er Klaus das selbst gebaute Haus am feuchten Ufer der innersten Ostseebucht zeigte.

»Im Selbstgemachten saß es sich so gut, dass ich oft zu Besuch kam. An Weihnachten 1966 bot er mir an, bei ihm einzuziehen. Fortan teilten wir Fisch und Brennholz, und ich half ihm, alt zu werden.«

Nach dem Tod des Zimmermanns fiel dessen Haus an Klaus, so wie es im Testament stand, Pflichtteilsberechtigte meldeten sich nicht.

Der Zimmermann hatte sich sein Haus an einem auwaldhaften Platz gezimmert, den wegen des feuchten Bodens niemand haben wollte. Und so wurden zwei alleinstehende Männer gemeinsam auf verschmähter Erde heimisch. Oda sah das Panorama der prosperierenden Hauptstadtregion vor sich, und in einem Winkel des Bildes entdeckte sie – wie auf einem Wimmelbild von Brueghel – einen Mann in geflickter Arbeitskleidung im Garten eines gelben Holzhauses Brennholz hacken, während drinnen – man konnte es durchs Küchenfenster sehen – ein anderer Mann am Herd stand und im Wärmelicht eine Mahlzeit zubereitete.

Heimat entsteht dort, wo man mit seinen Händen etwas für einen andern tut.

»Mein Heimweh ist die Sehnsucht nach meinem Sohn«, hörte sich Oda sagen.

Klaus sah ihr scheinwerfergroß ins Gesicht, entgegnete jedoch nichts, sondern brachte die Barsche auf den Tisch und zeigte, was zu tun war. Man öffnete die Verpackung, sodass der Fisch vor einem auf dem Pergament lag, klappte ihn auf und pflückte mit den Fingern das lauwarme Fleisch von den Gräten.

Nie zuvor hatte Oda so guten Fisch gegessen. Es war ergreifend. Überdies schien die Wehmut von eben eine Verbindung mit dem zarten Fischaroma einzugehen. Oda kamen die Tränen, aber sie sagte:

»Dieser Geschmack macht glücklich.«

»Der Barsch schmeckt nicht, wie er heißt«, erwiderte Klaus.

Heute, Felix, hat deine Mama fast gelernt, ein Tier zu töten, sie hat's nicht selbst probiert, doch sie hat die Kreatur dem Töter ausgeliefert und zugesehen, wie es geht, beim nächsten Mal könnte sie's glatt selber machen, mit dem Paddel, zack. Im Leben geht es seltsam zu, man treibt dahin, hat nichts zu tun, lernt nichts dazu, und dann landet man unversehens in einem Tag, an dem man tausend Dinge lernt, und wenn der Tag vorbei ist, hat man das Gefühl, aus einem fernen Land zurückzukehren. Heute, Felix, war ich im Land der Urmenschen und habe gelernt, wie man fängt und tötet, ausnimmt, räuchert, und irgendwie kommt es mir vor, als hätte ich noch mal gelernt, wie man mit den Fingern isst. Ich hätte dir die Hand hinhalten mögen, mein Kleiner, damit du mit der Zunge vom Geschmack der Barsche kosten kannst.

DIE BESUCHERIN

Die Vertrautheit zwischen Klaus und Oda trug das Aroma von selbst gefangenem und selbst geräuchertem Fisch. Sie war delikat – so sehr, dass Oda sie ihrem Mann verheimlichte.

Da sich das Jahr dem Ende zuneigte, häuften sich Roberts auswärtige Abendtermine. Er nahm an den Weihnachtsfeiern von allerlei Institutionen und Niederlassungen deutscher Firmen teil, Oda kam manchmal mit und manchmal nicht, Robert mochte ihr nicht zu viel zumuten. Dadurch konnte sie, ohne Argwohn zu erwecken, gelegentlich einen Besuch bei Klaus einrichten. In der zweiten Dezemberwoche empfing er sie strahlend, weil er wenige Tage zuvor in der Direktübertragung aus dem Präsidentenpalais gesehen hatte, wie Oda der Präsidentin beim Empfang zum Nationalfeiertag die Hand gab. Wie nahezu alle Einwohner des Landes erfreute sich auch Klaus an jenem alljährlichen Defilee der Abendroben, in die sich die Stützen der Gesellschaft hüllten. Er wollte unbedingt Eindrücke aus erster Hand von Oda hören und konnte seine Enttäuschung kaum verbergen, als sie ihm schilderte, das diplomatische Korps sei wieder einmal unter sich geblieben. Sie habe sich nicht davonstehlen können, ihr Mann habe sie an seiner Seite und später auch zum Tanzen gebraucht, weshalb sie sich den ganzen Abend mit Botschaftern und deren Frauen unterhalten habe, hauptsächlich über das für die Jahreszeit zu milde Wetter, das so bald keinen Schnee in Aussicht stellte, der das spärliche nordische Winterlicht reflektieren und verstärken würde.

Wer es nicht aus eigener Erfahrung kenne, der glaube nicht, wie oft und ausführlich man als Frau eines Botschafters genötigt werde, übers Wetter zu reden, erklärte Oda. Rechne man alles zusammen, wende man ganze Tage, womöglich Wochen seines Lebens dafür auf, Temperaturen, Luftfeuchtigkeit, Windrichtung und Niederschlagsmengen des Landes, in dem man gerade stationiert war, mit verschiedenen anderen Ländern, die man kannte, zu vergleichen. Und das, obwohl jedes Kind wusste, dass es in Spanien im Schnitt wärmer war als in Schweden und es in Moskau gute Gründe gab, im Winter eine Pelzmütze zu tragen, wohingegen es in Jakarta an solchen Gründen fehlte.

Klaus schüttelte ungläubig den Kopf. Sah man diese Menschen beieinanderstehen, unterstellte man ihren Gesprächen unwillkürlich Substanz und Gewichtigkeit, man glaubte ihnen anzusehen, wie sie die akuten Weltereignisse erörterten und die offiziellen Positionen ihrer Länder miteinander abglichen.

Stattdessen Wettergespräche, sogar in diesem Jahr, in dem die Selbstverbrennung eines einzelnen Obsthändlers in Tunis eine riesige Revolution ausgelöst hatte. In einem Jahr, das unter dem Druck der Wirtschaftskrise diverse Regierungen stürzen gesehen hatte und in dem infolge eines Erdbebens in Japan beschlossen worden war, nach und nach sämtliche deutschen Atomkraftwerke abzuschalten. In dem Jahr auch, in dem ein Mann auf einer norwegischen Insel Dutzende Menschen erschossen hatte, weil er sich aufgrund seines Blutes und seiner Gesinnung dazu ermächtigt fühlte.

Trotzdem redeten die Diplomaten, wenn sie am Ende dieses Jahres bei ihren *Empfängen* mit Gläsern in der Hand zusammenstanden, über nichts anderes als das Wetter?

»Nicht nur«, räumte Oda ein. »In letzter Zeit ist auch viel über die von Wikileaks publik gemachten Botschaftsdepeschen geredet worden.«

Klaus wusste über alles Bescheid, und zwar in deutscher Sprache, dank seines Kurzwellenradios und der Zeitungslektüre, der er sich widmete, wenn er zu mir in die Bibliothek kam. Dann quartierte er sich in der Fensternische des kleinen Lesesaals ein und vertiefte sich so lange in die Blätter, deren Abonnements noch nicht ausgelaufen oder gekündigt waren, dass ich seine Anwesenheit vergaß und mich erst wieder an ihn erinnerte, wenn er vor mich trat, um sich zu verabschieden. Bei der Gelegenheit wechselten wir stets ein paar Worte, und im Dezember vertraute er mir an, die Frau des Botschafters besuche ihn neuerdings gelegentlich und er frage sich, womit er diese Ehre verdient habe.

Ich ging nicht weiter auf seine Mischung aus Genugtuung und Ratlosigkeit ein, flüchtete mich ins belanglose Scherzen, weil ich ihn nicht mit meinen intuitiv angestellten Schlussfolgerungen irritieren mochte. Oda hatte sich inzwischen nämlich sämtliches Material, das in der Bibliothek zum Thema »Kinder deutscher Wehrmachtssoldaten im Ausland« zu finden war, ausgeliehen. Sie hatte von allgemeinem Interesse gesprochen, als sie die vier Bücher und die eine DVD in ihre Tasche packte, aber ich mutmaßte, dass sie mehr im Schilde führte. Womöglich spielte sie mit dem Gedanken, beruflich etwas zu dem Thema zu machen, dachte ich mir, vielleicht eine Dokumentation für einen der Sender, denen sie früher gedient hatte.

Da es in der Bibliothek keinen Fernseher gab, war ich am 6. Dezember in ein Lokal am Bahnhof gegangen, wo am Unabhängigkeitstag statt Fußball- oder Eishockeyspielen die

Übertragung aus dem Präsidentenpalast lief. Ich hatte gesehen, wie zunächst Robert und dann Oda der Präsidentin und ihrem Mann die Hand schüttelten, verzichtete jedoch darauf, es bei Odas nächstem Besuch zu erwähnen, denn hätte ich ihr ein Kompliment zu ihrem Kleid gemacht, hätte ich damit gewissermaßen auch ihre nackten Schultern, das Relief ihrer Schlüsselbeine, die Linien ihres Dekolletés gelobt.

Klaus hatte ein Kompliment gewagt. Seine Begeisterung hatte ihn jegliche Diskretion vergessen lassen, und er hatte auf die ihm eigentümliche Weise gesagt: »Sie sahen enorm elegant aus. Ihre Robe schimmerte tiefblau wie das Kleid der Königin der Nacht.«

Für Oda bot sich dadurch die Gelegenheit, ihrerseits einen Schritt näher an ihn heranzugehen, und um ein Haar hätte sie gefragt, wie es zu verstehen sei, wenn er sage, er habe dem Zimmermann geholfen, alt zu werden.

Sie versuchte es andersherum, sagte, sie sei selbst froh gewesen über die Kleiderwahl, da der Stoff angenehm zu tragen gewesen sei und der schlichte Schnitt sie beim Tanzen nicht behindert habe. Daran hätte sich vollkommen unverfänglich die Frage anschließen lassen, ob er gerne tanze, ob sich ihm manchmal die Gelegenheit dazu biete, und von da hätte dann nur noch ein kleiner Schritt zu der Frage geführt, ob Klaus je verheiratet gewesen sei, doch Oda ging noch geschickter vor und fragte: »Haben Sie seit Ihrem Hochzeitswalzer gelegentlich das Tanzparkett betreten?«

Da konnte Klaus nicht anders, als zu antworten: »Ich war nie verheiratet.«

Und Oda wusste, dass sie die Tür zu einem großen Thema aufgestoßen hatte, über das man nur in einem kleinen Boot reden konnte.

FLIEGEN ZU ZWEIT

Sie flogen über Berlin, weil Robert ins Ministerium musste, Oda sah bei der Gelegenheit in der Charlottenburger Wohnung nach dem Rechten, obschon es da so gut wie nichts zu sehen gab: unbewohnte Räume, in denen sogar die Erbstücke den Eindruck machten, von fremden Menschen angeschafft worden zu sein. Oda wusste nicht einmal, wo sie sich hinsetzen sollte. Als sie probehalber am Esstisch Platz nahm, war ihr, als müsste sie auf den Kellner warten.

Auf der Straße vor dem Haus präsentierte sich das gleiche Charlottenburg wie vor Monaten, die übliche Mischung von Hast und Schlenderei, von Tunnelblick und Touristengeschau. Immer war alles gleich, auch in einer Stadt, die als besonders *spannend* galt. Nicht einmal die parkenden Autos schienen sich je zu bewegen. Niemand brauchte sie.

Am Abend saß sie neben Robert so steif vor dem Fernseher, als wäre dieser kein Sendegerät, sondern eine Kamera, die Oda dabei filmte, wie sie sich über die drohende Erblindung ihres Sohnes den Kopf zerbrach. Was würde mit Felix passieren, wenn die Diagnose stimmte? Verlor ein normales Kind das Augenlicht, folgte ein breites Programm von Maßnahmen, Übungen, Training. Überlebenstechniken wurden erlernt, die Benutzung von Hilfsmitteln, Strategien, um den Alltag zu bewältigen. Ein Projekt von vielen Jahren würde sich entwickeln, und am Ende führte ein demütiger Blindenhund den Menschen in ein relativ selbstbestimmtes Leben hinaus.

Und Felix? Was würde mit ihm geschehen?

Nichts.

Man würde kein Trainingsprogramm für ihn aufstellen, er würde weiter in seinem Bett, auf der Liegefläche im Gruppenraum oder in der Ballkiste liegen, ab und zu ausgefahren und in regelmäßigen Abständen in der Physiotherapie bewegt werden, so wie bisher, nur eben ohne Sehsinn. So wie er bislang im Licht gelegen hatte, läge er fortan im Dunkeln.

Kaum hatte sich diese Vorstellung in Odas Kopf gebildet, bewegte sie auch schon die Lippen und begann zu ihm zu sprechen, als brauchten seine Ohren in diesem Moment unbedingt ihre Stimme. Als Robert es merkte, drehte er sich abrupt zu ihr um. Sie hustete ihr Murmeln weg, er schwieg, aus dem Fernseher hörte man das Klicken, das entsteht, wenn jemand in einem nächtlichen Haus eine Handfeuerwaffe entsichert.

Ohne eine einzige Krawatte im Gepäck und ohne Aktenmappe bestieg Robert am nächsten Tag das Flugzeug nach Frankfurt. Mit seiner Art zu sitzen wollte er Oda zeigen, dass er von seinem Amt abschaltete und gewillt war, alle Aufmerksamkeit auf diesen Vorweihnachtsbesuch zu richten. Beim Start ergriff er Odas Hand: Sie unternahmen diese Reise gemeinsam, so wie er es versprochen hatte. Alles war echt, alles war ernst gemeint, Oda hätte ihrem Mann glatt anvertraut, was sie bewegte, doch die Reihe vor ihnen war besetzt, weshalb alles, was man sagte, an die Ohren von drei fremden Menschen drang. So legte Oda nur den Kopf an Roberts Schulter. Damit löste sie bei ihm ein Lächeln aus, das sie zwar nicht sehen, doch beinahe hören konnte, als erzeugte es ein minimales Schnurren am Rande der Wahrnehmbarkeit. Dass sich sein Lächeln zum Teil aus Selbstzufriedenheit speiste, weil es ihm am Vortag im Ministerium tatsächlich gelungen war, sich für die neu aufzubauende Vertretung in Tripolis ins Spiel zu bringen, brauchte sie nicht zu wissen.

Von der Schulter ihres Mannes aus blickte sie auf die Vielförmigkeit der Wolken und begriff, was es bedeuten musste, nicht mehr zu sehen. Vielleicht sahen Blinde innerlich umso mehr. Vielleicht bildeten sie ein inneres Auge heraus, das an Leistungsfähigkeit die inneren Augen der Nichtblinden weit übertraf, weil es zusätzlich als Erinnerungsauge fungierte, das weiterhin sehen konnte, was das äußere Auge vor dem Verlust des Augenlichts aufgenommen hatte.

Schlagartig kam Oda die Frage, ob Felix sich womöglich seit Monaten oder Jahren schon gegen die heraufziehende Dunkelheit wehrte, ohne dass sie es bemerkt hatte. Sie zuckte zusammen, sagte aber nichts.

Robert küsste ihre Stirn, als segnete er damit ihr Schweigen ab, und losgelöst von Amt und Würden flogen sie als stilles Paar über den Wolken hin.

Am Flughafen Frankfurt stiegen sie in den Mietwagen und fuhren zu dem Weingut, an das ein komfortables kleines Hotel angeschlossen war. Robert schien den Wagen gern zu lenken, er verließ die Autobahn mehrere Abfahrten früher, um noch etwas von den Land- und Ortschaften des Rheintals im letzten Licht des Wintertags zu haben. Was er sah, gefiel ihm so sehr, dass er es wortreich mit Oda teilte, und dies gefiel wiederum ihr, weshalb sie nach der Ankunft im Hotel zu seiner Überraschung vorschlug, gleich in ein Restaurant zu gehen, anstatt zu Felix ins Heim zu eilen.

Robert nahm die Gabe an, indem er ihr die Hand auf die Hüfte legte und vorschlug, vor dem Essengehen noch ein wenig auszuruhen.

KANN DENN LIEBE SÜNDE SEIN?

Kerstin musste sich für ihre Arbeitstage nicht präparieren. Alles, was sie brauchte, steckte in der Erfahrung und in ihren Armen. Sie kam ins Heim, sie sah die Kinder, sie wusste, was zu tun war.

Nur die administrativen Dinge erforderten Vorbereitung und verlangten Kerstin alles ab. Sie tat sich mit dem Schreiben schwer, weshalb sie stundenlang an Berichten saß, die sie mündlich ad hoc hätte formulieren können. Es kostete sie Mühe, ihr oftmals intuitives Handeln für andere nachvollziehbar schriftlich zu erläutern, einleuchtende Pläne zu erstellen, einen detaillierten Förderplan für jedes Kind. Zur Förderung einer Entwicklung, die es nicht gab. Lieber sprach sie darüber, denn beim Sprechen konnte man mit Tonfall, Gesichtsausdruck und Gesten noch rechtzeitig vor Missverständnis oder Unmut die Kurve kriegen, wo man mit dem schwarz auf weiß Fixierten leicht in die Sackgasse raste.

Ein Wortungetüm wie *Entwicklungsförderplangespräch* schreckte Kerstin nicht ab, weil sie wusste, wie gut sie in der damit benannten Gesprächsrunde lavieren konnte, trotz des offiziellen Rahmens, trotz der Anwesenheit von Heimleitung und Eltern und selbst dann, wenn es sich bei einem Elternteil um einen Botschafter der Bundesrepublik handelte, der in seinem Rang gewürdigt werden wollte. Man musste Odas Mann ein wenig überakzentuiert Respekt erweisen, doch dafür konnte man alles in allem vernünftig mit ihm reden.

Nicht alle Eltern waren gleichermaßen zugänglich für rationale Erwägungen. Manche verstanden sie schlicht und einfach nicht. Die Elternschaft des Heims bildete nämlich die Gesellschaft nicht repräsentativ ab. Man hatte keineswegs einen Querschnitt durch sämtliche soziale Schichten vor sich. Zwar wurde es nicht an die große Glocke gehängt, doch war die Schicht, in der viel geraucht und noch mehr getrunken wurde – auch während der Schwangerschaft –, überproportional stark vertreten. In dieser Schicht wurde wenig Bildung erworben und viel Mist gebaut. Im Leben dieser Leute kam es zu Malheuren und Unglücksfällen, die man sich in besseren Kreisen, zum Beispiel unter Diplomaten, kaum vorstellen konnte.

Kerstin saß nicht dem Irrtum auf, Mütter, die während der Schwangerschaft geraucht und getrunken hatten, hätten keine Schuldgefühle, wenn ihr Kind geschädigt wurde. Viele von ihnen hatten sie durchaus, auch wenn sie es nur unbeholfen zum Ausdruck brachten. Die wenigsten aber hatten jemanden, der sie verstand oder ihnen half. Wer Hartz IV bezog, ging nicht in Therapie.

Diese Menschen kamen Kerstin häufig wie hin und her geworfen vor. Monatelang ließen sie nichts von sich hören, dann kreuzten sie unvermittelt auf, frisch gekämmt, im Sonntagsstaat, und ergingen sich in Rührseligkeit. Anschließend verschwanden sie wieder für wer weiß wie lange.

Die anderen Eltern, die bessergestellten, besser ausgebildeten, stabil in der Gesellschaft verankerten, die ihre Kinder nicht versehentlich bekamen und die Schwangerschaft mit den bestmöglichen Vorsorgemaßnahmen rahmten, bis ins Detail auf die Ernährung achteten und keine Untersuchung ausließen, Frauen, die neun Monate lang bangten, anstatt einfach guter Hoffnung zu sein, dürften eigentlich gar keine Kinder mit Beeinträchtigung zur Welt bringen. Allein die pränatale Diagnostik müsste das verhindern. Tatsächlich schrumpfte die Zahl der Behinderten ja auch kontinuierlich. Gut möglich, dass es irgendwann keine Kinder mit Downsyndrom mehr geben würde, weil es inzwischen ein Kinderspiel war, rechtzeitig Defekte im Chromosomensatz zu erkennen. Kerstin stellte sich einen Arzt vor, der vom Mikroskop aufblickt, »Trisomie 21« sagt und damit meint: Die nötigen Maßnahmen können sofort eingeleitet werden.

Konnte man das hinnehmen? Gut finden gar? Gerade eine wie Kerstin, die wusste, was Schwerstbehinderung bedeutete, hätte sich, könnte man meinen, über die Fortschritte der Diagnostik freuen müssen, aber sie konnte es nicht. Das, was manche bereits frank und frei als *Selektionskonsens* bezeichneten, war ihr unheimlich, und die Entscheidung einer Mutter, das wachsende Kind in ihrem Bauch wegen bestimmter Mängel wegmachen zu lassen, kam ihr monströs und quasi übermenschlich vor.

Andererseits musste eine Frau, die im 21. Jahrhundert ein behindertes Kind zur Welt brachte, damit rechnen, dass man ihr zum Vorwurf machte, ihrem Kind die schwierige Existenz eines beeinträchtigten Menschen nicht erspart zu haben. Die wenigsten Menschen, die so dachten, machten sich bewusst, dass es dem gleichen Fortschritt, der die Geburt von Deformierten unterband, zuzuschreiben war, dass die übrig bleibenden Fälle von nicht genetisch angelegter Beeinträchtigung immer gravierender wurden, denn dank der hoch entwickelten Medizin überlebten heute Neugeborene, die in früheren Zeiten gestorben wären. Kinder wie Felix, deren Eltern alle Formen der Pränataldiagnostik in Anspruch nahmen und mit Komplikationen bei der Geburt nicht rechneten.

Solche späten Bewusstseinseltern banden sich während der Schwangerschaft so eng ans Kind, dass sie sich mit der Abnabelung nur schwer abfanden und den Gang der Dinge nicht anerkennen wollten: Normalerweise begann in dem Moment, in dem die Nabelschnur durchtrennt wurde, die Ablösung von den Eltern. Keine zwanzig Jahre später wurden sie von ihrem Kind nicht mehr gebraucht und blieben allein zurück.

Odas Kind hingegen fehlte die Voraussetzung für die Selbstständigkeit, daher würden ihr Ablösungsschmerzen erspart bleiben. Fragte sich, ob sie stattdessen irgendwann eine Art Abhängigkeitskummer befiele.

Früher bestaunte ich die alten Ehepaare, die erwachsene *mongoloide* Kinder hatten, wie man es damals nannte. Mich faszinierte die absehbare Unveränderlichkeit der Konstellation, sie hatte etwas Rührendes, aber auch Kurioses, weil der Mensch, der den beiden alten Leuten so kindhaft hinterherlief, ja eigentlich kein Kind mehr war, sondern ein Mann oder eine Frau, gekleidet und frisiert wie eine Person im Alter ihrer alten Eltern. In unserer Verwandtschaft gab es ein solches Gespann, eine Cousine meines Großvaters und ihr Mann hatten eine Tochter mit Downsyndrom. Ich erinnere mich, wie die damals schon betagten Eltern meinem Großvater ihre Angst mitteilten, vor dem eigenen Kind zu sterben. Vielleicht stellten sie sich die Trauer des Kindes über den Tod der Eltern vor, und diese Vorstellung muss schrecklich gewesen sein, da sie um die Intensität der Gefühle ihrer Tochter wussten.

Bei Menschen mit Downsyndrom kommen die Emotionen ungebremst und unverwässert. Freuen sie sich, bestehen sie aus purer Freude, und wenn sie wütend sind, werden sie von der Wut mit Haut und Haar erfasst. Ihre Trauer besitzt eine solche Wucht, dass sie als Inbegriff allen menschlichen Grams gelten und die Vorlage für die Trauerdarstellungen in Kunst und Literatur abgeben könnte.

Und erst ihre Liebe!

Seit meinem eigenen Dienst im Heim weiß ich, was der Welt an bedingungsloser Liebe fehlen würde, gäbe es keine Menschen mit Downsyndrom mehr.

Inzwischen hatte die Entwicklung der pränatalen Diagnostik auch im Martinusheim bereits zu Buche geschlagen, denn es gab im Haus kaum noch Kinder mit Trisomie, und so kam auch kein solches heiteres Kind auf Oda und Robert zugelaufen, um sie per Handschlag oder Umarmung herzlich zu begrüßen, als sie fast zwei Stunden vor Beginn des anberaumten Gesprächs den Gruppenraum betraten.

Dort hatte gerade erst das Frühstück angefangen, die Kinder waren in ihren vielfältigen Rollgefährten um den Tisch versammelt, obwohl kein einziges in konventioneller Manier eine Mahlzeit zu sich nehmen konnte. Auf dem Tisch standen die Kaffeebecher der Betreuerinnen und die rutschfesten Kunststoffteller, aus denen sie die Kinder fütterten, einige mit klein geschnittenen Marmeladenbroten, die meisten mit Brei.

Da es neun Kinder, in der Frühschicht dieses Tages aber nur drei Mitarbeiterinnen gab, ging das Essengeben zeitversetzt vor sich. Felix hatte auch an diesem Tag einen Schlauch in der Nase, der bis in den Magen reichte, zusätzlich stand vor ihm ein Teller mit Brei. Oda setzte sich gleich zu ihm, nachdem sie die Mitarbeiterinnen begrüßt hatte, Kerstin sogar mit einer raschen Umarmung, während Robert die Begrüßungszeremonie in die Länge zog, um nicht schon nach einer Minute nicht zu wissen, was er mit sich anfangen sollte. Wenn er als Botschafter im Anzug einen Raum betrat und keine höherrangige Person anwesend war, gruppierte sich bald alles um ihn, er wirkte qua seines Amtes wie ein Magnet, der sich auf einen Haufen Büroklammern zubewegte und diese mit unsichtbarer Kraft in einer neuen Ordnung ausrichtete, hier aber stand er in seinem Freizeitpullover wie ein überdimensionierter Fremdkörper im Raum, ohne auch nur die geringste Wirkung zu entfalten.

Oda sah seine Unsicherheit. Sie lockte ihn zuerst mit einem Blick zu sich und Felix und präsentierte dem Vater seinen Sohn, den er seit dem Sommer nicht gesehen hatte, fuhr dem Kind dabei mit der Hand über den Kopf, über Wangen, Hals und Arme und forderte ihren Mann auf, sich doch zu setzen. Die erste halbe Stunde grenzte jedes Mal an eine Überforderung, weil Oda alles zugleich tun wollte, das Kind umarmen, das Kind versorgen, über das Kind sprechen, sich dankbar Kerstin und den anderen zuwenden, sich an den Alltagsabläufen des Heims beteiligen und jetzt auch noch Robert in möglichst alles einbeziehen. Das war zu viel auf einmal, weshalb sie mit dem Einfachsten begann, zum Löffel griff und anfing, Felix Essen zu geben. Sie hätte Robert den Löffel überlassen können, dann hätte er etwas mit sich anzufangen gewusst, doch das brachte sie nicht übers Herz. Ihm blieb nichts übrig, als sich vom Chor der Frauen den einzigen freien Stuhl am Tisch zuweisen zu lassen.

»Und wie heißt du?«, fragte er den unwahrscheinlich dürren Jungen, der mit Gurten um Brust, Becken, Ober- und Unterschenkel in einem schmalen, hohen Rollstuhl angeschnallt war.

»Weißt du das nicht mehr?«, wunderte sich Oda mit milde rügendem Unterton. »Das ist Uwe.«

»Na, dann wollen wir mal, Uwe«, sagte Robert und griff

zum allgemeinen Erstaunen nach dem Löffel, der in Uwes Brei steckte wie eine Schaufel in einem Haufen Sand.

Auch Uwe trug eine Magensonde, weil er sonst zu wenig Nahrung aufnehmen würde. Kerstin warnte Robert vor zu hohen Erwartungen, und tatsächlich erwies es sich als äußerst schwierig, dem Kind den Brei einzuflößen. Zwar bewegte sich der Kopf des Jungen zeitlupenhaft in Roberts Richtung, zwar gingen die Augen angesichts des selten in dieser Sphäre auftauchenden männlichen Wesens himmelweit auf, zwar öffnete Uwe sogar den Mund, doch tat er es mit einem Hauch von amüsierter Miene, als wollte er den fremden Fütterer nicht brüskieren, obwohl er wusste, dass dessen Bemühung zum Scheitern verurteilt war.

Robert blickte bereits stolz auf, als sich Uwes Mund um den ersten Löffel mit Brei schloss, seht her, ich habe keine Mühe, euren Problemfall zu versorgen, da schob Uwes Zunge die gesamte Ladung über die Unterlippe wieder ins Freie, wo sie geradewegs ins Auffangbecken seines Plastiklätzchens tropfte.

Die Mitarbeiterinnen schluckten ihr Grinsen und widmeten sich ganz den Kindern, während Roberts Ehrgeiz nun erst recht entfacht wurde. Jetzt wollte er es wissen. Löffel um Löffel schob er Uwe in den Mund, jedes Mal kam alles heraus, bald musste Robert den Brei aus der Lätzchenschale schöpfen, damit diese nicht überlief, doch Oda registrierte, dass er nicht hektisch wurde, sondern beharrlich und immer erfinderischer in den Worten, die er unablässig an den Jungen richtete. Oda fand das beachtlich, denn sie wusste, wie schwer es einem fallen konnte, in der Gegenwart anderer Erwachsener in Kindersprache auf ein Kind einzureden. Es gelang Robert immer besser, »du musst doch nicht auf deine Linie achten, Uwe«, hörte sie ihn sagen, »du bist doch rank und schlank«, worauf dem Jungen wieder eine Breiportion vom Kinn fiel, »ich bin doch derjenige von uns beiden, der weniger essen muss, nicht du«, reagierte Robert und versuchte es tapfer mit dem nächsten Löffel. »So ein bisschen Brei kann doch keine Sünde sein«, ermunterte er den Jungen, und in dem Moment fing Uwe an zu lachen. Verblüffend herzhaft, gewissermaßen unbehindert lachte er, und Robert wunderte sich: »Was habe ich jetzt angestellt?«

Die Frauen klärten ihn auf: Der Junge habe auf die Wortfolge »Sünde sein« reagiert. Aus unerfindlichen Gründen sei Zarah Leanders *Kann denn Liebe Sünde sein* Uwes Lieblingslied und bringe ihn unbändig zum Lachen, wie sich erst vor wenigen Monaten zufällig herausgestellt habe.

Robert hörte sich die Erklärung ungläubig an, dann sah Oda einen kleinen Schalk in seinen Augen aufblitzen, und er begann zu singen:

Kann denn Liebe Sünde sein?
Darrrf es niemand wissen,
wenn man sich küsst?
Wenn man einmal alles verrrgisst
vor Glück?

Uwe lachte glucksend, Robert fing wieder von vorne an, ahmte Zarah Leanders tiefe Stimme nach, rollte die Rs noch prächtiger, und beim dritten Mal kriegte sich Uwe gar nicht mehr ein. Robert hielt einen Löffel voll Brei bereit und belauerte das lachende Kind, und sobald es sich etwas beruhigt, aber noch immer den Mund offen hatte, schob er ihm den Löffel hinein. Die anderen am Tisch hielten unwillkürlich den Atem an, denn sie rechneten mit einer spauzenden Breifontäne, doch das Gegenteil geschah: Uwe gluckste, schluckte aber. Er schien selbst deswegen zu erschrecken, ließ sich seine Heiterkeit jedoch keineswegs nehmen, Robert musste nur die erste Zeile ansingen, und das Lachen kam erneut, der Mund ging auf, der nächste Löffel fuhr hinein, die Fuhre wurde geschluckt, und so ging es immer weiter. Zwischendurch kam auch mal etwas wieder heraus, doch am Ende war der Teller so gut wie leer, Robert warf den Plastiklöffel hinein, lobte Uwe mit einem herzhaften Schlag auf die Schulter, sprang auf und ballte wie ein Sportler jubelnd die Faust. Da ihm niemand High five bot, setzte er sich wieder, wischte Uwe den Mund ab und nahm das Lob der Frauen entgegen.

Später schaute er im Besuchszimmer abwechselnd auf Oda, die Felix wie ein übergroßes Baby im Arm hielt, und aus dem Fenster in den Hof, wo der letzte Zivildienstleistende des Heims mit sechs Kindern im Rollstuhl operierte, mal dieses und mal jenes auf das Spielplatzkarussell schob und in Schwung versetzte. Mit der Wehrpflicht war es vorbei, mit dem Ersatzdienst ebenso, eine Ära ging zu Ende, die Welt veränderte sich erneut ein wenig. Und wer schob in Zukunft die Kinder durch die frische Luft?

Durch die Tür drangen gedämpfte Gruppenraumgeräusche ins Besucherzimmer, Laute, die von einzelnen Kindern in unregelmäßigen Abständen ausgestoßen wurden, Wortwechsel der Betreuerinnen, das dumpfe, monotone Hämmern, wenn das älteste Kind der Gruppe den Kopf mit dem Lederhelm gegen die Wand schlug. Nach einer Weile brach das quälende Geräusch ab, wohl weil eine Mitarbeiterin den Jungen in eine andere Position gebracht hatte, aber nach einer Weile setzte es erneut ein, brach wieder ab und immer so fort.

»Willst du ihn mal nehmen?«, fragte Oda.

Robert nahm ihr den Jungen ab. Er war schwer und versteifte sich beim Wechsel auf den Arm des Vaters, Oda blies ihm immer gleich ins Haar und küsste Stirn und Wange, was ihn entspannte, Robert dagegen sah ihm aufmerksam ins Gesicht. Er bewegte die Hand vor den Augen des Kindes hin und her, beobachtete, ob der Blick ihr folgte, doch das war schwer zu sagen, denn Felix drehte die Augen in alle Richtungen, als suchte er aufgeregt nach einem Fixpunkt.

Oda stand daneben, Robert blickte vielsagend zu ihr auf.

»Was?«, fragte sie.

»Nichts«, sagte er. »Warten wir das Gespräch ab.«

Aus dem Mund des Kindes drang eine Art zustimmendes Summen. In dem Moment hatte die Sonne das Dach gegenüber erklommen, ein Strahl schoss durchs Fenster, und Felix schloss mit hell erleuchtetem Gesicht die Augen.

Zum vereinbarten Zeitpunkt saßen sie im Gruppenraum im Kreis und warteten auf die Heimleitung, damit das Gespräch über Felix beginnen konnte. Oda erkundigte sich bei Kerstin flüsternd nach Alexander, dem Jungen mit der Leukodystrophie, mit dessen Mutter sie im Oktober gesprochen hatte.

»Er ist seit einer Woche nicht mehr bei uns«, sagte Kerstin.

Oda nickte. Ohne Spuren zu hinterlassen, war diese traurige Geschichte zu Ende gegangen.

»Seine Mutter hat manchmal nach dir gefragt«, fügte Kerstin noch hinzu. »Ich soll dich von ihr grüßen.«

Wieder nickte Oda. Dann stand sie auf, um Felix, der in der Liegeschale lag, die Knöpfe der Strickjacke zu öffnen. »Ganz schön warm hier drin«, erklärte sie.

Robert und Oda wussten, wie so ein Gespräch verlief, normalerweise leuchtete ihnen alles, was die Verantwortlichen sagten, ein, sie stimmten zu und waren dankbar. Wenige Wochen nach Felix' Unterbringung im Heim hatte Robert sich erkundigt, was man als Angestellte einer solchen Einrichtung verdiente, und war zu dem Schluss gekommen, dass niemand diese Arbeit des Geldes wegen machte. Das sorgte bei ihm für einen soliden Grundstock an Respekt, zumal man sah, wie gut gepflegt die Kinder waren. Ein wenig rätselhaft blieb ihm, wie es die Frauen schafften, eine Atmosphäre zu erzeugen, die nicht an eine reine Verwahranstalt erinnerte. Womöglich, indem sie Fürsorglichkeit und Geduld mit Ungezwungenheit verbanden. Sie gingen fest und sicher auf ihren Gesundheitsschuhen durch die Räume, ihre Bewegungen wirkten, als wären sie das Selbstverständlichste von der Welt.

Nie hatte Anlass bestanden, Einwände vorzubringen, doch nun wurde aus der Akte die Diagnose der Universitätsklinik vorgelesen, welche den Erstbefund des Augenarztes bestätigte. Felix war fast blind und würde binnen Jahresfrist vollständig erblindet sein.

Einige Betreuerinnen gestanden, es noch immer nicht wahrhaben zu wollen, Kerstin jedoch, Felix' offizielle Bezugsperson, tendierte dazu, den Ärzten zu glauben. Robert schloss sich ihrer Meinung an, voreilig und ohne Not, wie Oda fand, doch wusste sie sich selbst gar nicht zu äußern, weil sie die Vorstellung zu sehr verwirrte. Sie musste sich an den Gedanken, dass ihrem Kind auch das noch genommen wurde, erst gewöhnen.

Die Diskussion drehte sich alsbald im Kreis, zwei jüngere Mitarbeiterinnen machten mit Felix Experimente, die nachweisen sollten, dass der Junge sah, doch eindeutige Ergebnisse konnten sie nicht erzielen. Stets irrten die braunen Augen in alle Richtungen, ohne einen Punkt länger zu fixieren.

Irgendwann warteten alle darauf, dass der Heimleiter das Gespräch beendete, er hätte sagen können, dass sich im Prinzip für alle Beteiligten nichts änderte, denn Felix würde weiter versorgt werden wie in den zurückliegenden Jahren auch, doch er war taktvoll genug, es nicht zu sagen, er fand diplomatische Worte, die keinen Widerspruch auslösten, aber das nahm Oda schon nicht mehr zur Kenntnis, da schiere Ratlosigkeit ihr Denken lähmte.

Nach dem Mittagessen legte sie Felix zum Mittagsschlaf ins Bett. Sie zog die Spieluhr auf, zauberte das selbst gebastelte Mobile aus Fischködern aus der Tasche und befestigte es mit einer Sicherheitsnadel am Stoffhimmel über dem Bett.

Felix lag auf dem Rücken und sah nach oben, Oda stieß das Mobile leicht an, die Fische schwammen lautlos durch die Luft, der Junge reagierte nicht.

Oda beugte sich über ihn, um seinen Blick auf sich zu ziehen, immer weiter beugte sie sich herab, Felix erstarrte, vielleicht, weil er den Atem seiner Mutter spürte oder ihren Geruch wahrnahm oder weil er sie sah.

»Siehst du mich, Felix?«, flüsterte Oda.

Er lächelte und ließ die Frage offen.

DIE BERGE? DAS MEER?

Sie befestigte das Mobile an der Deckenlampe in der Zimmermitte, weil man nicht mal eben einen Haken in die Betondecke schrauben konnte, für jeden Dübel musste der Hausmeister die Spezialbohrmaschine ansetzen. Bald drehte sich das Mobile unter dem Einfluss der Wärme. Oda legte sich so aufs Bett, dass sie die Plastikfische direkt von unten im Kreis schwimmen sehen konnte.

Sie hatte ihre Bastelarbeit wieder abgenommen, weil sie kein Beweismaterial zur Erblindungshypothese beisteuern wollte. Ihr Mobile sollte nicht bestätigen, dass Felix keine bunte Bewegung mehr fixierte.

Nach dem Besuch im Heim waren sie, wie geplant, zu ihren Eltern gefahren, wo Oda ohne innere Anteilnahme am Esstisch und auf der Couch gesessen hatte, noch am Tag nach ihrer Rückkehr in die Botschaft schämte sie sich dafür, so unaufmerksam gewesen zu sein und Robert den größten Teil der Konversation überlassen zu haben. Zum Glück ließ er sie in solchen Situationen nie im Stich, und zum Glück interessierten sich ihre Eltern stets angelegentlich für seine hemmungslos ausgeschmückten Berichte vom diplomatischen Parkett.

Während der Fahrt hatte sie an sich beobachtet, dass sie alles genau ins Auge fasste, die Landschaft rechts und links der Hunsrückautobahn und die Moselmündung in Koblenz ebenso wie später die Industriezonen im Rhein-Main-Gebiet und die ausgedehnten Kiefernwälder rings um den Frankfurter Flughafen, als hätte ihr Sehen nach der Diagnose des Augenarztes einen neuen Stellenwert erhalten. Sie sah genauer hin, als wollte sie alles aufnehmen, was Felix nie mehr sehen würde. Als müsste sie fortan für ihn mitsehen.

Der Arzt war nicht von ungefähr auf seine Einschätzung gekommen, mutmaßte sie unter den Luftfischen in ihrem Zimmer notgedrungen, aber an eine bereits eingetretene Erblindung mochte sie nicht glauben, sondern bestenfalls an ein Stadium auf dem Weg dorthin. Felix sah noch etwas, redete sie sich ein, vielleicht nicht durchgängig und nicht stabil, womöglich nahm er sekundenweise Bilder auf und schaute danach minutenweise nur ins Schwarze, jedenfalls irrte sein Blick oft umher. Allerdings nicht immer, und das war wichtig, denn es führte Oda zu der Überlegung, was sie dem Jungen noch vor Augen führen wollte, bevor es zu spät war.

Blieben Blinden die letzten Bilder erhalten?, fragte sie sich. War ein Blinder innerlich reicher, wenn er in seinem Kopf Bilder von spektakulären Landschaften durchs Dunkel seines Lebens trug?

Die Gedanken ließen sich nicht ordnen, Oda wurde schwindlig, und es zog sie auf einmal unerbittlich stark zu ihrem Mann hin. Während sich das Mobile noch leise drehte, verließ sie ihr Zimmer und ging hinüber. *Kann denn Liebe Sünde sein?* Sie lächelte, als sie den waagrechten Lichtstrich unter dem Türrand sah. Es drang nicht nur Licht heraus, sondern auch Qualmgeruch und der Klang einer traurigen Trompete. *Kind of Blue.* Oder *Almost Blue.* Etwas in der Art hörte sich Robert an und rauchte dazu einen mit Vanille aromatisierten Zigarillo.

Allein deswegen wäre Oda gerne eingetreten, doch sie wusste, dass sie es genau deswegen besser nicht tat. Sie kannte ihren Mann. Er verbrachte da drin gerade eine kontemplative Stunde, er versuchte, etwas auszuhalten und etwas zu verstehen. Das war in Odas Sinne. Wenn sie ihn dabei nicht störte, würde sich das später als wertvoller erweisen als schneller Trost sofort.

Wieder in ihrem Zimmer, doch mit dem Duft des Zigarillorauchs im Nachthemdstoff, gelang es ihr bereits ein wenig besser, das Denken in der Spur zu halten. Sollte Felix wirklich blind werden, sagte sie sich, war es ihre Aufgabe, ihm die letzten Bilder von der Welt ins Dunkel mitzugeben.

Was aber war das Größte, das man auf der Welt anschauen konnte?

Die Berge?

Das Meer?

Zuerst die Berge, dann das Meer, dachte Oda. Sie könnten mit Felix in die Alpen fahren und weiter ans Mittelmeer, nach Italien, Kroatien, Frankreich, es war fantastisch, über das Voralpengrün ins staunenswerte, zugleich ein wenig unheimlich anmutende Hochalpine hineinzufahren und nur Stunden später in die Pinien- und Zypressenwärme hinabzurollen und sich ob des glitzernden Nachmittagsmeers die Augen zu reiben.

Die Fische drehten sich so langsam, dass man glaubte, sie blieben jeden Moment stehen, aber das geschah nicht. Eine minimale Bewegung blieb erhalten.

Oda malte sich unverzüglich eine erste Reiseroute vom Martinusheim an die Adria aus, doch bald kamen ihr Zweifel.

Wäre es nicht richtiger, wenn die Mutter ihrem Kind einfach zeigte, wo sie lebte? Was sie tagtäglich sah?

Ich werde dir eine Gans mieten, Felix Robertssohn, eine weiße Reisegans mit ewigem Lächeln in den Schnabelwinkeln, und ich werde ihr einen Flugkorb aufschnallen, in dem du sicher sitzt, wenn sie mit dir eine weite Runde über die nordischen Wälder dreht und dann ihren Kurs auf Südsüdwest richtet, über Ostsee und Flachgrün das gebügelte Deutschland ansteuert, das Rheintal hinunter bis über die Berge fliegt, mit den Flügelspitzen die Gipfel des Alpenhauptkamms streift und dir beim Anflug auf die mediterrane Küste ein für alle Mal zeigt, was Blau bedeutet.

WAS BLINDE SEHEN

Oda brachte eine Reihe von Fragen mit, als sie wenige Tage später in der Bibliothek erschien. Als Erstes erkundigte sie sich nach Büchern über Blindheit. Ich musste sie enttäuschen, denn ich fand in unserem Bestand keine einschlägigen Titel. Stattdessen fiel mir Belletristisches ein, zuerst *Die Blinden* von Paul Heyse, das stand sogar im Regal, ich konnte es ihr mitgeben und dazu den Hinweis auf Saramagos *Stadt der Blinden*. Auch meinte ich mich zu erinnern, dass in einem Roman von Nabokov ein blinder Kunsthistoriker vorkam, der keine Bilder betrachten konnte, doch wusste ich es nicht mehr genau und verzichtete daher aufs Spekulieren. Natürlich bot ich ihr meine Hilfe bei der weiteren Recherche an, aber sie sagte, googeln könne sie selber.

Trotzdem nahm sie an diesem Vormittag zum ersten Mal auf dem Stuhl vor meinem Schreibtisch Platz. Sie biss die Lippen aufeinander und sah zur Seite, wo milchiges Winterlicht das Fenster ausfüllte. Aus der Kinderbuchabteilung hörte man die Stimme eines männlichen Erwachsenen etwas vorlesen und zwischendurch zwei Kinderstimmen Fragen oder Kommentare dazu äußern. Wahrscheinlich berührten beide Kinder ihren Vater mindestens mit einer Hand.

»Was, glauben Sie, passiert mit einem, wenn man plötzlich blind wird?«

Sie hatte mir ihren Blick zugewandt und bemühte sich um einen journalistischen Tonfall. Ich konnte nur hilflos die

Hände heben, denn über diese Frage hatte ich nie nachgedacht und nie etwas erfahren. Sogleich fielen mir die wenigen Blinden ein, denen ich in meinem Leben begegnet war. Nur von einem, der als eindrückliche Person meine Kindheit gekreuzt hatte, wusste ich überhaupt den Namen; meine Mutter sprach ihn an, wenn wir ihm auf der Straße begegneten, weil sie gleichen Alters waren und zahlreiche gemeinsame Bekannte hatten, und während sie Neuigkeiten austauschten, betrachtete ich an der Hand meiner Mutter von unten seine grau-schlierigen Augäpfel. Es ging ihm gut, glaubte ich mich zu erinnern, jedenfalls behauptete er das immer, wenn man ihn danach fragte, und er sprach auffallend laut, sodass man hätte meinen können, es stimme auch mit seinen Ohren etwas nicht. Ich fragte mich, wie es ihm gelang, nur mithilfe seines weißen Stocks unbeschadet durch den Verkehr zu kommen, und wie er sich wohl die Routen merkte, erhielt jedoch nie eine Antwort, da meine Mutter ihn bei den kurzen Begegnungen vor einem Laden oder auf dem Trottoir natürlich nicht nach seinen Lebensumständen als Blinder ausfragte.

»Ob man mit Gewalt versucht, trotzdem etwas zu sehen? Spannt man krampfhaft die Augenmuskeln an und kapituliert dann bitter, wenn man merkt, dass es nichts nützt? Wird einem quasi schwarz vor Augen, oder sieht man die Bilder, die man im Lauf seines Lebens gespeichert hat, in allen Farben?«, fragte Oda.

Ich wusste darauf nichts zu sagen. Das war mir unangenehm und verdross mich auch, denn nun hätte sich eine Gelegenheit geboten, mit Oda in ein Gespräch hineinzufinden. Ich hätte vielleicht ein bisschen spekulieren sollen, etwa über die Frage, ob Erblindete ihre Fotoalben verbrennen, weil sie nicht wollen, dass die Bilder ihres Lebens, die sie selbst nicht mehr sehen können, von anderen gesehen werden. Ich hätte mich darüber auslassen können, welche Vorstellungen Blinde von Schönheit haben mochten oder wie sehr sie Beschreibungen durch Sehende brauchten, um ihre inneren Bilder am Leben zu halten, doch bat ich Oda lediglich um Verzeihung für mein Unwissen.

»Kennen Sie keine Blinden?«, fragte sie nach kurzem Abwarten hörbar enttäuscht.

»Nein. Und Sie?«

»Ich weiß es nicht genau«, erwiderte sie und richtete den Blick wieder in Richtung Fenster, wo das Winterlicht die Flecken und die Staubpartikel auf der Scheibe in Szene setzte.

»*Blinde sind wie Kinder, deren Herzen man zerbricht, sie wollen auch im Winter nur ans Licht, nur ans Licht*«, fiel mir plötzlich ein, als ich auf das Gesicht vor dem kalt-hellen Rechteck schaute.

»Kitsch«, kam es aus dem Gesicht, während es sich mir langsam wieder zuwandte.

»Klaus Hoffmann.«

»Sag ich doch.«

»Mögen Sie nicht?«

»Mochte ich mal.«

»Jetzt haben Sie die Kitschphase hinter sich?«

»Wieso reden auf einmal alle über Kitsch?«

Das hatte sie mehr zu sich selbst gesagt, trotzdem wagte ich eine Replik: »Wer denn noch?«

»Ach, schon gut.«

Es war nicht gut, das sah ich.

»Was meinen Sie damit, dass Sie nicht wissen, ob Sie einen Blinden kennen?«

Und dann erfuhr ich zum ersten Mal von ihrem Sohn. Sie

erzählte mir von Felix, sah dabei abwechselnd aufs Fenster und auf den kleinen Weihnachtsbaum aus Plastik, den ich auf meinem Tisch aufgestellt hatte, ihr Blick fuhr zwischendurch nur flüchtig über mein Gesicht. Erst als der Vater mit seinen beiden Kindern zur Ausleihe kam, sah sie länger in meine Richtung und verfolgte, wie ich die Leihkarten aus den Kinderbüchern nahm, mit Datum versah und in den Karteikasten steckte.

Nachdem die drei gegangen waren, schaute sie mir offen in die Augen.

»Was soll ich ihm zeigen?«, fragte sie in einem Ton, der mir verbot, erneut ratlos die Hände zu heben. Ich überlegte nicht lang.

»Etwas, das Sie selbst gerne sehen. Etwas, das Sie nicht beschreiben können. Etwas, das Sie mit Licht erfüllt.«

»Klingt auch ein bisschen kitschig«, meinte sie.

»Tut mir leid.«

»Nein. Sie haben recht. Es ist das Richtige.«

Sie sah mich dabei mit einem wehmütigen Lächeln an, das eine Geste der Zuwendung verdient hätte. Ich fragte sie, wo ihr Sohn lebe, wollte es genauer wissen, als sie lediglich von einem Heim in Deutschland sprach, und war im nächsten Moment sprachlos, weil das Wort Martinusheim fiel.

»Was schauen Sie mich so an?«, wunderte sie sich.

Ich wusste zunächst nicht, wie ich es sagen sollte, denn ich kam mir fast parasitär vor, auch wenn ich für diese Laune des Zufalls nicht zur Rechenschaft gezogen werden konnte. Nachdem ich allen Mut zusammengenommen hatte, legte ich ihr dar, wie gut ich die Einrichtung, in der Felix lebte, kannte, jedenfalls in der Erinnerung. Es mochte seltsam wirken, wenn ein bald Fünfzigjähriger über seinen Zivildienst sprach und damit unweigerlich das Bild von sich als Jüngling, der sich vom Leben noch alles erhofft, heraufbeschwor, doch ich ließ mich hinreißen, denn ich wollte Oda zu verstehen geben, wie gut ich wusste, was Felix für ein Kind war und was es für eine Frau bedeutete, die Mutter eines solchen Kindes zu sein.

Offenbar steigerte ich mich mit etwas zu viel Eifer in die Erinnerung hinein, denn bald suchte Oda Zuflucht bei einem diplomatischen Trick, sah auf die Uhr, tat erschrocken, murmelte, sie müsse los, und stand auch sogleich auf. An der Tür machte sie noch einmal kehrt, um den Schal zu holen, den sie auf der Stuhllehne vergessen hatte, vielleicht auch, um sich zerstreut zu verabschieden und mir frohe Weihnachten zu wünschen. Dabei tippte sie mit dem Finger das Plastikbäumchen an und sagte: »Kerstin, die Bezugsperson von Felix, stellt auch immer so ein Bäumchen auf.«

MEHR ALS DIE ÜBLICHE NÄHE

Hatte mich die erste Begegnung mit Oda schlagartig ins Bonn des Jahres 1987 versetzt, so beförderte mich die Nennung des Martinusheims noch drei, vier Jahre weiter in meiner Vergangenheit zurück. Ich sah mich so deutlich als junger Mann, dass ich nicht wusste, ob ich lachen oder weinen sollte. Ich genierte mich ein bisschen, an mich zurückzudenken, zugleich war ich neidisch auf mich als jungen Mann. Oda hatte erzählt, vor Weihnachten werde der letzte Zivildienstleistende in der Geschichte des Martinusheims verabschiedet. Ich war vor achtundzwanzig Jahren der dritte oder vierte gewesen, der in der Einrichtung diesen Dienst versah. Ich hatte es gern getan, ich hatte mich gebraucht gefühlt, und zwar bei allen Aufgaben, die man mir übertrug.

Dazu gehörte auch der Fahrdienst. In einem großen, mit Laderampe zum Hineinschieben und Vorrichtungen zum Befestigen der Rollstühle ausgestatteten orangefarbenen Transporter fuhr ich Kinder zum Arzt und zum Wochenendbesuch bei ihren Eltern, brachte sie in die nächstgrößere Stadt, wo sie erleben durften, was Menschengewimmel war und wie sich Verkehrslärm anhörte, oder ich ermöglichte ihnen einen Ausflug zum Bauernhof, wo sie zwischen Ferkeln im Stroh saßen und juchzten, wenn sie von den Tieren beschnuppert und beleckt wurden.

Manchmal fungierte ich auch als Chauffeur für Mütter, die das Heim besuchen wollten. Zwar kamen die meisten Eltern mit dem eigenen Auto, doch einigen Frauen bot der damalige Heimleiter den Fahrservice an, weil er wusste, dass sie jede Entlastung gebrauchen konnten. Es waren Frauen, die mit dem Zustand ihres Kindes oder mit dessen Heimunterbringung nicht fertigwurden, Frauen, die sich damit überfordert fühlten, den Kontakt zum behinderten Kind zu halten und gleichzeitig die gesunden Kinder, die sie auch noch hatten, zu erziehen, unter Umständen gar allein, weil sie geschieden waren.

Bei diesen Fahrten lernte ich die Mutter von Leo kennen. Sie wohnte gut fünfundzwanzig Kilometer entfernt in einem kleinen Reihenhaus, wo ich sie oft abholte, zumeist mit ihren beiden gesunden Kindern. Beim ersten Mal wunderte ich mich ein wenig, denn anstatt einer vom Leben überforderten oder zumindest unsicheren Person begrüßte mich eine Frau, die sich von den meisten anderen Müttern unserer Kinder deutlich unterschied: durch Kleidung, Haare, glatte Haut – und weil sie Augen hatte, die verrieten, dass sich viel in ihrem Inneren bewegte. Sie sah nicht aus wie jemand, der während der Schwangerschaft geraucht und getrunken hatte. Die Kinder waren ihr wie aus dem Gesicht geschnitten. Hätte Leo nicht ständig unkontrolliert die Augen verdreht und in kurzen Abständen die Arme spastisch bewegt, hätte auch er seinen jüngeren Geschwistern sehr geähnelt.

Seine Eltern hatten sich scheiden lassen, wusste ich, aber das war zu milde ausgedrückt. Der Vater hatte seine Ehe und Familie kaputt prozessiert, indem er zehn lange Jahre seines Lebens fast ausschließlich dafür geopfert hatte, die Geburtsklinik, in der sein Sohn zur Welt gekommen war, wegen ärztlicher Kunstfehler juristisch zu verfolgen. Am Ende war er vor Gericht gescheitert, hatte seinen Arbeitsplatz, sein Vermögen und seine Frau verloren.

Die Kinder saßen hinten, die Frau neben mir. Beim ersten Mal trug sie einen dünnen Schal mit einer Art Tigermuster. Ich weiß noch, dass mir das irgendwie unpassend erschien, gleichsam frivol, angesichts des bevorstehenden Besuchs bei ihrem Sohn im Heim. Aber es gefiel mir auch, so wie alles an ihr. Sie zog mich unzulässig an, obwohl sie mindestens fünfzehn Jahre älter war als ich und sich für einen wie mich gar nicht interessieren konnte. Andererseits redete sie so unbefangen, dass ich am liebsten angehalten hätte, um ihr in die Augen sehen zu können.

Möglicherweise begünstigte aber gerade die Tatsache, dass ich durch die Windschutzscheibe nach vorne schauen musste, ihre Vertraulichkeit. Nach ihrem Besuch brachte ich sie wieder heim, und als ich sie vor ihrem Reihenhaus absetzte, hatte sie mir in groben Zügen ihr ganzes Schicksal dargelegt.

Danach ging mir die Frau nicht mehr aus dem Kopf, und als sie das nächste Mal neben mir im Wagen saß, musste ich mir eingestehen, dass ich mich in sie verliebt hatte. Wenigstens ein bisschen. Ich atmete ihren Duft so bewusst ein, als müsste ich ihn mir bis ans Lebensende merken.

Im Dienst gab ich mir Mühe, ein besonderes Verhältnis zu ihrem Sohn aufzubauen und mehr als die übliche Nähe herzustellen, um auf diese Weise in einem Bereich ihres Lebens einen Platz einzunehmen. Ich erzielte damit sogar einen Erfolg, denn als im Sommer elf Mitarbeiter und zehn Kinder für einen zweiwöchigen Ferienaufenthalt an die Nordsee fuhren, wurde ich als persönlicher Betreuer von Leo eingeteilt. Da ich keine Fachausbildung hatte, musste dafür die Zustimmung von seiner Mutter eingeholt werden. Sie war einverstanden und sagte mir während einer unserer Autofahrten sogar, dass sie sich darüber freue. Es tue Leo gut, wenigstens zeitweise eine männliche Bezugsperson in der Nähe zu haben, da sein Vater nicht in der Lage sei, diese Funktion auszuüben.

Die Arbeit in der Ferieneinrichtung hinterm Deich war anstrengend, weil es keinen Schichtwechsel gab, aber wie so oft, wenn mehrere Menschen auf engstem Raum zusammenarbeiten, entstand ein guter Geist, und ich habe die zwei Wochen als eine Zeit des Hochgefühls in Erinnerung. Mein Verhältnis zu Leo verdichtete sich in einer Szene: Einmal ließ ich ihn so lange an einem Eis am Stiel lecken, bis mir die schmelzende Masse übers Handgelenk in den Ärmel rann, worauf ich, ohne nachzudenken, Leo den Unterarm zum Ablecken hinhielt.

Meine Kolleginnen lobten mich für den sanften Umgang mit dem Kind, und nach der Rückkehr fühlte ich mich deswegen ermächtigt, Leos Mutter mit gestärktem Selbstbewusstsein zu begegnen. Ich besetzte die Hauptrolle meiner erotischen Fantasien mit ihr, und sie spielte darin so hingebungsvoll, dass ich die Autofahrten mit ihr kaum erwarten konnte. Leider waren ihre Kinder stets dabei. Das zwang mich, den netten jungen Mann zu geben, sprich: die unattraktivste Rolle zu spielen, die im dramatischen Fach zu haben ist.

Eines Sonntagnachmittags aber bog ich in ihre Straße ein und sah sie schon von Weitem alleine vor dem Haus stehen. Die Kinder waren bei den Großeltern, erfuhr ich nach hundert Metern Schweigen, worauf ich etwas von schöner Abwechslung und Entlastung murmelte und unauffällig einen weiteren Knopf an meinem Hemd öffnete. Sie nickte, dann führte sie in einer abrupten Bewegung beide Fäuste vors Gesicht und fing so stark zu weinen an, dass es aussah, als rüttle jemand an ihrem Oberkörper.

Es kam mir entsetzlich unpassend vor, mit drei offenen Hemdknöpfen neben dieser zutiefst erschütterten Frau zu sitzen und ganz profan ein Fahrzeug durch den Verkehr zu lenken. Darum fuhr ich nicht zur Autobahn, sondern bog zum Rhein ab und stellte unweit des alten Winterhafens den Wagen so, dass wir den Fluss vor uns hatten.

Es hatte wieder einmal Streit mit ihrem Mann gegeben, wegen der Kinder, wegen des Geldes, sie würde das Haus nicht halten können, sie sah sich inmitten eines verpfuschten Lebens, und das brachte sie dazu, all das herauszulassen, was sie mir bisher nicht erzählt hatte, sie sprach von Dingen, die ich damals noch nicht verstand, sondern von da an erst zu verstehen lernte, insbesondere von ihrem Versagen bei der Geburt. Sie sei schuld an Leos Zustand, und deshalb wolle ihr Mann von ihr als Frau seitdem nichts mehr wissen.

Was sagt man als Zwanzigjähriger, wenn man so etwas hört? Tut mir leid für Sie? Plötzlich war eine Form der Nähe aufgebrochen, die mir unheimlich wurde. Ich hatte keine passenden Worte parat, murmelte aber trotzdem etwas, das offenbar nicht schadete, denn schließlich legte sie ihre linke Hand auf meinen rechten Arm, bat um Verzeihung, bedankte sich, entschuldigte sich erneut und bat mich dann, weiterzufahren.

Wenn sie damals fünfzehn Jahre älter war als ich, musste sie mittlerweile über sechzig sein. Ihre Kinder waren erwachsen, wahrscheinlich hatte sie schon Enkelkinder, und vielleicht lebte sie mit einem Mann zusammen, von dem ich lediglich zu sagen wusste, dass er nicht ich war.

Ich löste mich aus dem jungen, leichten Körper meiner Erinnerung und erhob mich von meinem Platz. Schwer und ungelenk kam ich mir vor, als ich zur Tür ging, um die Bibliothek für diesen Tag zu schließen.

Noch immer lag etwas von Odas Duft im Raum.

TEIL II

AUFBRUCH

Sobald Klaus in der Warteschlange vor der Fähre den Motor abstellt, kommt Oda die Nähe dieses Mannes ungehörig vor. Übermäßig laut hört sie das Rascheln seiner Kleider, das Geräusch, wenn er die Nase hochzieht, sein gelegentliches Räuspern und das Knarren seines Sitzes bei jeder Bewegung.

Das Fahrzeug, ein blechdosenartiger Kleinbus japanischen Fabrikats, ist mindestens fünfzehn Jahre alt und sein Fahrer gut und gerne neunzig Kilo schwer, kein Wunder, dass die Polster nachgeben. Zum Glück funktioniert die Heizung. Auf dem Weg zum Hafen hat sie die Temperatur im Wagen so weit in die Höhe getrieben, dass die Wärme bei ausgeschaltetem Motor nicht sofort wieder aufgezehrt ist. Es dauert immerhin eine Viertelstunde, bis sich vor den Mündern Atemwolken bilden.

Nach dem Jahreswechsel hatte es die Kälte geschafft, die kleinen kabbeligen Ostseewellen zum Erstarren zu bringen. Bei fünfzehn, zwanzig Grad minus hatte sich das Eis innerhalb weniger Tage verfestigt, und kaum war das geschehen, sah Oda auf der Bucht vor ihrem Fenster den ersten Eisangler seinen großen Bohrer ansetzen. Da wusste sie, dass man die zugefrorene Ostsee gefahrlos betreten konnte. Mindestens zwei Monate lang würde das Eis nun tragfähig bleiben.

Kaum war ihr das klar geworden, hatte sie jene Aufregung erfasst, die sich immer dann bemerkbar machte, wenn es ernst wurde. Ihr blieben zwei Monate, um Felix zu zeigen, wie sich die Grenze zwischen Himmel und Erde im totalen Licht auflöste, wenn sogar der Boden unter den Füßen die Wintersonne reflektierte.

Jetzt, am späten Nachmittag im Hafen, herrscht allerdings undurchdringliche Finsternis über dem Wasser, auch wenn nur hin und wieder Fetzen von Gazewolken den Vollmond kurz verhüllen. Eisbrecher halten die Hafenbecken eisfrei, vor den Piers schwappt es schwarz.

Am Mittag hatte eine farblose Sonne für Weißlicht gesorgt, Bäume und Sträucher waren mit Kristallen paniert gewesen, überall blitzten Miniaturspiegel und Mondsteine, man ging unwillkürlich immer wieder dicht an die Zweige heran, weil man die Kristallbildung bewundern wollte. Hob man den Blick und fasste alles summarisch ins Auge, sah man nichts weiter als eine komplett weiße Welt. Alles, was existierte, war weiß nachgezeichnet.

In der allumfassenden Schwärze des Spätnachmittags macht nur das Schiff da vorne mit seiner Vielzahl an Lampen und Leuchten auf sich aufmerksam. Seine Lichter vermitteln den Anschein, als verberge sich hinter ihnen ein großes Geheimnis.

Klaus wartet schweigend. Sie sind zu früh dran, das gibt Oda die Gelegenheit, sich an seine Anwesenheit zu gewöhnen und sich im Auto zu akklimatisieren. Es macht einen erstaunlich großen Unterschied, ob man mit jemandem an einem Tisch, in einem Boot oder im Fahrerhaus eines Lieferwagens namens Toyota Hiace sitzt, in dem es nach fünfzehnjähriger Benutzung durch Männer in Arbeitskleidung riecht.

Die meisten Leute in der Schlange lassen den Motor laufen, damit die Wagenheizung funktioniert, aber Klaus scheint gar nicht auf die Idee zu kommen. Oder er spart bewusst Benzin und schont die Umwelt. Oda verkriecht sich noch etwas tiefer in ihrer Daunenjacke und schaut zum x-ten Mal auf die Uhr. Seit einiger Zeit schon fahren wendige Zugmaschinen hin und her und bringen Sattelanhänger aufs Fahrzeugdeck des Schiffs. Auch dürfen nun die ersten Lkws an Bord, es kann nicht mehr lange dauern, bis die Personenfahrzeuge an der Reihe sind. Oda wird ungeduldig, in ihr bricht Reisefieber aus – etwas, das sie gar nicht mehr kennt, weil es ihr beim vielen Fliegen abhandengekommen ist, aber nun, vor der Schiffspassage, ist sie aufgeregt wie ein junger Mensch, der bei jedem Aufbruch heftig von ungewisser Erwartung umweht wird, der jede Reise insgeheim in dem Bewusstsein antritt, dass alles passieren kann, das Schönste und das Schlimmste: Ich kann mich auf dem Schiff verlieben, das Schiff kann untergehen.

Einzelne Männer stehen rauchend neben ihren Fahrzeugen. Es sieht aus, als hauchten sie Trockeneiswolken aus. Am Wagen vor ihnen wird die rechte hintere Tür geöffnet. Ein kleiner Junge steigt aus, geht schnurstracks an den Zaun, der das Hafengelände von der Straße trennt, und erleichtert sich. Danach wirft er ein paar Schneebälle und beeilt sich, wieder ins Auto zu kommen.

Klaus dreht den Kopf leicht in Odas Richtung und schmunzelt. Oda lächelt zurück. Das ist fast so viel wert wie ein Wortwechsel.

Schließlich geht es über eine ratternde Metallrampe aufs Schiff. Zügig werden sie von Männern in neongelben Signalwesten eingewiesen, dann nehmen sie ihre kleinen, eigens für die Überfahrt gepackten Taschen mit dem Nachtgepäck und steigen die Treppe zu den Passagierdecks hinauf. Sie vergleichen die Kabinennummern, und bevor Oda etwas sagen kann, verabschiedet sich Klaus. »Bis morgen«, sagt er. Oda müsste ihn zurückhalten, ihn wenigstens zum Abendessen einladen, denn er tritt die Überfahrt mit diesem Schiff nur ihretwegen an, doch er ist schnell und zielsicher wie die Männer, die im Schiffsbauch effizient die Fahrzeuge ordnen. Er will mir die Peinlichkeit ersparen, sich mit einem wie ihm im Restaurant zu zeigen, ahnt Oda. In seinem Haus, in seinem Boot, an seinen Ufern wirkt er vollkommen mit sich im Reinen, doch im Licht der Öffentlichkeit hat er kein gutes Bild von sich und fühlt sich unpassend neben einer Frau wie Oda, die er für höherrangig hält. Er kommt gar nicht auf die Idee, dass er sie allein lässt, indem er fast im Laufschritt zu seiner Kabine eilt.

Es ist früh am Abend, lange noch keine Schlafenszeit, Oda stellt nur ihre Tasche auf dem Bett ab, dann geht sie nach oben und sieht im eisigen Wind auf dem Außendeck zu, wie das Schiff ablegt und im Hafen wendet. Ein paar Russen, die auffallend zufrieden wirken, machen Fotos, sonst ist niemand auf dem rutschigen Deck. Bald begibt sich auch Oda wieder nach unten, um durch die Gänge zu streifen. Die Innenausstattung der *MS Mariella* scheint vergessen machen zu wollen, dass es sich um eine Fähre handelt, die Menschen und Güter zwischen den Hauptstädten zweier Länder befördert. Bars, Restaurants, Diskotheken, Saal mit Bühne und Tanzfläche, Spa- und Saunaabteilung, Fitnessstudio, Friseur und nicht zu vergessen die Einkaufszeile mit diversen kleinen Läden und einem großen Geschäft, in dem übergroße Flaschen mit alkoholischen Getränken durch die Fahrtvibration unablässig klirren, das alles lässt Kreuzfahrtatmosphäre aufkommen, wenn auch mit schäbig-banaler Tönung. Entsprechend benehmen sich die Passagiere, sie flanieren frisch gekämmt über die Decks und erfüllen bald die Pubs und Bars mit den überlauten Stimmen der Betrunkenen.

Oda sucht einen annehmbaren Ort für sich und wird in einem Weinlokal fündig, wo dunkles Holz und gedämpftes Licht, vor allem aber klassische Hintergrundmusik die robuster orientierte Klientel fernhält. Kaum hat sie die Speisekarte aufgeschlagen, fragt jemand auf Englisch, ob er sich zu ihr setzen dürfe. Oda glaubt nicht recht zu hören, sie sieht nach rechts und links, wo etliche Tische frei sind, was den Mann zu der Erklärung bewegt, er esse nicht gern allein. Beim letzten Wort sitzt er schon. Da keine Alkoholfahne über den Tisch herüberweht, in den Augen des Mutigen ein freundlicher Schalk funkelt und er sich sogleich mit Namen vorstellt, entschließt sich Oda, seine Gesellschaft zu akzeptieren. Warum auch nicht? Was spricht dagegen, mit einem Fremden eine Mahlzeit einzunehmen? Und selbst wenn sich dahinter ein Annäherungsversuch auftun sollte – sie wird damit schon fertigwerden.

Der Mann ist Schwede und fährt häufig die Strecke zwischen Helsinki und Stockholm. Oda braucht nur wenige simple Konversationsfragen aus ihrem Botschaftergattinnenreservoir zu stellen, schon entfaltet sich vor ihr eine interessante Geschichte. Das ganze Leben dieses Herrn Hellström besteht aus Ortswechseln. Derzeit führt er die Geschäfte des einzigen Bestattungsinstituts in Schweden, das auf die Überführung von Toten spezialisiert ist: aus dem Land hinaus und ins Land hinein.

»So etwas lohnt sich?«, will Oda wissen.

»Aber ja. Denken Sie nur, wie viele Einwohner Schwedens aus den Balkanländern stammen! Wenn die tot sind, wollen die heim.«

Oda muss kichern, so ähnlich wie bei Klaus, wenn ihm ein kurioser Ausdrucksfehler unterläuft. Hellström braucht nicht lange, bis er seinen Fauxpas bemerkt. Er lacht.

»Sie wissen schon, wie ich es meine. Und ich kann Ihnen versichern: Wer Tote transportiert, dem zeigen sich die Lebenden erkenntlich.«

Er berichtet von Konstellationen, auf die Oda nie und nimmer gekommen wäre. So findet seine aktuelle Tour im Dienste einer Sippe finnischer Roma statt, die in den Siebzigerjahren auseinandergerissen wurde, weil ein Teil nach Schweden übersiedelte, um bei Saab zu arbeiten. Und nun werden die Toten nach und nach heimgeholt. Er schildert die Hintergründe einiger weiterer Fälle ausführlich und wird dabei in Odas Augen immer mehr zum grünen Gast. Solche guten Erzähler sind für Redaktionen Gold wert.

Aber da ist noch etwas, das Odas Aufmerksamkeit fesselt. Der Mann wirkt auf sie nämlich wie ein Geistesverwandter von Klaus, wie einer aber, der nicht hängen geblieben, sondern weitergekommen ist. Einer, der kurzerhand zu handeln weiß, der zwar nicht mit Fischen wirft, sich dafür aber umstandslos zur einzigen Frau gesellt, die allein an einem Tisch sitzt, und der ebenso umstandslos seine Mahlzeit bezahlt und sich entfernt, ohne etwas von sich zu hinterlassen, nicht einmal eine Visitenkarte. Beim Verlassen des Schiffslokals verwandelt sich Herr Hellström aus Schweden in eine flüchtige Episode, wie sie einem schon mal begegnen kann, wenn man reist und nicht jedem Gespräch mit Fremden aus dem Weg geht.

Und ich, denkt Oda, ich bin für ihn auch so eine Episode, nur kleiner noch als er für mich, da er auf seinen vielen Touren unablässig Fremden begegnet. Drei- bis viermal im Monat nimmt er die Fähre von Stockholm nach Helsinki und zurück, das sind sechs bis acht Überfahrten und ebenso viele fremde Frauen, mit denen er seine Mahlzeit einnimmt, um sie anschließend sitzen zu lassen. Macht zweiundsiebzig bis sechsundneunzig Tischgenossinnen im Jahr, siebenhundertzwanzig bis neunhundertsechzig im Jahrzehnt, und Oda ist nun eine von ihnen gewesen.

Später liegt sie als eine von zweitausend Passagieren in einer leicht vibrierenden Kabine. Bei geschlossenen Augen wächst das Rauschen der Klimaanlage, man darf sich auf keinen Fall darauf konzentrieren, sonst schwillt es zu einem unbarmherzigen Brausen und Tosen an, das einem den Schlaf in weite Ferne spült.

Oda kommt auf die Idee, eine SMS an Robert zu schreiben, hat in der Kabine aber kein Netz. Durchs Fenster sieht sie nichts, natürlich nicht, schon vor der Abfahrt war es dunkel, und wenn sie am nächsten Morgen Stockholm erreichen, wird die Sonne vermutlich gerade erst aufgehen.

Erstaunlich eigentlich, dass die Fahrpläne dieser Fähren das ganze Jahr über stabil bleiben. Sie fahren jeden Tag hin und zurück und brauchen dafür im Winter nicht länger als im Sommer. Eisbrecher halten die Fahrrinne zwischen den Schären frei, stellt Oda sich vor, weil sie es sich anders nicht erklären kann. Die Massivität des Eises hat sie nämlich vor Kurzem erst selbst erfahren, und darum ist sie überhaupt hier, in diesem Schiffsrumpf.

Sie stand auf dem Botschaftssteg und sah die Eisangler über die Bucht verstreut auf ihren Klappstühlen sitzen. Die Eisdecke hielt. Dennoch zögerte Oda, den Schritt aufs Meer zu wagen. Ihre Hemmung entsprach der einer Schwimmanfängerin am Beckenrand. Sie redete sich Mut zu, doch die Befürchtung, einzubrechen, war stärker. Wie ein Urmensch, bei dem die instinktive Angst den Mangel an Informationen über die Gefahren seiner Umwelt wettmachte, kam sie sich vor.

Irgendwann wagte sie dann doch den zaghaften Versuch, einen Fuß auf die Stegleiter zu setzen, zog ihn aber gleich wieder zurück. Nun wurde es allerdings peinlich. Sie stellte sich vor, wie der Wachmann und die Empfangsdame an der Konsulatspforte auf den Bildschirm schauten und sich über die feige Gattin von Exzellenz amüsierten. Die Sonne schien aus der Richtung, in die Oda blickte, aus dem Süden, vom offenen Meer her, sie blendete nicht nur von oben, sondern auch von unten, da sie vom Eis reflektiert wurde. Oda nahm die Eisangler als diffuse Wesen wahr, dann aber konnte sie einen roten Punkt erkennen: Cousteaus Mütze. Sie peilte den Punkt an, fixierte ihn, hielt sich daran fest und wagte den ersten Schritt. Zwei Sprossen die Leiter hinunter, schon stand sie auf dem Meer. Und ging nicht unter. Sofort schwappte eine kleine Begeisterung in ihr auf, die sich mit jedem Schritt, den sie, zunächst noch steif und vorsichtig, als ginge sie auf rohen Eiern, unternahm, nach und nach in eine auffallend kräftige, irgendwie kindliche, jedoch auch sonderbar profunde und insofern gewissermaßen reife Freude verwandelte.

Das Eis war rauer als das von Schlittschuhbahnen, es hatte Unebenheiten, die man sich als erstarrte kleine Wellen denken konnte, man war gezwungen, langsam zu gehen, und schon hatte Oda den typischen Gang der Angler zu ihren Eislöchern begriffen. In ganz ähnlichem Rhythmus steuerte sie die rote Mütze an.

»Fisch gefällig?«, wurde sie von Klaus empfangen.

Er wies auf zwei unförmige Exemplare neben seinem Klappsitz.

»Das sind die Aalquappen, von denen ich Ihnen erzählte. Man nagelt sie an die Wand und zieht ihnen dann die Haut ab. Schmecken am besten als Suppe.«

Oda hatte selten so hässliche Fische gesehen. Dankend lehnte sie ab. Ihr fehle die Holzwand zum Annageln, meinte sie noch, dann tauschten sie sich darüber aus, wie es war, auf dem gefrorenen Meer zu sein.

»Eigentlich gehört Stille dazu«, sagte Klaus, »und es darf keine Brücke stören.«

Er empfahl ihr eine Stelle weiter westlich, wo man auf dem Eis so weit hinausgehen konnte, bis man die offene Fläche vor sich hatte.

Gleich am nächsten Tag fuhr Oda hin, stieg auf einem Parkplatz voller Schneeberge aus dem Wagen und stand wenige Schritte weiter erneut am Eisrand wie vor einem Abgrund. Diesmal hemmte sie nicht bloß die Angst vorm Einbrechen. In der Nacht waren zwei Zentimeter Neuschnee gefallen, und Oda hatte Skrupel, die noch vollkommen unberührte Fläche zu betreten. Nirgendwo sah man menschliche Spuren, ihr fiele die Entweihung dieser strahlenden Reinheit zu. Ihr war, als müsste sie eine höhere Instanz um Erlaubnis dafür bitten.

Der Küstenlinie waren Inseln vorgelagert, die größeren davon bewaldet. Zwischen ihnen gelangte man auf die offene See, so wie Klaus es beschrieben hatte. Oda fasste eine Bahn ins Auge, die zwischen zwei mit Erlen und Kiefern bewachsenen Inseln aufs große Offene führte. Dann zog sie mit dem Blick vom Horizont aus eine Linie über das Kristallglitzern hinweg zu sich heran ans Ufer, bis ihre Füße ins Blickfeld gerieten. Sie holte Atem, machte den ersten Schritt, den zweiten, wartete ab, was geschah, und da die Fläche trug, setzte sie langsam und stetig einen Fuß vor den anderen und hinterließ dabei sauber umrissene, wie mit Sorgfalt ausgestochene Spuren im dünnen Schnee.

Sie gewann Sicherheit, ihre Schultern entspannten sich beim Gehen, und wieder wuchs in ihr die Euphorie. Sie hatte das Gefühl, auf Licht zu gehen, da die unverhüllte Sonne von den unzähligen Prismen des Schneeteppichs nach allen Seiten reflektiert wurde. Auch in der Luft schwebten winzige Kristalle, es mochte Einbildung sein oder nicht, aber es flimmerte unter ihr und um sie herum, und dieses Flimmern führte sie in nie gekannte Helligkeit. Es gab nichts Vergleichbares, durch das Gehen auf dem Licht verlor der Mensch die Erdenschwere.

Wenn du hier wärst, Felix, würden dir die Augen aufgehen, denn so etwas Helles hast du noch nie gesehen; man will die Augen bis zum Anschlag aufreißen, um all das Strahlen einzulassen, obwohl man blinzeln muss, wegen der Blendung. Wenn du hier wärst, Felix, würdest du schweben, und dein sperriges Gefährt, es würde einfach verflimmern, weil einer, der schwebt, keinen Räderstuhl braucht.

Das Aufnahmegerät lag zu Hause auf dem Schminktisch, Oda sprach ihre Botschaft in die klare Kälteluft, die Begeisterung trieb die Fantasie zu kolossalen Vorstellungen an, die sich nicht im Stillen hüten ließen, sondern verlangten, laut in die Welt gesetzt zu werden. Oda mochte gar nicht mehr aufhören damit, es tat ihr gut, wie ein jahrtausendealtes Ritual.

Und nachdem deine Hilfsmittel aus Stahl und Kunststoff und Textilgewebe allesamt verflimmert und verflittert wären, würde ich mit dir über Eis und Schnee bis über den

Polarkreis hinwegschweben, bis vor das warme Feuer des größten Schamanen aller Lappenstämme, und er würde mit Hokuspokus und Brimborium und heiligem Bärenzauber deine Spitzfüßchen gerade richten und deine Hände strecken und deine Gliedmaßen vom ewigen Zurren deiner verkürzten Muskeln erlösen; du würdest schweben, Felix.

Ohne Punkt und Komma sprach Oda in den Äther, ohne ein Ende zu finden, aber auf einmal stoppte sie doch, ganz plötzlich, wie vor einem unüberwindbaren Hindernis, denn im unberührten, frischen Schnee kreuzte die Spur eines Tieres ihren Weg. Eine Kette zierlicher Pfotenabdrücke verband die beiden bewaldeten Inseln, die rechts und links von Oda lagen, und bezeugte die Entscheidung eines Fuchses, jetzt, im Winter, da es möglich war, die Insel zu wechseln. Was mochte ihn bewogen haben, allein den Weg zurückzulegen?

Oda zögerte, die Fuchsspur zu queren. Etwas daran ging ihr zu Herzen, und sie brauchte nicht lange, um zu verstehen, was, denn nun drang ihr die Vorstellung ins Bewusstsein, die sich schon beim ersten Blick auf die Spuren unterschwellig gebildet hatte: Wäre alles so gekommen wie gewollt, stünde jetzt Felix auf eigenen Beinen neben ihr an dieser Stelle, bewunderte mit ihr gemeinsam die perfekte, überaus genau geformte Spur und verstünde jedes Wort, wenn sie ihm die Geschichte von dem Fuchs, der auf dem Weg von der einen Insel zur anderen hier vorbeigeschnürt war, erzählte.

Es war einmal eine Fuchsmutter, die musste eine schreckliche Entscheidung treffen. Sie hatte die Wahl, entweder bei ihrem einzigen Jungen, das den langen Winter überlebt hatte, zu bleiben oder ihr Kind allein zu lassen und zur

Nahrungssuche auf die Nachbarinsel zu gehen. Dort war Tage zuvor schon der Fuchsvater hingelaufen, weil es auf der eigenen Insel keine Wühlmäuse und auch sonst nichts mehr zu fressen gab. Die Fuchsmutter wusste nicht, warum ihr Mann nicht zurückgekehrt war, aber sie war sich sicher, dass er sie und die Jungen niemals im Stich lassen würde, und darum musste sie wohl oder übel glauben, ihm sei etwas zugestoßen. Während des Wartens sah sie ein Junges nach dem anderen schwächer werden und sterben. Bis auf eines, dasjenige nämlich, das immer das kleinste gewesen war. Es hatte gelernt, mit wenig auszukommen, darum hielt es so lange durch und beklagte sich nicht, obwohl es nichts als Schnee zu fressen bekam. Doch die Mutter wusste, dass auch das zähe Kleine bald der Schwäche erliegen würde, darum entschloss sie sich, loszuziehen und Nahrung zu suchen. Sie versprach ihrem Kind, bald wiederzukommen, dann machte sie sich auf den Weg übers Eis. Sie beherrschte sich, um nicht zu schnell zu laufen, damit ihr auf der Nachbarinsel noch Kräfte zum Jagen blieben. Da sie es aber nicht übers Herz brachte, ihr Junges so lange allein zu lassen, wurden ihre Schritte doch geschwinder, als klug gewesen wäre, und als sie die Nachbarinsel erreichte und dort einen Hasen erspähte, verfolgte sie ihn vergebens und brach anschließend kraftlos zusammen.

Der junge Fuchs wartete den ganzen Tag und die ganze Nacht auf seine Mutter und auch den nächsten Tag und die nächste Nacht, und in dieser zweiten Nacht verwandelte er sich vom wartenden Jungen in einen handelnden Fuchs, denn er begriff, dass er seiner Mutter nun helfen musste.

In jener Nacht aber, in der er zum Fuchs wurde, schneite es, und so konnte er am nächsten Morgen die Spuren seiner

Mutter nicht mehr erkennen. Auf dem zugefrorenen Meer lag glitzernder, unberührter Neuschnee, und der Fuchs verstand, dass er eine neue Kette von Pfotenabdrücken in den Schnee legen musste. Die Sonne ließ seinen rotbraunen mageren Leib leuchten, und um die Schnauze herum und den Hals hinab funkelte der bereifte Pelz.

Mitten auf dem Eis, gleich weit von der eigenen und der Nachbarinsel entfernt, wurde dem jungen Fuchs bange. Er hätte am liebsten nach seiner Mutter gerufen, aber in diesem Moment wurde er ein zweites Mal erwachsen, denn er fasste einen zweiten Entschluss. Er blickte nach links und erspähte in Ufernähe einen Menschen beim Angeln. Den Menschen, hatte er gelernt, waren Füchse nicht geheuer, doch Not macht Mut, und er lief vorsichtig hin. Als er nahe genug an den Angler herangekommen war, wuchs sein Mut ein weiteres Stück, denn das Gesicht, das er unter der roten Mütze erkannte, sah freundlich aus. Und tatsächlich: Der angelnde Mann musste den abgemagerten Fuchs nur erblicken, da griff er auch schon neben sich und warf dem schönen, traurigen Tier gleich drei Fische hin. Den ersten verzehrte der junge Fuchs sofort, damit er zu Kräften kam, die anderen beiden trug er im Maul zur Nachbarinsel, wo er sie seiner entkräfteten Mutter gab, die sich an die Uferlinie geschleppt hatte, damit er sie sofort sähe, wenn er käme, denn in ihrer Not war ihr nichts übrig geblieben, als auf die Klugheit und den Mut ihres einzig verbliebenen Kindes zu vertrauen.

Oda hatte sich nach den ersten Sätzen ihres Märchens auf den Rückweg gemacht und im Gehen vor sich hin erzählt, jetzt erreichte sie das Ufer und sah noch einmal auf das Eis- und

Schneemeer hinaus. Sie wunderte sich sehr über das, was in ihr entstanden und aus ihr herausgekommen war in diesem Zustand des Schwebens in Kälte und Licht.

Wie ich und der Fuchs, Felix, würdest auch du in dieser Helle schweben.

Sie setzte sich in ihren Wagen, steckte den Schlüssel ins Schloss, wartete aber noch ab. Sie dachte nach, dann sagte sie laut im gedämpften Resonanzraum des Fahrzeugs:

»Du wirst *schweben, Felix.«*

Auf der Heimfahrt fing sie an, gezielt zu denken. Sie überlegte, wie es zu bewerkstelligen wäre, Felix hier aufs Eis zu führen, an so einem klaren, hellen Wintertag, und ihm dieses Bild in die endgültige Verdunkelung seiner Augen mitzugeben. Schon beobachtete sie sich bei ersten Planspielen, und als sie in ihre Straße einbog, merkte sie, dass die Vorstellung, mit Felix auf dem Eis zu sein, sich zur fixen Idee verfestigt hatte. Aber sie verzichtete darauf, sich Vernunft einzureden, denn das würde unfehlbar Robert übernehmen. Während sie zusah, wie das weiße Gittertor vor dem Kühlergrill ihres Wagens zur Seite glitt, fragte sie sich, ob sie Robert trotz seiner zu erwartenden Vorbehalte für ihre Idee gewinnen könnte, Felix herzuholen.

Bevor sie die Gelegenheit erhielt, bei ihrem Mann in dieser Hinsicht vorzufühlen, musste sie einen Pflichttermin als seine Frau wahrnehmen. Der Schweizer Botschafter und seine Gattin hatten den Kollegen aus Deutschland und die Kollegin aus Österreich zum Abendessen eingeladen. Jeweils mit

Begleitung. Sie waren neu in der Stadt, sie wollten nett sein, jedenfalls hatte es Robert auf der Hinfahrt so gedeutet und anschließend Herrn Reinhard für den Rest des Abends freigegeben, was Oda erleichtert hatte, denn sie mochte es nicht, wenn Reinhard ein mehrgängiges Diner lang draußen im Wagen warten musste.

Als alles vorbei war, ließen sie sich vom weiß behandschuhten Lakaien der eidgenössischen Vertretung ein Taxi rufen, fuhren jedoch nicht auf direktem Weg nach Hause, sondern stiegen vor einem Lokal aus, das deutsches Bier ausschenkte. Robert kochte, wie Oda es lange nicht mehr an ihm gesehen hatte. Das freute sie, denn dadurch platzte wieder einmal die Hülle des Amtsgebarens von ihm ab, und das wiederum stimmte sie zuversichtlich, in Sachen Felix auf dem Eis bei ihm Gehör zu finden.

Außerdem verstand sie seinen Zorn, denn auch sie hatte eines der unangenehmsten Abendessen ihrer Amtszeit hinter sich. Der Wein war augenscheinlich rationiert gewesen, es gab zu jedem Gang ein Glas pro Gast. Nachgeschenkt wurde nicht. In dem Moment, da man ihr zur Vorspeise ein Schlückchen eingoss, meinte Oda, dies sei die Aufforderung, den Wein zu kosten und anschließend zustimmend zu nicken. Zum Glück erkannte sie rechtzeitig, dass ein solches Ritual gar nicht vorgesehen zu sein schien, denn auch allen anderen wurde in Kostprobendosis eingeschenkt. Die Frau des Schweizer Botschafters war eine jener Supergattinnen, die ihren Mann bis zur totalen Selbstaufgabe bei Laune hielten. Immer wieder sprach sie die Höhepunkte seiner – und damit ihrer – Karriere an, im perfekt eingespielten Pingpong mit ihm, der augenscheinlich einen Anzug aus den frühen Siebzigern auftrug, so langsam sprach, dass Oda sich nur mit äußerster Mühe beherrschen konnte, ihm nicht ins Wort zu fallen, und der mit seinem ganzen Habitus zu verstehen gab, dass er mitnichten *aus einfachen Verhältnissen*, sondern *aus gutem Hause* stammte, dass es ihm an nichts mangelte, dass er eine standesgemäße Laufbahn absolviert hatte, kurz, dass er den anderen im Raum in jeder Hinsicht überlegen war, weshalb er sich auch nicht dazu herabließ, nur eine einzige Frage an seine Gäste zu richten, sondern unablässig monologisierte, sofern nicht gerade seine Frau das Wort führte. Schon während des Hauptgangs – einer sternekochmäßig angerichteten Kinderportion von irgendetwas, das man aufgrund des optischen Befunds nicht deuten konnte, dessen dunklere Bestandteile aber nach Lamm schmeckten – sah Oda Rauchkringel aus Roberts Ohren aufsteigen, so sehr kochte er. Auch wenn er das die Tischrunde nicht merken ließ, hätte er sicher gern etwas zu dem Monolog beigetragen, der sich bis zu Kaffee und Kognak (ein Glas pro Nase, mit der Pipette befüllt) fast ausschließlich um Saudi-Arabien drehte, da die Schweizer Gastgeber zuvor in Riad auf Posten gewesen waren.

Robert bestellte sich ein Glas dunkles fränkisches Starkbier und belegte seinen Kollegen aus dem alpinen Extrawurst-Staat mit einem Streufeuer von deftigen Schimpfwörtern. Oda lachte und feuerte ihn an, behielt aber die nähere Umgebung im Auge, für den Fall, dass ein Mitglied der deutschen Community in Hörweite auftauchte. Robert ließ sich nicht lumpen und trank nach einer weiteren Batterie von Verwünschungen mit Genugtuung ein zweites Bier. Oda fragte sich, ob er nun zu einem Themenwechsel bereit sei.

Es wurde schlagartig voll im Lokal, auffallend viele der neuen Gäste führten Instrumentenkoffer mit sich, offensichtlich war in der nahen Musikhalle ein Konzert zu Ende gegangen, und viele Musiker hatten hier ihre Stammkneipe. Robert fand dafür zwei Gründe: das deutsche Bier und die fehlende Hintergrundmusik. Den ersten Aspekt illustrierte er mit einem Witz:

»Gehen zwei Musiker an einer Kneipe vorbei.«

Oda hob die Augenbrauen.

»Vorbei! Verstehst du? Sie gehen *vorbei.*«

Zum zweiten Aspekt mutmaßte er, Orchestermusiker wollten nach einem Sinfoniekonzert kein Gedudel hören, und damit bewies er wieder einmal, wie scharfsinnig er denken konnte, wenn er nicht gerade Witze erzählen oder botschaftern musste.

Oda fasste sich ein Herz und wagte den Themenwechsel. Robert hörte seiner Frau inmitten des Gewirrs gut gelaunter Musikerstimmen aufmerksam zu. Er sah ihr an, welche Bedeutung das Anliegen für sie hatte, darum fiel er ihr nicht gleich ins Wort, als sie sagte, sie wolle Felix für ein Winterwochenende an die zugefrorene Ostsee holen, und auch nachdem sie ihm erzählt hatte, wie sie auf die Idee gekommen war, wies er ihren Wunsch nicht brüsk zurück, er sagte nicht, das kannst du dir gleich aus dem Kopf schlagen, er sprach nicht einmal von einer fixen Idee, er nickte nur nachdenklich, legte die Stirn in Falten und schlug vor, Odas Vorhaben auf konkreter Ebene zu diskutieren. Worauf er schwerwiegende Argumente gegen den Plan aneinanderreihte, die Oda auf Anhieb nicht entkräften konnte. Mit dem Transportproblem ging es los. Ein Multifunktionsrollstuhl wie der, auf den Felix angewiesen war, ließ sich nicht zusammenklappen und war daher nur äußerst schwierig im Flugzeug zu befördern. Aus demselben Grund passte er auch nicht in einen Pkw, weshalb diese Beförderungsvariante ebenfalls ausfiel. Man benötigte einen Transporter mit Rampe und ausreichender Höhe sowie Fixierungsvorrichtungen für den Rollstuhl, in dem Felix die gesamte Fahrt über sitzen müsste.

Den Transporter des Heims konnte man nicht eben mal für ein paar Tage ausleihen und damit den anderen Kindern entziehen, geschweige denn dem Rentner, der neuerdings den Fahrdienst leistete, eine Fahrt von hin und zurück fünftausend Kilometern zumuten.

»Dreitausendfünfhundert«, korrigierte Oda.

»Das ist immer noch genug.«

Oda schlug probehalber vor, selbst zu fahren.

»Ich sagte doch schon: Unser Wagen ist zu klein.«

»Wir könnten einen größeren anschaffen.«

»Einfach so?«

»Es gibt Leute, die kaufen sich ein Wohnmobil für sechs Wochen Jahresurlaub. Warum sollten wir uns kein Fahrzeug anschaffen, in dem die ganze Familie Platz findet, und zwar jahrelang?«

»Familie ...«

»Was denn sonst?«

»Lass uns jetzt nicht damit anfangen. Bleiben wir bei der Sache. Angenommen, wir hätten so ein Fahrzeug und würden mit Felix durch die Gegend fahren – was, wenn er sich unterwegs mit einer einzigen spastischen Handbewegung die Magensonde herausreißt?«

»Das ist doch völlig hypothetisch. Ein absolut unwahrscheinliches Versehen.«

»Wahrscheinlich oder nicht, Oda, du weißt genau, dass Felix alles nur aus Versehen tut, weil er gar nicht fähig ist, bewusst zu handeln. Aber aus Versehen kann alles passieren, auch das Unwahrscheinliche.«

Oda beendete das Gespräch mit nachdenklichem Kopfnicken. Ein Fuchs, sogar ein kleiner Fuchs, konnte den Entschluss fassen, im Winter übers Eis von einer Insel zur nächsten zu laufen. Felix konnte nicht die allergeringste Entscheidung treffen.

»Ich will heim«, sagte Oda.

Im Taxi hielt Robert ihre Hand und streichelte sie mit dem Daumen. Es war als zärtliche Berührung gemeint, doch der monotone Rhythmus der Bewegung machte Oda nervös und lenkte sie vom Nachdenken ab.

In ihrem Zimmer verzichtete sie auf eine Nachtbotschaft an Felix. Stattdessen schrieb sie eine Mail an Kerstin und erkundigte sich, ob es prinzipiell möglich wäre, Felix für ein verlängertes Wochenende nach Hause zu holen. Es gab Eltern, die das immer wieder taten, das wusste sie.

Kerstins Antwort kam am nächsten Vormittag. »Was heißt nach Hause?«, stand darin.

Oda schlug das Haus ihrer Eltern in Koblenz vor, das wäre nicht so weit, keine Stunde Fahrt, bei Komplikationen wäre Felix schnell wieder im Heim. Kerstin versprach, mit der Heimleitung und den Kolleginnen darüber zu reden, und am Nachmittag, wohl nach der Übergabe zum Schichtwechsel, kam die Zustimmung. Kerstin wollte wissen, um welches Datum es gehe, und Oda versprach, es alsbald mitzuteilen.

Inzwischen war ihr nämlich eine Idee gekommen, eine, die eine gigantische Anmaßung barg, eine geradezu unfassbare Zumutung, viel größer noch als früher manche ihrer Interventionen, wenn es galt, einen grünen Gast zu überreden, sein Schicksal vor der deutschen Fernsehöffentlichkeit auszubreiten und dadurch unter den Verwandten, in der Nachbarschaft und am Arbeitsplatz in Teufels Küche zu geraten.

Erträglich wäre die Zumutung nur, wenn eine kompensierende Belohnung in Aussicht stünde. Wenn Oda jemanden für ihr Vorhaben einspannte, musste derjenige selbst etwas davon haben. Etwas, das ihm lieb und teuer war und dessen er auf andere Art schwer habhaft werden konnte.

DURCH EINEN TAG UND DURCH EIN LAND

In Stockholm liegt weniger Schnee als in Helsinki, die Dächer sind bloß überpudert, die Straßen frei. Klaus lenkt den Lieferwagen durch den Verkehr, geleitet von Oda, die den Stadtplan auf dem Schoß hält und nach den Autobahnschildern Ausschau hält. Auf der breiten Ausfallstraße kommt es ihr vor, als würden sie in den Heckwellen der großen, sauberen Wagen schwimmen und so aus der Stadt hinausgesaugt werden. Sobald die letzten Gewerbezonen Stockholms sich verlieren, folgt langweilige Landschaft, unterbrochen von anderen Städten und Gewerbegebieten, die Oda kaum zur Kenntnis nimmt, nur als sie überraschend an einem Saab-Werk vorbeikommen, richtet sie sich unvermittelt auf und ist drauf und dran, Klaus von ihrer abendlichen Begegnung auf dem Schiff zu erzählen, lässt es dann aber bleiben und sinkt in den Sitz zurück. Sie werden auf dieser einen Straße nun fünfhundertfünfzig Kilometer geradeaus fahren.

Am frühen Morgen war Oda aufs oberste Außendeck gegangen, um mitzuverfolgen, wie das mächtige Schiff durch die schmale Fahrrinne zwischen den Stockholmer Schären navigierte, und hatte dort oben Klaus angetroffen, der immer wieder von der Backbord- auf die Steuerbordseite und zurück wechselte.

»Am liebsten möchte man zwei Köpfe haben«, sagte er.

Er fragte Oda, ob sie gut geschlafen habe, ob sie sich freue, unterwegs zu sein, und sah sie dabei mit einem Blick an, der weder in männliche noch in väterliche oder brüderliche Kategorien passte. Noch nie war sie einem so arglosen Menschen begegnet. Sie hatte Lust, ihm das Du anzubieten, wusste jedoch nicht, wie sie es anstellen sollte. Er war der Ältere, insofern müsste die Initiative von ihm kommen, aber sie wusste natürlich, dass er sich das wegen des Ranges, den sie in seinen Augen einnahm, niemals erlauben würde. Beim Frühstück wollte sie ihn wenigstens dazu bringen, sie mit Vornamen anzureden anstatt mit *Frau Botschafter*, was ja ohnehin falsch war und was sie ihm nur aus Höflichkeit bislang nicht korrigiert hatte.

»Redet man sich in Finnland nicht grundsätzlich mit Vornamen an?«, fragte sie ihn, nachdem er wieder die förmliche Anrede benutzt hatte.

»Ja, aber nur die Finnen unter sich.«

»Und die sind dann alle per Du?«

»Im Prinzip schon, aber es gibt natürlich Ausnahmen. Alte Leute, bessere Leute.«

»Ich bin nicht alt.«

»Aber besser.«

»Als wer?«

»Sie wissen schon, wie ich es meine.«

»Ich will es nicht wissen. Nennen Sie mich bitte Oda!«

»Oda?«

»Genau. Und angesichts all dessen, was Sie für mich tun, möchte ich Ihnen am liebsten das Du anbieten. Leider wäre das unhöflich, weil nach unseren Regeln die Initiative vom Älteren ausgehen muss.«

»Nach unseren Regeln auch.«

»Das trifft sich ja gut.« Sie grinste.

»Hoch die Tassen«, sagte er, und sie stießen an.

Viele Menschen vollführen unablässig kleine Bewegungen, wenn sie still sitzen müssen, sie rutschen hin und her, korrigieren ihre Haltung, reiben und kratzen und streicheln sich, rücken hier was zurecht, schalten da etwas an oder aus, das ist normal, man beachtet es nicht, sofern es das gängige Maß nicht überschreitet, bei Klaus aber fällt auf, dass er nichts dergleichen tut. Vollkommen stoisch und reglos sitzt er am Steuer, das muss er, denkt Oda, sich beim Angeln angewöhnt haben, mit Bewunderung nimmt sie es zur Kenntnis, und als sie es einmal entdeckt hat, beobachtet sie es aus dem Augenwinkel.

Vermutlich wäre er fähig, bis Südschweden zu schweigen, ohne mit der Wimper zu zucken, denkt sie, als sie durch eine Stadt fahren, die sie mit Nähmaschinen in Verbindung bringt. Sie spricht es laut aus, und Klaus sagt, neben Nähmaschinen habe man hier auch Feuerwaffen hergestellt. Man verstehe sich eben auf Präzision.

Oda mustert sein Profil, weil sie erkennen möchte, ob hinter seinen Worten Ironie steckt, aber sie kann es nicht sehen. Gut möglich, dass diesem durch und durch arglosen Menschen auch der Hang zum Ironischen vollkommen abgeht.

Wenig später muss getankt werden. Oda begibt sich mit ihrer Kreditkarte zur Kasse und wartet dort, bis Klaus die Zapfpistole einhängt, dann zahlt sie umgehend und nimmt zwei Kaffee in Pappbechern mit. Es fällt ihr schwer, Rast zu machen. An Robert schreibt sie während der Fahrt. Sie will ihn mit Textnachrichten in kurzen Abständen ruhig halten und stellt sich vor, wie er hin und wieder auf sein Handy schielt und ihre Worte liest, während er so tut, als höre er einem Vortrag oder einer launigen Rede zu.

Er ist in diesen Tagen mit Vertretern deutscher Firmen, die

an finnischen Unternehmen beteiligt sind oder eine intensive Beteiligung anstreben, im nördlichen Teil des Landes unterwegs. Sie besichtigen die ewige Atomkraftwerksbaustelle, eine Papierfabrik, ein Wasserkraftwerk sowie verschiedene Regionen, in denen wertvolle Bodenschätze abgebaut oder erschlossen werden, Nickel, Gold, Uran, Dysprosium. Von allen Seiten drängen ausländische Investoren in die dünn besiedelten Regionen, um die Erde großflächig aufzureißen und auszubeuten. Diplomaten werden zum Keilen und Blockieren eingespannt, sie sollen den Firmen ihrer Länder die Bahn frei halten und dabei auch den dezenten, mit verbindlichem Lächeln auf den Lippen durchgeführten Ellenbogeneinsatz nicht scheuen.

Zum privaten Telefonieren wird Robert nicht kommen, denn das Programm ist dicht gestaffelt und erstreckt sich bis in den späten Abend hinein. Gut so. Das macht es leichter für Oda. Und erst recht für Robert, der seinen Pflichten nicht entkommt und gar keine Gelegenheit erhält, ihr in irgendeiner Form Steine in den Weg zu legen. Eben weil ihr Mann an diesen Tagen gebunden ist, hat Oda den Termin gewählt. So muss Robert nicht mit ansehen, dass seine Frau auf eine Weise handelt, die er nicht akzeptiert.

Er war Zeuge des Augenblicks gewesen, in dem die Zumutung begann, denn er sah vom Fenster aus Oda das Meereis betreten und auf die Bucht hinausgehen. Sie steuerte einen der Eisangler an, einen Mann mit roter Mütze, blieb neben ihm stehen, bewegte die Hände beim Sprechen, wie es ihre Art war, und kehrte nach einem Wortwechsel von wenigen Minuten ans Ufer zurück. Robert passte sie im Flur ab, ihre Haut hauchte Kälte aus, als sie ihn, wie üblich, küsste, aber ihr Kuss war gar nicht kalt. Sie wirkte freudig aufgekratzt, wie Robert es noch von den Anfängen her an ihr kannte, als sie noch nicht die domestizierte Oda gewesen war. Sie erschien ihm etwas unheimlich mit dieser Ausstrahlung, zugleich jedoch – oder gerade deswegen – durchaus anziehend.

»Was hast du da draußen gemacht?«, fragte er ohne Umschweife.

»Ich habe mit Klaus Koskinen gesprochen.«

»Muss ich den kennen?«

»Erinnerst du dich nicht? Er war beim Empfang zum 3. Oktober. Unser persönlicher Fischlieferant.«

»Was wolltest du von dem?«

Oda hatte Mantel und Schuhe ausgezogen, nun setzte sie Teewasser auf.

»Ich habe ihm ein Angebot gemacht, das er nicht ablehnen konnte.«

»Sehr witzig. Geht es auch etwas genauer?«

»Über ungelegte Eier soll man nicht reden«, flüsterte Oda aus nächster Nähe und gab ihm einen weiteren Kuss, mitten in seinen Argwohn hinein.

»Wahrscheinlich wieder was mit Fischen«, brummte Robert, bereits leicht beschwichtigt. Er wollte nicht zum Tee bleiben, sondern trollte sich in die Kanzlei.

Ohne lange zu überlegen, hatte Klaus zugestimmt. In einer Woche wollte er Oda die Pläne für den Umbau seines Lieferwagens zeigen. Als sie nach Ablauf der Frist zu ihm fuhr, waren die Umbaumaßnahmen bereits abgeschlossen. Es sei ganz leicht gewesen, behauptete Klaus, öffnete die Hecktüren und wies mit der Hand in den Laderaum. Er habe lediglich einen zweiten Boden einziehen müssen. Nach dieser Idee sei alles wie von selbst gegangen. Im Raum zwischen den beiden Böden verschwanden die Rampen. Klaus zog sie heraus, um es zu demonstrieren. Sie bestanden aus massiven Brettern, an die er Führungsleisten aus Metall geschraubt hatte. So konnten die Rollstuhlräder nicht seitwärts abrutschen. Des Weiteren hatte er im oberen, neuen Boden Lochleisten aus Metall eingelassen, wo Gurte befestigt werden sollten, um den Rollstuhl zu fixieren. Am schwierigsten sei es gewesen, die passenden Gurte und Halterungen aufzutreiben, meinte Klaus. Schließlich sei er auf einem Schrottplatz, der auf Lkw-Ausschlachtung spezialisiert war, fündig geworden. Ein alter Möbeltransporter habe die nötigen Vorrichtungen hergegeben.

Etwas linkisch, weil von einer Mischung aus Bescheidenheit und Stolz zugleich getrieben, präsentierte Klaus sein Werk. Er erntete dafür einen Kuss auf die Wange, der ihn so überraschte, dass er sich nicht einmal dafür genierte.

Odas Strahlen hielt noch an, als sie zu Hause am Computer saß und Kerstin den Termin für Felix' Wochenendurlaub in Koblenz bestätigte. Unmittelbar danach buchte sie Schiffstickets für Klaus und seinen umgebauten Lieferwagen, für sich – und für Felix.

»Das ist so irre«, sprach die Frau des Botschafters laut aus, »das ist der totale Wahnsinn«, rief sie, nachdem sie Felix als Passagier eingetragen hatte. Die Prozedur war kompliziert genug, denn nur der Toyota Hiace fuhr auf allen Touren mit, bei den anderen wechselte die Besetzung: Klaus und sie hin, dann sie, Felix und Klaus zurück und wieder hin, zum Schluss noch einmal Klaus und sie zurück. Und das alles innerhalb weniger Tage. Mit Kerstin hatte sie vereinbart, ihren Sohn am Freitag zu holen und am Dienstag zurückzubringen, das hieß, dass sie am Mittwochabend die Fähre nach Stockholm nehmen und am Donnerstag durch Schweden und Dänemark bis möglichst weit nach Norddeutschland hinein fahren mussten, um es bis Freitagmittag zum Heim zu schaffen. Von dort musste es am selben Tag noch bis nach Südschweden gehen, damit sie nach einer Übernachtung die Nachmittagsfähre am Samstag erreichten. Dann wären sie am Sonntagvormittag in Helsinki und hätten Zeit bis zur Abfahrt der Fähre nach Stockholm am frühen Abend. Am Montagvormittag begänne die Autofahrt zum Heim und würde mit Übernachtung bis Dienstagmittag dauern. Für die Rückfahrt könnten Klaus und sie sich dann Zeit lassen. Für vier, fünf gemeinsame Stunden mit Felix auf dem Eis und vielleicht auch in der Residenz würden sie mindestens eine Woche lang unterwegs sein.

Die fünfhundertfünfzig Kilometer durch den südlichen Landesteil Schwedens ziehen sich, weil nicht schnell gefahren werden darf. Um Klaus am Steuer wach zu halten, gibt sich Oda Mühe, mit ihm im Gespräch zu bleiben. Von sich aus schneidet er kein neues Thema an, noch immer übertreibt er es mit dem Respekt, trotz des Duzens. Nachdem sie gut die Hälfte der Strecke hinter sich haben, geht Oda die Kraft zur Konversation aus. So sitzen sie schweigend nebeneinander, die Landschaft wird noch eintöniger. Nirgendwo sieht man Menschen, sogar die Raststätten und Tankstellen sind leer, man durchquert einen Tag und ein Land und sieht keine Einwohner. Anfangs zeigte eine klar umrissene, mondhafte Sonnenscheibe die südliche Richtung an, platzte aber plötzlich und schien dann so grell, dass man nicht mehr hinsehen konnte. Ein, zwei Stunden später verschwand sie, seitdem herrscht Grau, das allmählich übermächtig wird und den Tag zum Nachmittag hin eintrübt.

Oda entschließt sich zu einem Test. Sie will versuchen,

Klaus dazu zu bringen, einmal als Erster das Wort zu ergreifen. Stur schaut sie nach vorn und schweigt. Nach etwa fünfzig Kilometern schielt sie nach links: Am Gleichmut ihres Fahrers hat sich nichts geändert. Oda ärgert sich fast ein bisschen, doch selbstverständlich steht ihr keinerlei Missmut zu. In diesen Tagen ist Dankbarkeit ihr Part.

Schließlich gibt sie den Test auf, weil sie das Schweigen nicht mehr erträgt. Sie dreht sich ein wenig auf ihrem Sitz, sodass sie mit der rechten Schulter an der Tür lehnt und sich Klaus fast ganz zuwenden kann. Eine Weile mustert sie sein Profil. Ein Mann von über sechzig Jahren, nur knapp zu jung, um ihr Vater sein zu können. Dennoch ein alternder Mann, der sie kaum kennt, sich aber vorbehaltlos für sie ins Zeug legt.

»Warum tust du das für mich?«, fragt Oda in das Schweigen hinein.

»Was?«

»Na, was wohl? Das alles hier. Du baust dein Auto um, fährst einfach weg, lässt daheim alles stehen und liegen. Opferst deine Zeit.«

Klaus antwortet nicht.

»Warum sagst du nichts?«

»Dem Hiace schadet der kleine Umbau nicht. Die Rampen sind praktisch. Auch für andere Sachen.«

»Jetzt lenk mal nicht vom Thema ab. Weißt du nicht, warum du das alles für mich tust? Du hast nicht mal Geld verlangt.«

»Ich weiß nicht.«

»Wie? Was weißt du nicht?«

»Ich weiß nicht, ob ich es weiß.«

»Das, mein lieber Klaus, ist mir ein bisschen zu sophistisch, oder wie das heißt.«

»Nein. Ich weiß oft nicht, ob ich was weiß. Ich weiß auch nicht, ob Gott da ist, und weiß ebenso wenig, ob ich wissen will, ob ja oder nein.«

Nun erwidert Oda nichts, sondern schüttelt resignierend den Kopf.

»Ich habe nicht viel darüber nachgedacht«, gesteht Klaus. »Als du mich fragtest, dachte ich nur, ich habe ja Zeit, und wenn bei mir daheim alles stehen und liegen bleibt, stört es keinen. Du hast deine flinke Idee, ich habe langsame Zeit und kann einen Lieferwagen umbauen, warum soll ich dir nicht helfen? Wochenenden gibt es genug.«

»Du meinst fixe Idee.«

»Ja. Entschuldigung.«

»Hältst du es für eine fixe Idee, Felix zu holen?«

»Sagt man nicht so?«

»Das sagt man so, wenn man es so meint. Eine fixe Idee. Oder auch Schnapsidee.«

Klaus lacht.

»So meine ich es nicht. Ich meine eine Idee, die man nicht mehr löschen kann. Auch nicht mit Schnaps.«

»Aha.«

»Ein Ziel. Plötzlich ein Ziel. Und nichts findet man wichtiger als dieses Ziel. Das meine ich.«

Auf das Stichwort hin richtet Oda den Blick wieder nach vorn. Ein Ziel, dem man auf einmal alles unterordnet – Klaus weiß, wovon er redet, und spricht es doch nicht aus; mit fast empörender Konsequenz setzt er sich stets an zweite Stelle. Dabei hatte seine fixe Idee vermutlich größere Ausmaße als Odas, hat sie womöglich weiterhin, auf jeden Fall ist sie von größerer Dauer, wer weiß, am Ende gibt sie sogar seinem ganzen Leben die Richtung vor. Sein hartnäckiges Erlernen der deutschen Sprache, das Interesse für alles, was mit Deutschland zu tun hat, sein Entschluss, in den Süden zu gehen, um von dort den Sprung ins Land seines Vaters zu schaffen – alles nichts anderes als eine gewaltige fixe Idee.

»Übrigens heißt es tatsächlich nicht fixe Idee, weil sie so fix kommt, sondern weil sie fix ist. Also fest. Unveränderlich. Fixiert. Nicht flink, sondern eigentlich das Gegenteil.«

»Ach so. Habe ich wieder etwas gelernt. Viele Danke!«

»Vielen Dank.«

»Wofür?«

»Nein. Es heißt vielen Dank, nicht viele Danke.«

»Aber wenn ein Dank zu wenig ist?«

»Auch wieder wahr.«

Von einer kleinen Heiterkeit in Gang gesetzt, strömt Wärme in Oda ein. Das hilft ihr, Mut zu schöpfen und eine große Frage an Klaus zu richten.

»Hattest du nicht auch mal so ein Ziel?«

Er überlegt lange. Dabei scheint er etwas Druck vom Gaspedal zu nehmen, denn sie werden von drei Lastwagen nacheinander überholt. Diesmal zieht sich das Nachdenken besonders in die Länge. Oda dreht sich wieder zu ihm um. Sie will in seinem Gesicht lesen. Schämt er sich? Weil er es nicht nach Deutschland geschafft hat? Weil er sein Ziel nicht erreicht und seinen Vater nicht kennengelernt hat? Weil er stattdessen seit Jahrzehnten in dem Holzhaus am feuchten Ufer der Bucht lebt, in einem Haus, das eine Manifestation seines Scheiterns, seiner Feigheit, seiner Angst darstellt?

Alles Begriffe, die nicht zu ihm passen, denkt Oda.

Schließlich gibt er sich einen Ruck.

»Doch. Ich hatte so ein Ziel.«

»Aber?«

»Aber auch wenn man eines hat, muss man es nicht gleich errennen.«

»Verliert man es dann nicht aus den Augen?«

»Nein. Umgekehrt wird es ein Schuh. Wenn man durchs Ziel rennt, hat man es hinter sich. Und hinten hat man keine Augen.«

»Du bist ein Schlaumeier, Klaus.«

Er lacht über das Wort, vielleicht, weil es auf deutschen Kurzwellensendern nicht häufig in den Mund genommen wird.

»Ein Schlaumeier mit Steuerpinne«, kichert er.

»Und mit roter Mütze. Die sieht übrigens aus wie die von Jacques Cousteau.«

»Ist ja auch kein Wunder.«

»Wieso?«

»Weil es seine Mütze ist.«

»Nein!«

»Doch.«

»Willst du mich veräppeln?«

»Die Mütze hat Jacques Cousteau gehört. Er persönlich hat sie mir geschenkt.«

Sein Profil gibt nicht den ganzen Gesichtsausdruck preis, Oda kann sich darum nicht sicher sein, wie ernst er es meint. Bindet er ihr einen Bären auf? Eigentlich sieht ihm das nicht ähnlich.

»Das musst du mir erzählen«, verlangt Oda.

COUSTEAUS MÜTZE

Während ihrer Unterhaltung ist das Autobahnkreuz im äußersten Süden Schwedens näher gerückt, es muss eine Entscheidung über den weiteren Reiseweg nach Dänemark gefällt werden.

»Fahren wir bis Malmö und dann über die neue Öresundbrücke nach Kopenhagen?«, fragt Oda.

»Nicht über die Brücke«, antwortet Klaus, für seine Verhältnisse erstaunlich prompt und strikt. »Ich bin nicht so für Brücken, schon gar nicht zwischen Ländern«, fügt er hinzu.

»Aber eine Brücke ist doch etwas Positives«, wendet Oda ein. »Sie verbindet, darum wird sie auch so oft als Metapher benutzt; du glaubst gar nicht, wie oft mein Mann schon vom *Brückenschlag zwischen zwei Ländern* gesprochen hat.«

»Fähren verbinden auch«, meint Klaus lapidar. »Wegen der vielen neuen Riesenbrücken sterben die kleinen, tüchtigen Fähren aus.«

Dieses Argument leuchtet Oda ein. Auch ihr sind Fähren sympathisch, ohne dass sie auf Anhieb sagen könnte, warum. Sie sieht sich noch einmal genau die Landkarte an, hantiert eine Weile mit ihrem funktionsreichen Mobiltelefon und stellt fest, dass die Fährverbindung nicht viel mehr Zeit in Anspruch nehmen kann als die Brückenvariante, außerdem erhielte Klaus dabei die Möglichkeit, eine Pause einzulegen, ohne dass Fahrzeit geopfert werden müsste.

»Gut«, willigt sie ein. »Dann fördern wir den Erhalt der

tüchtigen Fähren zwischen Helsingborg und Helsingør und später zwischen Rødby und Puttgarden. Glaubst du, wir schaffen es heute noch bis dahin?«

»Heute heißt vor Mitternacht. Das schaffen wir. Müssen wir auch schaffen.«

»Nicht unbedingt, wir könnten auch in Dänemark übernachten.«

»Nein. Nicht gut. Zu teuer. Und wenn die deutsche Grenze so nah ist, muss man auch drüber.«

Nun hat er es doch eilig, ins Vaterland zu kommen, nimmt Oda zufrieden zur Kenntnis. Er will dahin, und wie! Zum ersten Mal verrät er es, wenngleich kaum erkennbar formuliert. Von Anfang an hat sie sich eingeredet, es müsse bei dieser wahnwitzigen Tour auch für Klaus einen Nutzen geben, doch ist es ihm gelungen, sie zu verunsichern, indem er einfach nicht davon gesprochen hat.

Dem Fährhafen in Helsingborg merkt man die Konkurrenz der neuen Brücke nicht an, das riesige Areal wird von unzähligen hohen Lampen ausgeleuchtet, zwei Reedereien betreiben Fähren, alles geht effizient und reibungslos vonstatten, und wenn man während der Überfahrt zurückblickt, sieht man den Lichtern Helsingborgs nichts Schwedisches an. Man könnte sich ebenso gut viel weiter im Süden befinden. Oda muss Klaus recht geben: Überfahrten haben ihren Reiz. Ein Land verlassen, später das Ufer eines anderen Landes erreichen, auf dem Weg dorthin in einer Zwischenzeit schwimmen, in der man das Herkunftsufer verschwinden und danach das Zielufer auftauchen sieht. Auf dem schmalen Öresund findet das verdichtet statt, kaum ist man ein paar Schritte über Deck geschlendert, ruft einen der Lautsprecher wieder ins Fahrzeug, und dann geht es auch schon über eine ratternde

Metallrampe hinaus nach Dänemark, auf direktem Weg zur Schnellstraße und von dort weiter zur Autobahn, wo es sich in der Dunkelheit unschön fährt, da es regnet und sich in den Tropfen und Schlieren auf den Scheiben die vielen Lichter der entgegenkommenden Pendler brechen. Diese Menschen, vermutet Oda, haben den Tag über in Kopenhagen gearbeitet, sie werden bald in Garagen einfahren und Einfamilienhäuser betreten, deren erleuchtete Fenster aussehen, als dienten sie Werbezwecken. Von der Autobahn aus sieht man im Dunkeln allerdings keine Siedlungen.

Oda will verhindern, dass Klaus von Müdigkeit befallen wird, und versucht wieder, ihn zum Sprechen zu bringen, damit sie sicher die Fehmarn-Fähre erreichen.

»Klaus?«, klopft sie vorsichtig an.

»Ja?«

»Geht's noch mit dem Fahren?«

»Ja, ja.«

»Die Geschichte mit der Mütze ...«

»Ja?«

»Warum und wo hat Jacques Cousteau sie dir geschenkt?«

»Das war vor vielen Jahren auf seinem Schiff.«

»Auf der *Calypso*?«

»Ich glaube, so hieß es.«

»Und wo befand sich das Schiff damals?«

»Im Finnischen Meerbusen, vor der Küste Helsinkis.«

»Aha. Und weiter? Nun lass dir doch nicht alles aus der Nase ziehen, du machst mich ganz nervös!«

»Ich erzähle ja gerne, aber das Anfangen fällt mir immer so schwer. Kennst du das nicht?«

»Nein. Aber ich kenne auch keine Geschichten. Beziehungsweise keine selbst erlebten.«

»Das glaube ich nicht. Jeder hat Geschichten. Und mindestens eine große.«

Oda lacht kurz und melancholisch auf.

»Stimmt«, sagt sie. »Wir beide sind der lebende Beweis. Aber jetzt will ich deine Cousteau-Story hören. Wir machen es so: Ich sage den Anfang vor, um dir hineinzuhelfen, und dann machst du weiter. Aber bitte nicht häppchenweise. Einverstanden?«

»Ja.«

»Also. Eines Tages näherte sich Jacques Cousteau mit seiner Crew der Küste Finnlands. Der weltberühmte französische Meeresforscher stand auf der Brücke der *Calypso* und steuerte sein Schiff höchstpersönlich der Kulisse von Helsinki entgegen. Sogar ein mit allen Wassern gewaschener Seemann wie er fand es erhaben, mit dem Schiff praktisch in die Innenstadt hineinzufahren und fast direkt am Marktplatz anzulegen. Cousteau kam nach Helsinki, weil …«

»Weil er persönlich seinen neuen Film vorstellen wollte«, übernimmt Klaus und schafft es tatsächlich, Schwung aufzunehmen, der ihn durch die gesamte Geschichte trägt.

Es war nichts anderes als eine banale PR-Tour, die Cousteau nach Helsinki geführt hatte. Sein Terminkalender setzte sich aus den üblichen Zutaten zusammen, Pressekonferenz, öffentliche Filmpremiere, Empfang im Rathaus, Abendessen beim französischen Botschafter, vielleicht noch ein Gespräch mit Vertretern von Umweltverbänden oder auch ein Vortrag an der Universität. Am dritten Tag aber wollte Cousteau tauchen. Er navigierte die *Calypso* aus dem Hafen hinaus und zwischen den Helsinkier Schären hindurch ein paar Seemeilen nach Westen. Seine Absicht bestand nicht darin, auf die offene Ostsee hinauszukommen. Im Gegenteil. Er wollte wissen, wie es entlang der Stadtküste aussah, speziell dort, wo sie von Buchten gekerbt war, die eventuell Laichplätze boten, auf jeden Fall aber unterschiedliche Wasserzonen und Strömungsverhältnisse.

Nun verfügte Cousteau zwar über immense Erfahrung aus allen Ozeanen der Erde, doch die aus seiner Sicht wohl lächerlich mickrige Ostsee war ihm vollkommen unbekannt. Zwar hatte er sich selbstverständlich vorab informiert und wusste daher, mit welchem Artenspektrum zu rechnen war, doch als er dann unter Wasser ging, verblüffte ihn nicht etwa die mangelhafte Biodiversität des auch damals schon stark belasteten Gewässers, sondern die simple Tatsache, dass er nichts sah.

In Tiefseeregionen tauchte Cousteau grundsätzlich nie alleine, aber hier, in Stadtnähe, glaubte er, es mit den Sicherheitsvorkehrungen nicht so genau nehmen zu müssen. Womit er nicht gerechnet hatte, war sein eigenes Naturell.

»Seine Heißspornigkeit«, nennt es Klaus. »Der Mann war ja kein Finne. Der hatte Temperament.«

Dieses Temperament nun führte dazu, dass Cousteau sich unter Wasser immer mehr ärgerte und darum immer weiter schwamm, getrieben von dem Willen, irgendwo wenigstens irgendetwas zu Gesicht zu bekommen, und sei es eine ordinäre Plötze. Dabei merkte er nicht, dass er unter der Straßenbrücke hindurch in die Bucht gelangte.

»In unsere Bucht?«, ruft Oda aus.

»Genau. Aber damals stand die Botschaft noch nicht dort. Es gab kaum Häuser, sondern fast nur Naturufer und kleine Holzhäuser wie meines.«

Irgendwann wurde Cousteau natürlich bewusst, dass er sich verirrt hatte. Er tauchte auf und sah die Brücke, die für ein Schiff wie die *Calypso* viel zu niedrig war. Aber selbst wenn sie hoch genug gewesen wäre, hätte das wenig genützt, denn man sah die *Calypso* überhaupt nicht, und Cousteau konnte im Wasser auch keinen Kontakt zu ihr aufnehmen. Er hätte eine Telefonzelle gebraucht.

Zwar sah man in der Bucht ringsum Ufer, doch Cousteau konnte abschätzen, dass sie nicht mit ein paar Schwimmzügen zu erreichen wären. Zumal seine Kräfte bereits beträchtlich geschwunden waren nach dem langen Tauchgang sowie nach einer Nacht, die er nicht allein verbracht hatte und die entsprechend kurz gewesen war. Zum Glück lag in der Nähe eine kleine, mit Kiefern, Birken und Erlen bewachsene Insel. Dort ging Cousteau an Land und versuchte sich auszuruhen, was ihm freilich schwerfiel.

»Wieder wegen seines Temperaments«, erklärt Klaus.

»Das habe ich mir fast gedacht«, gibt Oda zurück.

»Als ich mit meinem Boot vorbeikam, schwenkte er die Schwimmflossen und schrie. Da bin ich natürlich hin, kam aber wegen der Steine nicht bis ganz ans Ufer heran. Er musste ein Stück durchs Wasser balancieren und dann ins Boot klettern.«

»Ich glaub das nicht«, sagt Oda.

»Im Boot deutete er dauernd mit dem Finger auf sich und nannte seinen Namen. Aber ich hatte ihn ja längst erkannt. Reden war schwierig, weil er kein Finnisch und kein Deutsch konnte und ich nur wenig Englisch, so wie er auch. Er versuchte es dauernd auf Französisch und regte sich fürchterlich auf. Ich sagte ihm, er solle sich hinsetzen, doch er blieb stehen und ereiferte sich immer mehr, da gab ich einfach Gas, damit er auf die Bank plumpste, und dann war endlich Ruhe.«

»Hatte er seine rote Mütze auf?«, will Oda wissen.

»Nein, keine Mütze. Die wäre beim Tauchen ja nass geworden.«

Klaus nahm Cousteau zu sich nach Hause mit, gab ihm trockene Kleider und zeigte ihm, wo das Telefon stand.

»Schuhe und Strümpfe wollte er keine. Er blieb lieber barfuß.«

Klaus gelang es, dem Franzosen klarzumachen, dass er ihn mit dem Boot zu seinem Mutterschiff bringen werde, und als Cousteau das endlich verstanden und außerdem die Arglosigkeit seines Retters und Helfers begriffen hatte, beruhigte er sich. Er führte mehrere Telefonate, die Klaus' Telefonrechnung gewaltig in die Höhe trieben, denn die meisten Gespräche gingen nach Frankreich und manche vielleicht über Satellit weiter zur *Calypso*. Während der Taucher seine Angelegenheiten regelte, räucherte Klaus ein paar Barsche, die er gefangen hatte. Sein Gast wider Willen runzelte die ohnehin schon faltige Stirn, weil er keinen einzigen Fisch gesehen, Klaus aber einen ganzen Eimer voll aus dem undurchsichtigen Wasser gezogen hatte. Mit sichtlicher Skepsis kostete er den ersten Bissen, weil er befürchtete, verseucht zu werden, doch kaum war ihm das weiße Barschfleisch auf der Zunge zergangen, verflüchtigten sich seine Bedenken.

»Er hat gestrahlt«, sagt Klaus nicht ohne Stolz. »Und seine blauen Augen haben geblitzt.«

»Ich kann's mir vorstellen«, meint Oda, »bloß glauben kann ich es immer noch nicht.«

»Ist ja auch unglaublich«, bestätigt Klaus. »So eine Berühmtheit kostet meinen Fisch!«

»Und wie ging es dann weiter?«

»Ich schenkte ihm einen guten Köder für Barsche, dann luden wir seine Ausrüstung ins Boot, und ich brachte ihn zu seinem Schiff. Dort wechselte er die Kleider, gab mir meine Sachen zurück und nahm mich mit auf die Brücke. Ich glaube, er genierte sich vor seiner Mannschaft. Er schickte den Steuermann weg, dann deutete er mit dem Finger auf mich und legte ihn anschließend auf die Lippen. Das tat er mindestens zehn Mal. Und ich nickte und machte eine Schwurhand.«

»Dann hast du gerade deinen Schwur gebrochen.«

»Ja. Aber er ist schon tot.«

Sobald Cousteau sich ausreichend Klaus' Verschwiegenheit vergewissert hatte, öffnete er eine kleine Kiste aus poliertem Holz mit Messingbeschlägen. Darin war ein ganzer Satz roter Mützen einsortiert. Cousteau nahm eine heraus und setzte sie auf, eine zweite überreichte er Klaus.

»Und weißt du, was er zu mir gesagt hat? Viele Danke! Auf Deutsch. Mit Fehler und französischem Akzent.«

Inzwischen zeigen die Straßenschilder bereits den Fährhafen von Rødby an. Oda weiß nicht, was sie sagen soll, immer wieder lacht sie kurz auf, schüttelt den Kopf und stößt kurze Wortfolgen aus, wie: das gibt's nicht, oder: Das ist einfach unglaublich. Sie ist nahe daran, ihr Telefon aus der Tasche zu ziehen und Cousteaus Besuch in Helsinki zu googeln, befürchtet aber, das könnte ihr den Spaß verderben, denn Klaus' Erzählung hat ihre Fröhlichkeit entfesselt.

»Jetzt sag mal ehrlich. Ist das eine wahre Geschichte?«

Klaus lässt den Lieferwagen ans Ende der Autoschlange vor der Fähre rollen und stellt den Motor ab.

»Ich muss mal«, sagt er, steigt aus und geht zum Toilettenhäuschen neben den Wartespuren. Oda fragt sich, ob er wegen ihrer Skepsis beleidigt ist, darum beeilt sie sich, ihn zu besänftigen, sobald er wieder am Steuer sitzt.

»Ich glaube dir natürlich. Entschuldige bitte. Außerdem ist das eine schöne Geschichte. Bloß eines musst du mir noch verraten. Die Mütze ist ja nun schon ein paar Jährchen alt. Wie kann sie so lange ihre Farbe behalten?«

»Man darf sie nie waschen«, erwidert Klaus, »das ist die einzige Chance.«

ANFAHRT

An diesem Morgen wird Felix als letztes Kind aus dem Bett geholt. Kerstin geht mit besonderer Sorgfalt vor, cremt den Jungen nach dem Waschen ein, schneidet ihm die Nägel, nimmt sich Zeit, damit sich das fürsorgliche Gleichmaß der Vorgänge auf Felix überträgt. Mit zärtlichen Berührungen hält sie sich zurück, geradeso, als wollte sie nichts vorwegnehmen. Oder der Mutter nichts wegnehmen. Stattdessen spricht sie unablässig mit leiser Stimme und summt bisweilen eine Melodie. Beim Frühstück verzichtet sie darauf, Felix einen Teil des Breis mit dem Löffel zu geben, um keine Unruhe in ihm zu wecken. Sie verabreicht ihm die ganze Portion über die Sonde. Danach packt sie seine Sachen, einschließlich des Essens für das lange Wochenende. Sie hat es in der Küche portionieren lassen, so wird sich Oda Mühe sparen. Aufwärmen genügt. Die Medikamente kommen in einen extra Beutel, dazu schreibt Kerstin genaue Anweisungen, die sie durch weitere Empfehlungen zu Felix' Versorgung und Pflege ergänzt. Ans Ende des detaillierten Briefings setzt sie ihre private Handynummer. Diesen Wink wird Oda verstehen, ohne dass es eines gesonderten Hinweises bedarf.

Nach wenigen Stunden Schlaf brechen Klaus und Oda zur letzten Etappe auf. In Ostholstein liegt kein Schnee, nur Raureif überzieht die flache Landschaft, in der man sogar hier und da Grün ausmachen kann. Kaum startet Klaus den Wagen, bricht in Oda ein neuer Schub Reisefieber aus. Es schließt Bangigkeit angesichts der bevorstehenden Aufgabe ein, Nervosität und Anspannung, ob alles klappen wird, ob sie die Anforderungen allesamt bewältigen kann, ob es nicht zu den Zwischenfällen aus Versehen kommt, von denen Robert gemunkelt hat.

Sie haben die Nacht in einem verschrobenen Hotel unweit der Autobahn verbracht, es nennt sich »Zum Grünen Jäger«. Klaus gefiel das Ambiente, er fand es *deutsch* – und das war für ihn in etwa das Gleiche wie für kleine Mädchen die Farbe Rosa: ein Synonym fürs Schöne. Trotz ihrer späten Ankunft servierte man ihnen im Restaurant ein Nachtmahl, sie stießen mit den Biergläsern an, und als die Gläser wieder auf den Deckeln standen, stellte Klaus fest, dies sei nun also sein erster Schluck Bier auf deutschem Boden gewesen.

»Und«, wollte Oda wissen, »was ist das für ein Gefühl?«

Klaus zuckte mit den Schultern. »Durchaus aufregend. Aber richtig angekommen ist man immer erst am Tag, wenn man was sieht. Morgen weiß ich es besser.«

Als die Bedienung an den Tisch trat, blickten beide von ihren Speisekarten auf. Oda machte eine ermunternde Handbewegung, Klaus übernahm die Bestellung.

»Und das war das erste Mal, dass ich mein Deutsch in Deutschland benutzt habe«, sagte er anschließend zu Oda.

Er freute sich sichtlich, darum wagte Oda einen altgierigen Vorstoß: »Wieso hast du es bislang eigentlich nie geschafft, herzukommen?«

Klaus wiegte den Kopf hin und her und drehte die Handflächen nach oben, ohne die Ellbogen vom Tisch zu nehmen.

»Einige Male stand ich schon im Hafen am Schalter, um eine Fahrkarte zu kaufen, aber dann brachte ich es doch nicht über mich.«

Oda sagte nichts, behielt nur ihre aufmerksame Haltung bei.

»Vielleicht, weil man nicht bei einem ganzen Land zu Besuch sein kann«, dachte Klaus laut, »sondern nur bei einem oder mehreren seiner Bewohner. Außer als Urlauber natürlich, aber ich wollte ja nicht in Urlaub fahren.«

»Sondern?«

Kaum hatte sie das harmlose Wörtchen ausgesprochen, erkannte Oda, dass er nicht die Kraft hatte, zu antworten. Er konnte einfach nicht sagen, er habe seinen Vater kennenlernen wollen. Oder wenigstens ein Mal sehen. Dass es für ihn zugleich aber außerhalb des Möglichen gelegen habe, dem Obergefreiten tatsächlich zu begegnen.

Für Oda zeichnete sich allmählich eine innere Logik ab. Von da an fiel es ihr nicht mehr schwer, das Verhalten von Klaus als jungem Mann, der vom Norden Finnlands in den Süden gekommen war, aber den Sprung über die Ostsee nicht schaffte, zu verstehen: Es hätte umgekehrt sein müssen, vor Jahrzehnten schon. Der Obergefreite hätte über die See kommen und sich seinem Sohn als Vater vorstellen müssen.

Der Gedanke, dass er es nie getan hatte, ließ Oda kurz erstarren, weckte aber zugleich eine neue Frage, die sie umgehend aussprach, bevor sie von Skrupeln blockiert wurde:

»Wusste dein Vater überhaupt, dass es dich gibt?«

Klaus reagierte mit dem Kopfnicken eines alten, traurigen Mannes. Es war nicht als Zustimmung gemeint, sondern bedeutete etwas wie: Das ist es ja gerade, und somit das Gegenteil einer Zustimmung.

»Nein?«, vergewisserte sich Oda.

Klaus schüttelte den Kopf.

»Und darum hast du dich nicht berechtigt gefühlt, hinzufahren.«

Diesmal nickte Klaus eindeutig bejahend.

Man stellte das Essen vor sie hin, und was sich auf der Karte noch appetitanregend gelesen hatte, sah in natura überdimensioniert und wie falsch adressiert aus.

»Iss trotzdem!«, bestimmte Oda sanft.

»Du aber auch.«

Und da berührte sie seine Hand, und er ergriff ihre und drückte sie, aber nur kurz, dann packte er auch schon das Besteck, so rasch, als bestünde seine dringende Pflicht darin, die Werkzeuge am Schnitzel anzusetzen.

Oda musste sich zusammenreißen, damit Klaus ihr nicht ansah, wie ihr zumute war. Sie wollte ihn nicht rührselig stimmen oder deprimieren, aber innerlich sagte sie zu ihm: Du bist nicht bloß ein grüner Gast für mich. Dann schnitt auch sie ihr Schnitzel an.

Klaus spürt Odas Unruhe. Im stockenden Verkehr vor Hamburg entweichen ihr sogar ein paar gedämpfte Flüche. Zu einem Gespräch scheint sie nicht aufgelegt zu sein. Erst als der Verkehr wieder fließt, fragt Klaus, ob sie denn nun Heimatgefühle hege. Eine überraschende Frage für Oda. Sie liest die deutschen Ortsnamen auf den Schildern, sieht die deutsche Art, die Landschaft zu zergliedern, und schüttelt schließlich den Kopf.

»Eigentlich nicht.«

»Warum nicht?«

»Mit Norddeutschland habe ich nicht viel zu schaffen. Nicht mal in Berlin überkommen mich Heimatgefühle, obwohl wir dort eine Wohnung haben. Ich glaube, es muss hügeliger werden, damit ich was spüren kann.«

Klaus nickt. Das versteht er. Und obwohl das Gespräch

hier nicht weitergeht, obwohl sie später über etliche andere Dinge reden, über die Radiosendungen etwa, die sie sich stundenlang anhören, weil sie Klaus beflügeln und dadurch am Steuer munter halten, verliert Oda den Faden nicht. Beim Anblick der Höhenlinien des Bergischen Landes vor Wuppertal sagt sie unvermittelt: »Jetzt.«

Und Klaus schaut sich daraufhin sorgfältig um, als wisse er genau, was Oda meint, dann nickt er, sagt »Aha« und »Ich verstehe«. Eine Stunde später stellt Oda das Radio aus, weil ihre Aufregung inzwischen so gewachsen ist, dass sie sich auf nichts, das von außen kommt, mehr konzentrieren kann. Sie nähern sich Koblenz, wo das Haus ihrer Eltern steht. Um diese Zeit des Jahres beherbergt es nur Mobiliar und Zimmerpflanzen, denn seine Bewohner halten sich in ihrem Winterapartment in Moraira auf. Von Koblenz aus geht es am schnellsten über die Hunsrückautobahn weiter, doch gibt es eine Alternative.

»Wir könnten über Niederheimbach fahren«, sagt Oda unvermittelt und stellt sich den Weg durchs Rheintal als passende Annäherung an ihr Ziel vor.

»Nein«, erwidert Klaus.

»Wir hätten Zeit. Wir sind früher als geplant losgekommen und hatten nur zweimal stockenden Verkehr.«

»Trotzdem nein.«

»Warum denn nicht?«

»Man soll sich nicht zu viel Gewicht auf einmal ins Boot holen.«

Oda fühlt sich fast verpflichtet, Klaus zu dem Abstecher zu überreden. Die Vorstellung, er habe die ganze Strapaze für sie auf sich genommen und erlaube sich dann nicht einmal einen kurzen Zwischenhalt im Heimatort seines Vaters, ist ihr unerträglich. Doch Klaus bleibt stur, ohne zu erläutern, weshalb. Vielleicht hat er den Besuch für später eingeplant, wenn er allein ist, rechnet sich Oda aus und schafft es, sich mit dieser Erklärung zu beruhigen. Ihr Plan sieht vor, dass Klaus sie in der Nähe des Martinusheims absetzt. Nach der Übergabe mit Kerstin wird der Rentner, der den Fahrdienst macht, Felix und Oda mit dem Transporter nach Koblenz zum Haus von Odas Eltern bringen, wohin sich Klaus inzwischen mit seinem Wagen ebenfalls auf den Weg gemacht hat, eventuell über Niederheimbach. Sobald der Heimtransporter von Odas Elternhaus abgefahren ist, wird Klaus vorfahren und Oda mit Felix an Bord des umgebauten Hiace nehmen. Und dann werden sie, ohne zu zögern, die Rückreise antreten, die für Felix die Hinreise sein wird.

LÜGE UND GESTÄNDNIS

Kerstin wundert sich über Odas betont forsche Art, die Gruppenräume zu betreten. Die Frau des Botschafters gibt sich resolut, das heißt, sie überspielt etwas, wahrscheinlich ihre Nervosität. Davon wird reichlich vorhanden sein, denn sie hat keine Erfahrung damit, wie es ist, ihren Jungen drei Tage lang zu versorgen. Gibt es keine Komplikationen, stellt ein Tag mit dem Kind kein übermäßiges Problem dar, aber das ändert sich bereits am zweiten Tag, wenn die Wiederholung eintritt, und zwar bei jedem einzelnen Vorgang der Grundversorgung, beim geringsten Handgriff. Was am Tag zuvor noch eine abwechslungsreiche Folge von Abläufen gewesen sein mag, verwandelt sich nun in eintönige Mühe.

Kerstin fühlt sich etwas gekränkt von der formellen Freundlichkeit, mit der Oda ihr begegnet. Es fehlen das Herzliche und auch das Zarte aus den versponnenen Hörbotschaften an Felix sowie der unprätentiöse Umgang mit den Mitarbeiterinnen, den Oda bei ihren monatlichen Besuchen sonst absichtslos und ganz natürlich an den Tag legt.

Tatsächlich hat Oda in einem gezielten mentalen Akt das selbstbewusste Auftreten, das ihr auf dem diplomatischen Parkett abverlangt wird, für die Übergabesituation aktiviert. So hält sie sich für unangreifbar und nicht leicht zu stoppen. Die Einladung, eine Weile zu bleiben, lehnt sie ab, sie hängt nicht einmal den Mantel an die Garderobe, sondern lediglich für eine schnelle Tasse Kaffee über die Stuhllehne.

Kerstin sieht davon ab, sie zu bremsen, denn das käme einer Retourkutsche gleich, was wiederum kontraproduktiv wäre im Hinblick auf das Wochenende, das Oda ja mit ihrem Sohn in harmonischer Stimmung verbringen soll.

Kerstin kann nicht wissen, dass Odas Resolutheit allein dem Kaschieren ihrer Scham gilt. Es fällt ihr ungeheuer schwer, die Bezugsperson ihres Kindes, die sie so sehr schätzt und überdies so gernhat, wie man eine Freundin mag, zu belügen.

»Wo ist eigentlich dein Mann?«, fragt Kerstin.

»Der ist in Koblenz geblieben und leistet meinen Eltern Gesellschaft.«

»Verstehe. Einer muss ja auch die Vorkehrungen für Felix im Haus treffen. Oder seid ihr gestern schon angekommen?«

»Nein, wir sind heute ganz früh geflogen.«

»Ach so. Wahrscheinlich nach Köln und von dort mit dem Zug nach Koblenz?«

»Genau.«

Ein Dialog aus Nichtigkeiten, der Oda jedoch innerlich zerfleischt. Sie ist keine Lügnerin, obschon sie die Rolle allem Anschein nach perfekt beherrscht, denn Kerstin offenbart keine Anzeichen von Argwohn. Lediglich einen Hauch von Gereiztheit, der sich in Fällen von Eifersucht gern einschleicht. Sie überreicht Oda das Gepäck für Felix, erläutert alles ohne Eile und fragt schließlich:

»Windeln hast du?«

»Nein … Hätte ich …?«

Wortlos verschwindet Kerstin im Schlafzimmer und kommt mit einem Windelpaket zurück.

Oda setzt zu einer Rechtfertigung an: »Ich wusste nicht …«

»Schon gut. Sieht übrigens so aus, als wäre bei Felix eine Erkältung im Anzug. Sei da ein bisschen vorsichtig. Nicht zu lange ins Kalte. Und nicht zu trockene Luft. Wegen der Schleimhäute. Das plagt ihn. Ich stelle ihm öfter mal den Inhalator hin, das tut ihm sichtlich gut.«

Oda weiß nicht sicher zu beurteilen, ob Kerstin ihr ein schlechtes Gewissen einreden will – oder es tut, ohne es zu wollen. Dabei ahnt sie nicht einmal, dass Oda im Begriff ist, Felix ins Kalte zu bringen. Ins richtig Kalte. Und dass der Transport in der Heizungsluft eines alten japanischen Lieferwagens stattfinden wird, in dem kein luftbefeuchtender Inhalator dem Fahrgast Linderung verschaffen wird.

Mehr schlecht als recht springt sie wieder in die Rolle der Selbstgewissen, lässt sich beim Tragen des Gepäcks helfen, gibt dem Fahrer Anweisungen und hat in ihrem Zustand für Felix nur Worte, die letztlich nicht ihm, sondern den Zeugen der Szene gelten.

All das bezahlt Oda mit Scham, sie schämt sich so sehr, dass sie sich noch im Transporter kaum auf Felix konzentrieren kann. Zerstreut spielt sie mit seinen Händen, während sie die aufglimmende Konversationslust des Rentners am Steuer behutsam, aber systematisch austritt, indem sie höflich, aber mager auf dessen Bemerkungen reagiert, inhaltsarme Antworten auf seine Fragen gibt und auf Gegenfragen strikt verzichtet. Säße sie auf dem Beifahrersitz, fiele ihr diese Taktik noch schwerer, aber sie hat sich für den Einzelsitz hinten entschieden, neben Felix' Rollstuhl.

Auf der Höhe von Simmern, mitten im Hunsrück, hat Oda es schließlich geschafft: Der Fahrer schweigt und schaltet kurz darauf das Radio ein. Schwierig wird es erst wieder in Koblenz vor dem Haus der Eltern, weil der Mann darauf besteht, das Gepäck hineinzutragen. Oda ahnt, dass er auf eine Tasse Kaffee und einen Imbiss spekuliert, weswegen ihr nichts anderes übrig bleibt, als sich beim Standardgebaren hochnäsigster Botschaftergattinnen eine Anleihe zu nehmen und dem Rentner mit institutioneller Arroganz, einem säbelklingenscharfen Dank sowie einem beschämend großen Geldschein den Weg vor der Haustür abzuschneiden.

Kaum ist das Motorgeräusch des Transporters verklungen, nähert sich der vertraute Ton des Hiace. Oda stellt sich lieber gar nicht erst vor, wie viele Nachbarn hinter den Gardinen den höchst merkwürdigen Umladevorgang beobachten, sie ist einfach froh, dass Klaus da ist und dass sie bei ihm mit wenigen Worten auskommt. Er öffnet die Hecktüren, zieht die Rampen heraus und schiebt Felix in den Laderaum. Dann fixiert er den Rollstuhl ein Stück nach hinten versetzt zwischen Fahrer- und Beifahrersitz, prüft, ob die Gurte straff genug sitzen, versenkt die Rampen wieder zwischen den Böden, und schon geht es los.

In dem Moment, in dem der Wagen anrollt, fühlt sich Oda wie als Kind nach einem gelungenen Streich oder wie als Redakteurin, wenn es ihr geglückt war, den größeren Konkurrenzsendungen einen Promi wegzuschnappen. Allerdings potenziert sich dieses Gefühl jetzt, es kommt zu einer kolossalen Adrenalinausschüttung, Oda weiß nicht, wohin mit sich, sie dreht sich ständig zwischen Klaus und Felix hin und her, ihre Hände wollen etwas greifen, sie fasst Klaus an, sie fasst Felix an, und schließlich gelingt es ihr, alles, was in ihr tobt, herauszulassen. Sie übergießt Felix mit einem unsortierten Wortschwall, als spräche sie abends für ihn auf Band, doch kann sie jetzt sehen, wie ihr Kind vor Freude über ihre Stimme die Arme, so gut es geht, bewegt und sich in seinen Gurten aufbäumt, nicht, weil es sich wehrt, sondern weil es sich wohlfühlt.

»Ich bin so froh«, sagt Oda schließlich, als sie sich wieder der Windschutzscheibe und dem Straßenbild zuwendet. Klaus strahlt zufrieden. Das ist seine Art, Begeisterung auszudrücken. Oda schnappt sich Cousteaus Mütze von der Ablage und wedelt mit dem hellen Rot vor Felix' Augen. Sie folgen dem leuchtenden Punkt. Eindeutig. Oda ist kurz davor, sich die Mütze aufzusetzen, doch sie lässt es bleiben, weil sie nicht weiß, was Klaus davon hielte.

»Brauchst du eine Pause?«, fragt sie ihn, als die Mütze schon wieder eine Weile auf dem Armaturenbrett liegt.

»Nein. Und getankt habe ich vorhin schon.«

»Bist du am Rhein entlang nach Koblenz gefahren?«, fragt Oda unter Vermeidung des Ortsnamens Niederheimbach.

»Ja«, antwortet Klaus. »Ich wollte die Loreley sehen. Du weißt schon. Wegen meinem Boot. Oder müsste es heißen: wegen meines Bootes? Dativ oder Genitiv?«

»Hm. Ich glaube, es geht beides. Aber nun lenk mal nicht ab. Wie war es denn, die Loreley in echt zu sehen?«

Hinter ihrer Frage steckt das Wissen, dass man notwendigerweise durch Niederheimbach gefahren sein muss, wenn man aus südlicher Richtung kommend die Loreley von der linksrheinischen Seite aus sehen will.

»Großartig.«

»Und das andere? Die Burgen, die Ortschaften?«

»Wunderbar. Idyllisch. Deutsch.«

»Ich glaube, ich muss mal meinen Mann fragen, ob er dich nicht als Werbebotschafter für Deutschland durch die finnische Provinz schicken will. Oder du hältst Vorträge im Goethe-Institut. Überschrift: Aus Liebe zu Deutschland.«

Kaum hat sie Robert erwähnt, fällt Oda ein, dass sie schon lange nicht mehr an ihn gedacht hat. Ihr Handy ist noch lautlos gestellt, sie kramt es aus der Handtasche und sieht die eingegangenen Textnachrichten. »Wo bist Du, Oda?«, schreibt Robert.

»Unterwegs zu Dir«, schreibt sie zurück. »Aber nicht allein.«

Nachdem das Handy wieder verstaut ist, sagt Oda »So« und atmet durch.

Nach einer Weile räuspert sich Klaus.

»Ich bin durch Niederheimbach gefahren«, sagt er im Geständniston. »Aber ich habe nicht angehalten. Vielleicht könnten wir das am Dienstag tun, nachdem wir Felix wieder abgegeben haben.«

»Ja, natürlich«, erwidert Oda und berührt kurz seine Schulter. Er will, dass ich dabei bin, denkt sie.

AUF DEN WEISSEN MATTEN

Während der Hinfahrt hat sie unentwegt aus dem Fenster geschaut, in die Landschaft und ins Ungewisse, nun, bei der Wiederholung ihrer Fahrt in umgekehrter Richtung, gelingt es Oda kaum, den Blick für längere Zeit nach vorn zu richten. Sie hat keine Augen für flüchtige Umgebungen, ihre Aufmerksamkeit gilt Felix, sie verfolgt, wie es ihm geht, hält ihn mit Worten und mit Händen ruhig.

An einer Raststätte wärmt sie in der Mikrowelle eine Portion dickflüssigen Brei auf. Dabei erlebt sie verstohlene, aber auch unverhohlene Blicke auf das Kind im Rollstuhl, der mit seiner roten Sitzschale und den vielfach verstellbaren Chromverstrebungen nach kompliziertem medizinisch-technischem Gerät aussieht. Starr werden die Blicke, als Oda die große Spritze mit dem warmen Brei am Schlauch der Magensonde befestigt und Felix mit langsamem Druck die Nahrung einflößt. Es geschieht wie auf einer Bühne, Oda bemüht sich um würdevolle Haltung, während Klaus mit seinem breiten Rücken möglichst viel Sicht versperrt, gerade so, als stillte Oda das Kind mit entblößter Brust.

Der Klapptisch im Wickelraum der Raststätte erweist sich als zu klein für einen Jungen wie Felix, der ja kein Säugling ist, sondern nur so behandelt werden muss. Oda erledigt das Nötige auf einer Wolldecke im Hiace, dreißig Kilometer später, als die Heizung es geschafft hat, den Innenraum des Fahrzeugs zu erwärmen.

So geht es weiter. Immer wieder müssen sie eine Pause einlegen, bisweilen nur, weil Felix sich gegen die ewig gleiche Sitzhaltung sträubt. Dann nimmt Oda ihn eine Weile auf den Schoß oder legt ihn auf die Wolldecke, bis er sich beruhigt hat. Klaus liest indessen deutsche Zeitungen, er drängt nie zur Weiterfahrt, doch Oda weiß, wie weit sie bis zum Abend kommen müssen, um am nächsten Tag die Fähre in Stockholm zu erreichen.

War es gestern oder vorgestern, als sie von Norden nach Süden fuhren? Während einer Stunde, in der es ungestört vorangeht, weil Felix schläft, wundert sich Oda, wie schnell man sich an das Fahren gewöhnt, wie man sich von allem Übrigen abkoppelt und das Zeitgefühl verliert. Die Fahrzeuginsassen bilden eine Gemeinschaft mit eigenen Zusammenhängen.

Bis ihr Handy klingelt.

Hastig wühlt sie in der Handtasche danach, Felix soll nicht aufwachen, aber der Ton wird immer lauter, und als sie Roberts Namen auf dem Display sieht, hört sie schräg hinter sich Felix bereits unwillig ächzen.

»Komm zurück, Oda!«, befiehlt Robert, sobald sie sich gemeldet hat.

Felix fängt an zu weinen, sie tippt auf das rote Feld, schaltet gleich danach den Apparat ganz aus, wirft ihn in die Handtasche und wendet sich Felix zu. Er will sich nicht beruhigen lassen, Oda spürt Ungeduld aufkommen, aber sie weiß, dass sie nicht schon wieder anhalten können. Gerade erst haben sie vereinbart, mindestens zwei Stunden am Stück durchzufahren, um anschließend eine warme Mahlzeit einzunehmen, doch je stärker Felix sein Unbehagen zum Ausdruck bringt, umso mehr ist Oda geneigt, den gefassten Plan über den Haufen zu werfen.

Klaus hat inzwischen die Hand in ihre Richtung ausgestreckt, greift jedoch an ihr vorbei, um das Handschuhfach zu öffnen. Er entnimmt ihm eine CD, blickt kurz auf die Hülle, legt sie zurück, nimmt eine zweite und legt sie ein. Ein Mann singt mit Klavierbegleitung:

»Fremd bin ich eingezogen,
fremd zieh' ich wieder aus.«

Oda registriert es, mag aber nicht hinhören, doch dann verstummt Felix plötzlich, und ihr Bewusstsein wird für den Liedtext an der Stelle empfänglich, an der es heißt:

»Nun ist die Welt so trübe,
der Weg gehüllt in Schnee.
Ich kann zu meiner Reisen
nicht wählen mit der Zeit,
muss selbst den Weg mir weisen
in dieser Dunkelheit.
Es zieht ein Mondenschatten
als mein Gefährte mit,
und auf den weißen Matten
such' ich des Wildes Tritt.«

Felix hört offensichtlich zu. Weil er aber die Worte nicht verstehen kann, lässt auch Oda die Aufmerksamkeit schleifen und folgt, so gut es geht, nur der Musik. Beim zweiten Lied blickt sie zu Klaus hinüber. Er strahlt.

Oda hat vorgeschlagen, das erste Lokal nach der Abfahrt zu nehmen. Es entpuppt sich als die Sportklause am Fußballplatz, in der man einfache Mahlzeiten bekommt. Während sie sich wortlos Nahrung zuführen, kommt von der Seite des L-förmigen Gastraums, die sie von ihrem Tisch aus nicht einsehen können, ein junger Mann herüber, bleibt stehen und mustert

Felix in seinem Rollstuhl. Wenig später folgt ihm eine junge Frau, die den Mann auffordert, weiterzugehen. Sie begleitet ihn zur Toilette, wartet vor der Tür, und als er wieder herauskommt, begeben sich beide in den Raucherraum. Durch die Glaswand sieht man sie an ihren Zigaretten ziehen.

Der junge Mann ist, wie man unschwer erkennen kann, mit Trisomie geboren worden. Aber die junge Frau sieht nicht geistig behindert aus – ist sie etwa seine Betreuerin?

»Vielleicht seine Freundin«, schlägt Klaus vor.

Oda sieht ihn entrüstet an. Was für ein abwegiger Gedanke.

»Warum nicht?«

Oda gibt keine Antwort, sondern wundert sich laut: »Warum lässt sie zu, dass der Junge raucht?«

»Warum soll so einer nicht rauchen dürfen?«, wundert sich nun Klaus.

Kaum hat er das gesagt, kommen weitere junge Männer und Frauen, allesamt mit Downsyndrom, allesamt bester Laune, von der anderen Seite herüber und drängen sich im Raucherraum. Rülpsend, als hätten sie den Qualm nicht inhaliert, sondern geschluckt, schieben sie sich fünf Minuten später auf dem Rückweg am Tisch von Oda, Klaus und Felix vorbei. Ihre Kleider sind mit Heavy-Metal-Aufnähern verziert, sie reden unablässig und eine Spur zu laut, die Männer lassen trotz Watschelgang und Mongölchenblick Machogehabe durchblicken. Odas Irritation bringt Klaus zum Lachen.

»Die sind froh«, stellt er fest.

Nachdem Oda gezahlt hat, hält er die Bedienung auf, reicht ihr einen Schein aus seinem Portemonnaie und bittet sie in erlesenem Deutsch, den Damen und Herren am anderen Ende des Gastraums doch bitte im Namen eines anonym bleiben wollenden Wohltäters je ein Getränk zu servieren.

»Der Schein reicht aber für mindestens zwei pro Mann«, meint die Bedienung sachlich.

»Dann bitte zwei.«

Wie sich zeigt, hat Klaus noch mehr deutsches Kunstliedgut auf Lager, er sagt, ihn habe immer beeindruckt, wie die Sänger die deutschen Worte artikulierten. Da Felix sich von Schuberts Melodien bereitwillig einlullen lässt, läuft eine CD nach der anderen, und Oda erhält seit Langem wieder die Gelegenheit, diese Musik ungestört aufzunehmen. Manches lässt sie kalt, einige Lieder bringen sie durch ungewollt komische Textstellen zum Grinsen, dann wieder reagiert sie, ehe sie sich's versieht, mit Ergriffenheit.

»Du bist die Ruh,
der Friede mild,
die Sehnsucht du
und was sie stillt.«

Oda hört deutlich die sorgfältig gesetzten Aspirationen des Sängers, und da erst wird ihr bewusst, wie gut der Klang im Fahrzeug ist. Nicht nur vorne und in den Türen sind Lautsprecher untergebracht, sondern auch irgendwo hinten, an verschiedenen Stellen des Laderaums. Ob Klaus die eigens für diese Tour eingebaut hat? Oda sieht ihn von der Seite fragend an; mit einem Lächeln summt er die Melodie mit, ohne den Blick von der Straße zu nehmen.

Wenig später ist auch diese CD zu Ende. Klaus deutet auf ein Schild: Die Fähre naht, die Grenze.

»Bald verlassen wir Deutschland wieder. Darum muss Schubert schweigen.«

War Schubert nicht Österreicher, denkt Oda gerade, da schießt ihr ein ganz anderer Gedanke zum Thema Länder und Grenzen in den Kopf. Darüber erschrickt sie so, dass Klaus es merkt und fragt, was mit ihr los sei.

»Wir haben keinen Pass für Felix.«

Klaus schweigt gerade so lange, dass Oda kapiert, wie er das findet: nicht gut. Aber er sagt etwas ganz anderes:

»Den brauchen wir nicht. Wir verlassen ja nicht die EU.«

Damit kann er Oda nicht beruhigen. Sie wird von plötzlicher Panik befallen, sie fürchtet, ihr ganzes Vorhaben könnte scheitern, denn sie weiß nur zu gut, dass die Dänen kürzlich erst dazu übergegangen sind, aus Angst vor illegalen Einwanderern die Grenzkontrollen zu verschärfen. Sie hat mit Robert darüber diskutiert, der meinte, der Kollege in Kopenhagen werde nun ein paar interessante Sachen nach Berlin zu berichten haben, denn die Bundesrepublik lehnt Dänemarks Maßnahme ab, da sie gegen den europäischen Geist verstoße.

»Was machen wir jetzt?«, flüstert Oda, und am Flüstern erkennt Klaus, wie ernst die Lage ist.

»Nun sag schon, was sollen wir tun?«, ruft sie dann unvermittelt.

Sofort reagiert Felix auf die angsterfüllte Stimme seiner Mutter und macht Anstalten, in Tränen auszubrechen. Klaus staunt über die Feinfühligkeit des Jungen. Zugleich ist er erleichtert, dass Oda sich ablenken lässt und sich ihrem Sohn zuwendet, um ihn zu beruhigen, denn nun fahren sie bereits auf der schnurgeraden Straße mit dem strapazierten, vielfach geflickten Asphalt auf das Hafengelände von Puttgarden zu. Der Mann im Kassenhäuschen empfiehlt Beeilung, und tatsächlich schaffen sie es gerade noch rechtzeitig auf die Fähre.

Klaus stellt den Motor ab, dreht sich zu Oda hin, packt mit Nachdruck ihren Oberarm und sagt: »Beruhige dich.«

Sie sieht ihn mit übergroßen Teenageraugen an und nickt in

schneller Folge, als bewegte eine nervöse Fehlschaltung ihre Halsmuskulatur.

Keine zwei Handvoll Fahrzeuge stehen auf dem Autodeck, und oben bestätigt sich, dass die Fähre fast völlig leer die Überfahrt nach Dänemark antritt.

Klaus hat Felix auf das Passagierdeck getragen und auf einem Polstermöbel abgelegt. Es herrscht eine unbehagliche Atmosphäre an Bord, nicht weit von ihnen verdüstert ein Ehepaar, das sich nicht grün ist, die Stimmung zusätzlich, ein paar Trucker essen scheußlich lange Bratwürste. Das Schiff transportiert vor allem kahle Langeweile.

Bald merkt man den starken Wind, die Fähre schaukelt, weshalb leichtes Unwohlsein die Langeweile eskortiert. Die vierzig Minuten Überfahrt ziehen sich, und Oda wird immer nervöser. Klaus weiß nicht, wie er sie beruhigen soll, sie ist ganz blass geworden, sie hält sich an ihrem hilflosen Kind fest, als suchte sie dessen Hilfe, und Klaus folgt in seiner Unbeholfenheit einer überraschenden Eingebung. Im fahlen Licht greift er in seine Umhängetasche, zieht ein Bündel Briefe und Postkarten heraus und hält es Oda hin.

»Falls du noch immer altgierig sein solltest.«

Das Ablenkungsmanöver funktioniert. Vierzehn Briefe und sechs Postkarten, erinnert sich Oda. Alles, was der Obergefreite an Klaus' Mutter schrieb. Eigentlich hat sie jetzt keinen Kopf für dieses Thema, aber sie weiß natürlich, dass ihr gerade eine Kostbarkeit offeriert wird. Sie greift zu, sie dankt, überlegt, ob sie fragen soll, wie lange sie das Material behalten darf, stellt sich kurz vor, sie bekomme es geschenkt, verwirft den Gedanken gleich wieder, nimmt sich vor, die Briefe abzuschreiben, nein, zu scannen oder wenigstens zu fotokopieren, und während sie noch nach ein paar Sätzen als Ergänzung ihres dürftigen Danks scharrt, werden die Passagiere per Lautsprecher aufgefordert, sich zu ihren Fahrzeugen zu begeben.

Oda reißt sich zusammen, stumm vor Angst sieht sie zu, wie die Bugklappe des Schiffs sich öffnet, dann rollen sie nach draußen, und tatsächlich nehmen auffällig viele dänische Grenzpolizisten die wenigen Fahrzeuge in Augenschein. Es sind zwei weitere Lieferwagen an Bord gewesen. Beide werden angehalten. Oda sieht es und erstarrt nun völlig. Sekunden später gilt das zollpolizeiliche Signal, rechts ranzufahren, dem Hiace von Klaus.

Ein dänischer Amtskopf schiebt sich ins offene Seitenfenster, mustert Klaus, mustert Oda, späht nach hinten und zuckt gleich darauf sichtlich zusammen, wohl weil sein Blick auf Felix stößt.

Folgt ein kurzes ratloses Zögern, dann ein gezielter Blick auf den Jungen, aus dessen Nase ein transparenter Plastikschlauch ragt, der mit einem Pflaster auf der Wange festgeklebt ist.

»Gehört das Kind Ihnen?«

»Das ist mein Sohn.«

Erneute Ratlosigkeitspause.

Dann tritt der Beamte einen Schritt zurück, führt mit der rechten Hand eine minimale Bewegung aus und richtet die Augen auf das nächste Fahrzeug.

»Geschafft«, sagt Klaus nach dem Verlassen des Hafengeländes.

»Und wie!«, meint Oda.

Klaus versteht nicht, wie sie das meint, sie spürt seinen Wunsch nach einer Erklärung, aber sie schließt die Augen, atmet auf und dankt innerlich irgendeinem, irgendwo.

Wieder sehen sie in der Dunkelheit von Dänemark nichts, was Oda zu der Mutmaßung verleitet, es gebe das Land vielleicht gar nicht, sondern nur einen menschenleeren Transitkorridor gleichen Namens. Sie meint es zwar als Witz, doch ist ihr diese schwarze Sphäre wirklich nicht geheuer, sie will, so schnell es geht, nach Schweden und freut sich, als sie den Fährhafen von Helsingør erreichen und eine halbe Stunde später auf der schwedischen Autobahn von Helsingborg aus in Richtung Stockholm fahren.

Es ist spät geworden, zu spät, um sich in Ruhe eine Übernachtungsmöglichkeit zu suchen; so landen sie in einer Art Motel, in dem schon die Rezeption so schäbig wirkt, dass Oda, was die Zimmer betrifft, das Schlimmste befürchtet. Doch dann erweisen sich die italienischen Eigentümer im Umgang mit Felix als erfreulich unkompliziert, und das macht den fehlenden Komfort allemal wett.

Sie teilen sich den Raum zu dritt, weil kein weiteres Zimmer frei ist. Klaus baut das Reisebett auf, während Oda das Bad benutzt und Felix versorgt, danach bleibt ihm nichts anderes übrig, als sich zu Oda ins Ehebett zu legen. Sie spürt, wie sehr er sich geniert, doch weil er vom langen Fahren todmüde ist, schläft er trotzdem ein, bevor sie ein paar Worte wechseln können. Oda sieht zu, wie er sich im beginnenden Schlaf auf die Seite dreht, eine Hand unter die Wange schiebt und dann in unerreichbarer Tiefe versinkt.

Die Stadt der Nähmaschinen und Gewehre liegt an der Südspitze des mehr als hundert Kilometer langen Vättern. Knapp fünfzig Kilometer lang fahren sie von dort aus am Ostufer des Sees entlang, und dabei sehen sie der Landschaft an, dass hier kältere Temperaturen herrschen als weiter südlich. Sie spüren es auch. Die Kälte dringt durch die Dichtungsgummis, weshalb Klaus das Heizungsgebläse einschaltet. Wärmer wird es nicht. Klaus hält eine Hand an die Gebläseöffnung, will offenbar nicht glauben, was er fühlt, hält die andere Hand an die andere Öffnung und murmelt etwas vor sich hin.

»Was ist?«, fragt Oda.

»Die Heizung geht nicht mehr.«

»Wieso das denn plötzlich? Bis jetzt hat sie doch einwandfrei funktioniert.«

»Entweder zu wenig Kühlwasser, oder der … wie heißt das … Wärmewechsler?«

»Wärmetauscher?«

»Ja. Oder der Wärmetauscher ist kaputt.«

»Ist das schlimm?«

»Kälte ist schlimmer als Hunger.«

Klaus hält an der nächsten Tankstelle an. Das ganze Areal ist mit Eis überzogen, Oda sieht ihn schlittern, als er nach vorne geht und die Motorhaube öffnet.

»Kühlwasser ist genug drin«, stellt Klaus fest, sobald er wieder am Steuer sitzt.

»Also defekter Wärmetauscher?«

Er nickt.

»Kann man das leicht reparieren?«

Er wiegt den Kopf. »In der Werkstatt ja.«

»Was machen wir?«

»Weiterfahren.«

»Und wenn Felix anfängt zu frieren?«

»Wir beeilen uns.«

Fortan hält sich Klaus nicht mehr an die Geschwindigkeitsbeschränkungen, sondern fährt, so schnell der Hiace kann. Im Wagen wird es bald so kalt, dass man das Gefühl hat, die

Gliedmaßen steckten in eisigen Röhren. Man sieht den Atem, er gefriert an der Innenseite der Windschutzscheibe. Oda hobelt mit der Parkscheibe Frostspäne ab, damit Klaus beim Fahren etwas sieht.

Und dann kommt der Moment, in dem die Kälte Felix' Kleiderschichten, Handschuhe und Winterschuhe durchdrungen und seine Haut erreicht hat. Felix fängt an zu weinen.

»Wir müssen eine Werkstatt finden«, sagt Oda.

»Dann schaffen wir die Fähre nicht«, erwidert Klaus. »Trinken wir an der nächsten Raststätte heißen Tee.«

Die nächste Raststätte hat im Winter geschlossen, nur der Tankstellenautomat ist in Betrieb. Sie fahren weiter, doch nun wird das Weinen von Felix so herzzerreißend, dass Oda es nicht mehr aushält.

Klaus nimmt seine Mütze ab und gibt sie ihr. Ohne dass er etwas sagen muss, versteht Oda, was er meint, und setzt Felix die Mütze auf. Außerdem fängt sie an, ihm die Hände zu reiben. Beide Maßnahmen beruhigen ihn allmählich, doch nur vorübergehend, dann beginnt das Leidensweinen von Neuem.

Oda reibt nun abwechselnd Hände und Füße des Jungen, erzielt damit jedoch nur gelegentliche Unterbrechungen des Weinens. Nicht ins Kalte, hat Kerstin gesagt; Oda sieht sich bereits als Verursacherin einer Lungenentzündung, und da sie weiß, was eine so schwere, den Organismus belastende Krankheit für Felix bedeuten würde, glaubt sie, gleich den Verstand zu verlieren.

»Wir müssen was unternehmen, Klaus!«, ruft sie. »So geht das nicht weiter, der Kleine hält die Kälte nicht aus.«

»Noch zwei Stunden bis Stockholm«, sagt Klaus.

»Das ist zu lange!«

»Na gut«, willigt er ein und fährt auf den nächsten Rastplatz, obwohl es dort weder Tankstelle noch Café gibt, sondern nur ein paar Bänke und Mülleimer.

»Was sollen wir hier?«, protestiert Oda sofort ungehalten. Wieder hat nervöse Angst sie befallen, wie vor der dänischen Grenze, doch diesmal fühlt die Angst sich noch profunder an, nämlich so, als ginge es bei Felix um Leben und Tod. Der Junge schreit inzwischen, wohl weil er nicht nur friert, sondern überdies Hunger hat.

Sobald der Wagen steht, schiebt sich Klaus an Felix vorbei nach hinten. Er öffnet eine Kiste, die neben dem Radkasten an der Wand befestigt ist, und entnimmt ihr Holzscheite, einen Eierkarton und eine alte Zeitung. Damit eilt er die Böschung hinter den Bänken hinauf und verschwindet dahinter. Oda versteht so lange nichts, bis sie hinter der Böschung Rauch aufsteigen sieht. Wenig später taucht Klaus wieder auf, entfernt zwei Styroporplatten von der selbst gemachten Wandisolierung des Laderaums, nimmt aus der Kiste neben dem anderen Radkasten zwei Wolldecken und trägt alles dorthin, wo der Rauch aufsteigt. Schließlich kommt er Felix holen, und Oda folgt ihm mit der Provianttasche.

In Decken gewickelt, sitzen Oda und Felix auf Styropor, während Klaus Brei und Tee über dem Feuer kocht. Aus der Ferne betrachtet, wirken sie wie eine Allegorie des Winters auf einem flämischen Gemälde.

Felix gelangt zum ersten Mal in die Nähe eines Feuers. Ist es der Schein, ist es die Wärme aus der so deutlich spürbaren Richtung der einen, brennenden Quelle, die ihn veranlasst, die Augen weit aufzureißen und sich so zu bewegen, wie er es tut, wenn ihn etwas in freudige Aufregung versetzt? So wie er auf die Kälte mit Weinen reagiert, nimmt er die Linderung durch das Feuer sogleich als gute Gabe hin – und den Feuerschein womöglich für immer ins Dunkel mit.

Oda hält ihn im Arm, sie nimmt die Sprache seiner Körperspannung wahr und beugt sich nach vorne, um sein Gesicht zu sehen: Felix lacht unter der roten Mütze.

WER ANDERN FEUER MACHT

»Ist dir warm?«, fragt Klaus vorsichtig.

»Fast«, sagt Oda vom Bett aus. »Aber Felix hat schon ganz warme Hände und Füße.«

»Gut.«

Er liegt auf der Bettcouch der Eltern-Kind-Kabine, weil er Oda und Felix das Ehebett überlassen hat.

Die Wärme des Feuers hatte nicht lange vorgehalten, doch der Junge hatte sein warmes Essen und warmen Tee bekommen, danach war es leichter, die restlichen Stunden bis Stockholm durchzustehen. Für Klaus' und Odas innere Erhitzung sorgte der Wettlauf mit der Zeit, in den sie durch die Aufwärmpause notgedrungen gerieten. Eine halbe Stunde länger am Feuer, und die Fähre wäre ohne sie abgefahren.

Auf dem Autodeck standen die Fahrzeuge so dicht, dass gar nicht daran zu denken war, Felix im Rollstuhl mit nach oben zu nehmen. Klaus musste ihn tragen, und nachdem er ihn in Odas Kabine abgesetzt hatte und sich in seine eigene Kabine verabschieden wollte, bat Oda ihn, zu bleiben.

Sie haben zwölf Stunden auf zwölf Quadratmetern vor sich, der Lärm und die Launen aus den Vergnügungszonen des Schiffes dringen nicht bis zu ihnen vor, isoliert von allen und allem lassen sie ihre Körper auf der Schiffsvibration treiben. Felix scheint die Instabilität, die in dem schwimmenden Rumpf zu spüren ist, besonders stark wahrzunehmen, das minimale Schwanken ist ihm ungewohnt, aber nicht unangenehm, unablässig dreht sich sein Kopf hin und her, er horcht und reißt die Augen auf.

Oda spricht ihm ins Ohr, singt ihm etwas und spürt, wie die Intervalle zwischen den spastischen Anspannungen länger werden, je mehr sich die Körpertemperaturen von Mutter und Kind angleichen. Als Felix warme Hände hat und auch ihr selbst warm geworden ist, ergreift sie Gleichgültigkeit. Was außerhalb dieser Kabine passiert, interessiert sie nicht, wo das Schiff hinfährt, spielt keine Rolle, warum sie diese Reise angetreten hat, vergisst sie. Das leise Brummen, das in den Wänden des Schiffsrumpfs vibriert, stammt in ihrer Fantasie von den Motoren einer Maschine, deren Funktion darin besteht, diese Kabine aus dem Fluss der Zeit herauszuhalten. Alles fließt ringsum, diese Kabine aber steht unveränderlich im Zeitenstrom, und die Menschen in ihr altern keine Sekunde, solange die Motoren der Zeitbremsmaschine laufen.

Oda spürt, wie Felix noch mehr erschlafft. Sobald er schläft, lässt sie ihn sacht aus ihren Armen gleiten und deckt ihn zu. Nun erst streckt auch sie sich aus. Klaus regt sich nicht.

»Schläfst du?«, fragt Oda.

»Nein. Und du?«

Es dauert ein paar Sekunden, dann lacht sie in sich hinein und sagt: »Ja.«

Auf einmal könnte sie ihn küssen vor Dankbarkeit für Fische, Fahrt und Feuer. Sie erinnert sich an ihr Unbehagen zu Beginn der Hinfahrt, als sie neben dem fremden Mann im kalten Wagen darauf wartete, dass sie auf die Fähre konnten. Wie selbstverständlich ihr seine Nähe innerhalb weniger Tage geworden ist! Das Rascheln seiner Kleider, sein gelegentliches Räuspern und Schniefen – alles vertraut. Der Hiace, denkt Oda, ist auch so eine paradoxe Zeitmaschine. Eine, die wenigen Tagen die Freundschaftssubstanz von Jahren einimpft.

Oda kann sich plötzlich vorstellen, wie sich eine Frau fühlen würde, die seit mehr als dreißig Jahren mit Klaus verheiratet wäre. Wie die Vertraulichkeit, in die die Liebe sich verwandelt hat, dem alltäglichen Miteinander im Holzhaus an der Bucht ihren Stempel aufdrückt. Ein Jammer, denkt Oda, dass es diese Frau nicht gibt. Oder diesen Mann.

»Hast du jemals geliebt?«, hört sie sich plötzlich fragen und richtet sich vor Schreck abrupt auf. Bevor sie jedoch für ihre anmaßende Frage um Verzeihung bitten kann, kommt von der Bettcouch die Antwort:

»Nein.«

Einfach Nein. Er sagt schlicht und einfach Nein. Als hätte Oda nach sonst was gefragt. Sein Nein kann sie allerdings nicht wie sonst was hinnehmen. Zwar hat er es ohne Aufheben und dramatischen Unterton in den Raum gestellt, doch es löst sich vor ihren Augen nicht in Luft auf.

»Hast du trotzdem ein gutes Leben?«, fragt sie unbeholfen. Sie fragt sich das selbst oft, und ebenso oft fragt sie sich, ob sie ein gutes Leben überhaupt haben dürfte oder darf, solange Felix lebt und mit mehreren Gurten fixiert werden muss, damit er überhaupt sitzen kann.

»Entschuldige«, unterbricht sie ihre eigenen Gedanken. »Das war jetzt blöd. Was soll das schon sein, ein gutes Leben?«

»Ich hab eins«, meint Klaus trocken. »Ich habe Wärme und Nahrung. Ich kann mich selbst versorgen. Ich kann ein Feuer machen, das den Raum heizt und den Fisch gart. Ich habe ein Haus mit Dach und ein Boot ohne Leck.«

»Fehlt da nicht was?«

»Was soll da fehlen?«

»Oder genauer gesagt: Fehlt da nicht jemand?«
»Jemand fehlt, ja. Aber ein gutes Leben ist es trotzdem.«
»Nicht manchmal traurig?«
»Manchmal schon. Aber ist traurig denn schlecht?«
Darüber müsste sie nachdenken, doch sie kommt nicht dazu, weil Klaus die Gegenfrage zu ihrer Eingangsfrage stellt:
»Und du?«
»Was ich?«
»Hast du schon mal?«
»Geliebt« kann er nicht sagen, muss er auch nicht, denn Oda hat ihn schon verstanden.
»Ja«, sagt sie, »ich hab schon mal. Mehr als ein Mal.«
»Das freut mich«, sagt Klaus, aber das will Oda gar nicht hören. Selbstlosigkeit kann auch zu weit gehen. Lieber wäre ihr, er würde ihr sein Leid klagen, von Einsamkeit sprechen, von der Sehnsucht, jemanden bei sich zu haben, davon, dass er den Zimmermann vermisst, aber stattdessen setzt er sich auf, zieht seine Schuhe an und schlägt vor, etwas zu essen und zu trinken zu besorgen.

Während er irgendwo draußen, in scheinbar fernen Sphären, Nahrung beschafft, nimmt Oda die vierzehn Briefe und sechs Postkarten aus der Handtasche. Der Knoten in der Schnur, die das Bündel zusammenhält, sitzt noch so fest wie auf der Fähre von Deutschland nach Dänemark, und Oda öffnet ihn auch jetzt, zwischen Schweden und Finnland, nicht. Sie wird ihn überhaupt nie öffnen, denkt sie, sondern Klaus alles ungelesen zurückgeben.
Oder würde ihn das kränken?
Da sie das für möglich hält, verstaut sie das Bündel einstweilen wieder in ihrer Tasche und beschließt, Klaus weitere

Fragen zu stellen, als verlangten die zwölf Stunden auf den zwölf Quadratmetern außerhalb der Zeit, dass über jene Dinge gesprochen wird, die alle Lebensphasen überdauern.

Klaus scheint es ähnlich zu empfinden, denn er wundert sich nicht, als Oda nach dem Essen wissen will, warum seine Mutter den Obergefreiten nicht geheiratet habe. Er zögert keine Sekunde mit der Antwort, sondern setzt Oda auseinander, wie damals die Bestimmungen gewesen seien. Zwar kämpften Deutschland und Finnland als *Waffenbrüder* gegen *die Russen*, doch galten die Finnen den Deutschen trotzem als Angehörige einer *minderwertigen Rasse*. Darum waren Eheschließungen deutscher Wehrmachtsangehöriger mit finnischen Frauen nahezu unmöglich gewesen.

Generaloberst Dietl, der Oberkommandeur der 20. Gebirgsarmee in Lappland, habe die finnischen Frauen, die seine Untergebenen heiraten wollten, als *rassisches Treibholz* bezeichnet, nachdem er die Anträge mit den beigelegten Fotografien gesichtet hatte. Die jungen Frauen trügen *östliche Züge* oder seien gar *hässlich* und *schlecht gewachsen*, habe der General in seinen Anweisungen an die Truppe geschrieben und auf Grundlage dieser Diagnose 98 Prozent aller Anträge abgelehnt.

Den Paaren, bei denen die Frau nicht zu den zwei Prozent gehört habe, die als Vertreterinnen des *nordischen Typs* durchgingen oder die man aufgrund besonderer Verdienste zu *Ehren-Arierinnen* erhoben habe, sei nichts anderes übrig geblieben, als das verbotene Hochzeitsfest durch eine Verlobungsfeier zu ersetzen, in der Hoffnung, die Heirat später nachholen zu können.

Wie ihm seine Großmutter anvertraut habe, sei der Antrag seiner Mutter und seines Vaters nicht bewilligt worden, denn weder habe seine Mutter über ausreichend *arische Züge* verfügt, noch sei der Vater hochrangiger Offizier gewesen.

»Ob es bei der Verlobungsfeier wohl fröhlich zuging?«, denkt Oda laut.

»Die Feier war ganz klein«, antwortet Klaus. »Hat meine Oma mir erzählt. Bloß ein Wohnzimmer voll Leute, weil kein Geld da war.«

Und dann war die Verlobte schwanger, und der Obergefreite wurde abkommandiert oder gehörte gar noch zu der Truppe, die im Jahr 44 nach dem Friedensabkommen zwischen Finnland und der Sowjetunion plötzlich gezwungen war, gegen den bisherigen Waffenbruder zu kämpfen, und beim Rückzug aus Lappland *verbrannte Erde* hinterließ. Wie auch immer – jedenfalls trug Klaus' Mutter von da an das Kind eines Feindes im Leib.

»Wann bist du geboren worden?«, fragt Oda plötzlich.

»Am 9. Februar 1944.«

Oda schweigt einen Moment mit gesenktem Blick, als denke sie angestrengt nach. Dann hebt sie den Kopf und sieht Klaus an, als hätte er sich gerade in ein unheimliches Wesen verwandelt.

»Dann hattest du vorgestern Geburtstag«, flüstert sie.

Klaus zuckt nur mit den Schultern.

»Das hättest du mir sagen müssen!«

Klaus weiß nicht, wie er auf den Vorwurf reagieren soll, er legt den Finger auf die Lippen und deutet auf den schlafenden Felix.

»Warum?«, fragt er.

»Ich hätte dir gratuliert! Das wäre das Mindeste gewesen.«

»Ich habe nicht so weit gedacht. Mir gratuliert ja sonst auch niemand, seit ich allein im Haus wohne.«

»Aber du willst nicht behaupten, du hättest deinen Geburtstag vergessen?«

»Nein, nein. Die Geburt ist ja wichtig ...«

»Oh ja.«

»Und wir haben ja gefeiert. Im Grünen Jäger. Mit meinem ersten Bier auf deutschem Boden.«

Oda schüttelt nur noch den Kopf.

»Lass uns schlafen, Klaus«, sagt sie, dann legt sie sich einfach hin, ohne die Kleider zu wechseln, zieht sich die Decke über und löscht die Leselampe über ihrem Bett.

Klaus bleibt nur der Blick auf ihr Schweigen, das all das verbirgt, was ihr Kopf in der Zeitlosigkeitskapsel dieser Kabine zum Thema Wichtigkeit der Geburt ausbrütet: die Erinnerung an die Stunden, in denen sie Felix zur Welt brachte.

An die unendlich lange Wehenphase, an das ewige Umhergehen, den ständigen Stellungswechsel, an Wasserbett, Wanne, großen Ball. Die Ausstattung der so sorgfältig gewählten Klinik verlor jedoch an Bedeutung, je mehr die Qual den Verstand trübte. So wie Roberts Anwesenheit an Bedeutung verlor. Nicht dass er ihr gleichgültig gewesen wäre, doch er rückte aus dem Bild, und sie nahm ihn nicht mehr als Stütze wahr. Ganz allein lag sie am Ende in der Schmerzröhre. Die Anfeuerungen der Hebamme drangen herein, doch hatte die Stimme ihren ursprünglich wohlwollenden Ton verloren, sie klang kompromisslos, sogar eine Spur Unwille lag darin, was später leicht zu erklären war: Die Hebamme wollte verhindern, dass Komplikationen eintraten, musste aber zusehen, wie ihre Bemühungen ins Leere liefen. Bald kamen weitere Stimmen hinzu, Oda fehlten Kraft und Wille, sie zu unterscheiden, vermutlich gehörten sie Ärzten, doch auch deren Botschaft kam nicht mehr bei ihr an, in ihrer Wahrnehmung vermengten sich all die Laute nervöser Menschen zu einem disharmonischen Geräuschcluster. Im Undeutlichen verlor sich gleichermaßen alles, was mit ihrem Körper geschah, sie identifizierte die Maßnahmen nicht mehr, sie spürte nur, dass etwas an ihr vorgenommen wurde, dass fremde Menschen an ihr arbeiteten; was davon ihr Bewusstsein erreichte, erinnerte nicht an behutsame Zuwendungsberührungen, sondern an energische Verrichtungen an einem Objekt.

All das drang durch das Wellenrauschen der Ohnmacht, die sie umschloss.

Man hantierte an ihrem willenlosen Körper, es kam zu Erschütterungen, gegen die sie sich nicht wehren konnte, und dann folgte nach einem Ruck kein zweiter mehr, man ließ von ihr ab, und nach und nach zerfiel das Rauschen. Bald konnte Oda wieder einzelne Stimmen unterscheiden, auch die von Robert war darunter, und ihr erster Gedanke war: Robert. Dass du da bist. Das werde ich dir nie vergessen.

Noch wusste sie nicht, was geschehen war, aber sie hatte das Gefühl, versehrt von einer überlangen Reise zurückzukehren, und war dankbar, abgeholt zu werden.

Dann erschrak sie und fragte nach dem Kind.

Eine Geburt kann man nicht üben. Eine Geburt mit katastrophalem Ausgang kann man sich nicht mal vorstellen.

Geschweige denn, dass man vorab wüsste, wie man darauf reagiert. Obwohl man sich selbst sein Leben lang kennt, entdeckt man in sich Bereiche, von denen man absolut nichts geahnt hat. Unbekannte Kräfte, versiegelte Reservoire, die sich nie bemerkbar machen, bis sie durch einen Vorfall angestochen werden, ihren Inhalt vergießen und einem die ganze Innenwelt verseuchen.

All die Gefühle, die nach Felix' Geburt losbrachen, waren für Oda völlig neu. Die Lavamasse des Schuldgefühls. Die Trauer. Dazu die Sehnsucht nach dem Kind, obwohl es dieses Kind ja gab. Und schließlich die irritierende Gefühlsmischung gegenüber dem Vater des Kindes.

Behext von Schock und Leid und Unverständnis, gelang es ihr nicht, Trost bei ihm zu suchen, was ihn kränkte bis ins Mark. Es war ein Schlag gegen das, was er unter Partnerschaft verstand, und vielleicht hat er sich davon nie erholt. Hört man auf, bei seinem Partner Trost zu suchen, trennt man sich ein Stück von ihm, denn man versagt ihm eine Dimension der Liebe.

Stattdessen ging sie dazu über, Robert zu belauern: Wie verhält er sich zu mir? Wie verhält er sich zum Kind? Zu seinem Sohn, auf den er womöglich niemals stolz sein wird? Der da zwischen all den Apparaten, Monitoren, Schläuchen, Kabeln lag, von denen sie nicht wusste, wozu sie im Einzelnen dienten; das winzige Lebewesen inmitten der undurchschaubaren Logik der Geräte, nicht einmal zugedeckt, mit fleckiger Haut, gewölbtem Bauch, mit Mull und Gaze verbundener Nabelwunde, mit Puppenbeinen, dünnen Ärmchen und mit Fingern, die sich regten wie Unterwasserpflanzen.

Sie erklärten ihr, was getan werden musste, sie legten ihr in allen Einzelheiten dar, was sie beobachteten, sie hörte es, sie nickte, sie verstand es in dem Moment sogar und hatte es im nächsten Augenblick wieder vergessen, sie sah das Kind da liegen und kam sich vor wie ein Gefäß, das bis zum Rand mit einer Mischung aus Empfindungen gefüllt war, die sie nicht kannte und nicht zu bestimmen wusste. Es war etwas Neues. Sie war etwas Neues. Sie war sich fremd und fühlte sich gleichzeitig so komplett wie nie zuvor. Es erinnerte sie an das sommerliche Schwimmen in einem See, wenn einen das weiche Wasser überall umschließt, sogar zwischen den Zehen. So ähnlich war das, nur dass es ganz und gar nicht wohltat.

Odas Atem ist gleichmäßig geworden. Nun traut sich Klaus, seinen Schlafanzug anzuziehen. Bevor er sich hinlegt, wirft er noch einen prüfenden Blick auf Felix. Im Schlaf sieht er fast gesund aus.

AUF DEM LICHT GEHEN

Während ihrer Abwesenheit ist Helsinki von Schneemassen heimgesucht worden. Weiße Wälle verschmälern die weißen Straßen, begraben parkende Autos unter sich. Männer mit Bergsteigergeschirren befreien die Dächer der hohen Stadthäuser von der Last und die Dachrinnen von meterlangen Eiszapfen. Der Schnee ist in einem solchen Übermaß vorhanden, dass man ihn nicht liegen lassen kann, er würde den gesamten Stadtbetrieb blockieren, darum muss er abtransportiert werden. Bobcats holen ihn aus den Hinterhöfen, Pflüge schieben ihn an die Straßenränder, Radlader verfrachten ihn auf Lastwagen, die ihn dann zu Schneehalden am Stadtrand bringen oder ins Meer kippen. Man hat dafür eigens an einer Stelle das Eis gebrochen und einen alten Schlepper in Betrieb genommen, der unablässig im Kreis fährt und dadurch verhindert, dass die See wieder zufriert.

In der Botschaft wird der Hausmeister alle Hände voll zu tun haben, stellt sich Oda vor, er wird mit dem kleinen Schneepflug über die Wege im Garten und den Bürgersteig vor dem Tor fahren, aber sehen möchte sie das vorerst nicht. Ihr Ziel ist die Stelle, wo sie auf die Fuchsspur gestoßen ist.

Erst als sie auf dem Parkplatz den Rollstuhl aus dem kalten Hiace geholt haben, begreift sie, wie beschwerlich es sein wird, das Gefährt durch den hohen Schnee auf dem Eis zu schieben. Ist es überhaupt zu schaffen? Sie schätzt, dass in den letzten Tagen dreißig Zentimeter Neuschnee gefallen sind, die kleinen Vorderräder werden komplett darin versinken, schon bahnt sich ein Vorbote der Verzweiflung seinen Weg, da fällt ihr Blick auf Klaus, der die Rampen versenkt, danach aber die Hecktüren nicht schließt, sondern aus der Lücke zwischen den Böden etwas herauszieht: lange, breite Skier aus Holz. Sie müssen alt sein, Oda hat vergleichbare Modelle bislang nur als Dekoration an den Wänden österreichischer Skihütten hängen sehen – allerdings ohne die Metallvorrichtungen, mit denen Klaus sie versehen hat.

Er legt die Skier vor den Rollstuhlrädern auf die Erde, schiebt das Gefährt vorsichtig aufs Holz und dann so weit nach vorne, bis die Vorderräder gegen die aufgeschraubten Metallsperren stoßen. Nun aktiviert er die Rollstuhlbremsen, nimmt aus einer Kiste im Laderaum des Hiace zwei Metallspangen und schraubt sie kurzerhand mithilfe eines Akkuschraubers als Blockade der Hinterräder an.

»So«, sagt er, nachdem das Werkzeug verstaut und der Wagen abgeschlossen ist. »Es kann losgehen.«

Auf der Fahrt hierher hat Odas Enthusiasmus alle anderen Empfindungen übertönt, dann hat die technische Umrüstung des Rollstuhls ihre Aufmerksamkeit auf sich gezogen und so etwas wie Stolz auf Klaus' Vorausdenken und Geschick ausgelöst, aber nun, da Klaus den Rollstuhl mit den Holzskier-Kufen in den tiefen Schnee auf dem Eis gleiten lässt und Felix in ihre Obhut gibt, indem er die Griffe loslässt und ihr mit der Hand bedeutet, sie dürfe nun schieben, wird Oda von einem Gefühl überrascht, das sie schon nicht mehr auf der Rechnung hatte: Angst. Es beschleicht sie die Zwangsvorstellung vom brechenden Eis unter dem Kind.

Trotzdem fängt sie an zu schieben. Klaus bleibt am Ufer stehen und sieht ihr nach, diskret wie immer. Als Oda nach einigen Schritten merkt, dass er ihr nicht folgt, dreht sie sich um und winkt ihn unmissverständlich zu sich.

»Soll ich vorangehen?«, fragt er, sobald er sie eingeholt hat.

Sie nickt, obwohl sie sich geniert, ihn als Sicherheitskraft einzuspannen.

Klaus sieht ihr so lange ins Gesicht, wie er braucht, um sie zu verstehen. Für ihn besteht kein Risiko darin, um diese Jahreszeit bei diesen Temperaturen aufs Eis zu gehen, er lächelt und sagt: »Kein Problem.«

Und dann geht er voran. Dadurch haben Oda und Felix auf der Bahn, die zwischen den zwei Inseln auf den Horizont zuführt, Klaus mit im winterlichen Bild. Oda ist es zufrieden. Sie fühlt sich sicher, die Zwangsvorstellung wird von der Sonne überblendet, und mit jedem Schritt nimmt die Zufriedenheit in allen Zellen ihres Organismus zu. Es ist richtig, Felix über das beschneite Eis in die Helligkeit zu schieben, so wie es richtig ist, die Schritte von Klaus dabei vor sich zu sehen, seinen trittsicheren Gang im tiefen Schnee, seinen großflächigen, rechteckigen Rücken, die starken Arme mit den Händen, die stets zu wissen scheinen, was man tun muss. Nur die rote Mütze fehlt, denn die sitzt unmittelbar vor Oda auf Felix' Kopf. Klaus muss kalte Ohren haben, kommt es Oda kurz in den Sinn, dass er sich bloß nicht verkühlt! Vor dem ersten Winter hatten ihr die anderen Botschafterfrauen beim *Come together* im Restaurant des Segelklubs erklärt, man dürfe sich in dieser Stadt, in der es jedes Jahr Perioden mit minus fünfundzwanzig Grad und kälter gebe, nicht scheuen, eine Kopfbedeckung zu tragen, die wirklich warm halte und nicht nur gut aussehe, denn der Kopf gebe am schnellsten Körperwärme ab, auch wenn man das nicht glaube. Man solle sich rechtzeitig ein mehrfarbiges, zu allen Mänteln und Anlässen passendes Sortiment an Mützen zulegen und am besten schon im Herbst mit seinem Friseur einen Plan für eine mützentaugliche und doch vorzeigbare winterliche Frisurlösung entwickeln.

Oda hat die Kapuze mit dem Fellrand, Felix hat Cousteaus Mütze, aber auf Klaus' Kopf flattern die Haarfähnchen frei in der Luft.

Im daunenleichten Schnee geht es sich ziemlich mühelos, die Holzskier versinken, nur ihre aufgebogenen Spitzen ragen wie Haifischflossen knapp über die Oberfläche hinaus. Es muss einfach richtig sein, Felix auf Kufen über das Eis zu schieben, hier, am Ziel von Odas fixer Idee. Schließlich haben sie hierfür vier Tage Strapazen auf sich genommen, denen drei weitere Tage Anstrengung folgen werden. Hierfür hat Oda Kerstin belogen, Robert hintergangen, Klaus ausgenutzt, Felix die Kälte in einem Lieferwagen mit kaputter Heizung zugemutet. Dies hier ist das, was sie Felix zu bieten hat.

Lächerlich wenig, will Oda schon denken, aber je weiter sie vorankommt, desto mehr setzt sich die Atmosphäre, die sie umfängt, gegen den störenden Gedanken durch. Oda reagiert mit der gleichen Ergriffenheit, die sie am Tag der Fuchsspur erfasst hat. Sie schiebt Felix auf den breiten Holzskiern fast spielend durch den Schneeflaum und könnte Töne der Begeisterung über die Fülle dieses unvergleichlichen nordischen Lichtes ausstoßen.

Als sie die Inseln hinter sich haben und vor sich das offene Weiß liegen sehen, beugt sich Oda weit nach vorn und überprüft Felix' Reaktion. Er blinzelt der enormen Helligkeit entgegen, kneift sekundenweise die Augen zu – das muss doch etwas bedeuten. Oder reagieren auch Menschen ohne Sehfähigkeit auf starkes Licht?

Sie gehen noch ein Stück weiter hinaus und bleiben dann inmitten strahlender Stille stehen.

Felix rührt sich nicht, wendet nicht einmal den Kopf. Oda nimmt einige Minuten lang die Wirkung der lichterfüllten Weite in sich auf, dann geht sie um den Rollstuhl herum und schaut ihrem Sohn ins Gesicht. Er hält die Augen geschlossen und lächelt, weil die Sonne seine Haut wärmt.

Oda nähert sich dem Kindergesicht, es riecht nach Vaseline, mit der sie die Wangen eingecremt hat, um sie vor der Kälte zu schützen, und in dem Moment, in dem sie sein Gesicht ganz in ihren Schatten getaucht hat, öffnet Felix die Augen.

Bleib so!

Langsam richtet Oda sich auf, ohne den Blick von Felix' Augen zu lösen, rückwärts bewegt sie sich von dem Jungen weg, nicht, um sich zu entfernen, sondern um ihn mit etwas Abstand zu betrachten.

Sie sieht die Sonnenhelligkeit über und unter ihm. Das Chromgestänge seines Gefährtes blitzt blendend auf, so sehr, dass man die Apparatur in Einzelheiten nicht mehr sieht, das schwere Ding verflimmert; was Odas Anblick bleibt, ist ein lächelnder Mensch im Licht. Felix schwebt.

Auf seinem Kopf leuchtet die rote Mütze.

Die Kälte, scheint es, kann Felix jetzt nicht mehr gefährlich werden, sie sorgt einfach dafür, dass Klarheit herrscht; zudem trägt sie die Erinnerung an ihr Gegenteil in sich: an ein warmes Zuhause, an Feuer und an Zugehörigkeit. Klaus hat es gesagt, Kälte ist schlimmer als Hunger. Aber das gilt für diejenigen, die allein und heimatlos sind. Wer irgendwo hingehört, wo ein Feuer brennt, wer einem angehört, der es entzündet hat, der kann bei klarer Kälte durchaus in Euphorie ausbrechen.

Oda sieht Felix schweben und macht eine schier unfassbare Entdeckung: Sie ist stolz auf sich. Wie die zarte Rückenflosse eines kleinen Fisches regt sich in ihr das Gefühl, das sie ganz und gar abgeschrieben hatte. Sie ist stolz darauf, Felix zu sich aufs Eis geholt zu haben.

Unwillkürlich geht sie wieder auf den Jungen zu und sieht dabei zu Klaus hinüber. Er hat ihr das ermöglicht. Der unstolzeste Mensch, den man sich denken kann.

Auch jetzt ist er an den Rand getreten und tut so, als wäre ihm nicht kalt. Allerdings hat Oda gelernt, ihm vieles anzusehen. Eigentlich möchte sie die Atmosphäre noch länger auf Felix wirken lassen, doch bleibt ihr nicht verborgen, dass Klaus unmerklich die Schultern nach oben zieht, als würde er sich am liebsten den Kopf ins Gefieder stecken. Nur um sie nicht nervös zu machen, versagt er sich wärmende Armbewegungen und Treten auf der Stelle.

Und so nimmt sie noch einmal die Blickrichtung ihres Sohnes ein, als wollte sie sich sein letztes Bild von dieser Welt einprägen: das Bild, auf dem sich dank Eis und Schnee und Sonne die Grenze zwischen Meer und Himmel in Licht auflöst und außer weiter Helligkeit nichts zu sehen ist.

Oda wendet den Rollstuhl, wofür sie wegen der langen Skier einen großen Bogen benötigt, der um Klaus herumführt. Nun geht sie voran, und Klaus folgt seitlich versetzt einen Schritt hinter ihr.

Nach wenigen Metern schon bewegen sich Felix' Arme ruckartig. Etwas stört den Jungen, und kaum hat Oda das bemerkt, weiß sie auch schon, was: Es weht ihnen ein ganz, ganz leichter Wind entgegen, so leicht, dass er bloß Haare in Bewegung bringt, aber es ist Nordwind, und somit verdoppelt er die Kälte, die in der Windstille schon bei mindestens fünfzehn Grad unter null liegt. Auf dem Hinweg ist derselbe Nordhauch Rückenwind gewesen und hat Oda angeschoben, ohne dass sie es, dank Daunenjacke mit Kapuze, gemerkt hätte. Jetzt schneidet er ihr klingenscharf ins Gesicht. Felix malträtiert der Wind nicht minder, der Junge wird zusehends unruhiger, er will sich wehren gegen die Plage, die er nicht begreifen und benennen kann, trotz der Vaseline leidet er unter Kälteschmerz und kann nicht einschätzen, wann Linderung eintritt.

Sobald das qualvolle Weinen des Kindes einsetzt, verliert Oda fast die Nerven. Außerdem zerschneidet der Wind immer stärker ihr Gesicht. Sie zieht den Schal nach oben, doch da kondensiert ihr Atem an der Wolle, gefriert und atmet eiskalt zurück, weshalb sie den Schal wieder herunterzieht und lieber die Schnitte aushält.

Im Nu hatten sie den Weg vom Ufer bis über die Insellinie hinaus zurückgelegt, jetzt merkt Oda, wie weit sie in Wahrheit gegangen sind. Der Rückweg zieht sich unerträglich in die Länge, und als sie sich zu Klaus umdreht, sieht sie, dass er mehrere Meter zurückgefallen ist. Ohne Mütze kämpft er sich durch den knietiefen Schnee voran. Es beansprucht ihn enorm, man sieht plötzlich sein Alter.

Nach einer Weile blickt sich Oda erneut um. Ihr wird angst und bange, denn Klaus ist noch weiter zurückgefallen, ihn verlassen sichtlich die Kräfte, er kommt kaum noch hinterher. Und was ist das Weiße vor seinem Mund? Gefrorener Schaum? Oder hat er Schnee gegessen? Klaus murmelt etwas vor sich hin, Oda hört nicht, ob es Worte sind, mit denen er sich anfeuert, oder wirres Zeug. Deliriert er vor Entkräftung? Vor Kälte? Ist ihm alle Wärme über den unverhüllten Kopf entwichen?

Oda will auf ihn warten, doch das Schreien ihres Sohnes treibt sie weiter ans Ufer, sie beißt tatsächlich die Zähne zusammen und kommt sich vor wie eine Kriegerin im Kampf gegen den Nordwind. Gerade noch wollte sie im Glücksgefühl vergehen, nun kehrt sie in völlig desperatem Zustand ans Ufer zurück.

Beim Warten auf Klaus reibt sie Felix die Hände, die Arme, den ganzen Körper. Klaus ist alle Farbe aus dem Gesicht gewichen, als er endlich den Parkplatz erreicht, seine Nase und seine Ohren sind leichenweiß und sehen aus, als fielen sie gleich ab. Für jeden Handgriff muss er seine ganze Konzentration aufbringen; nur mit Odas Hilfe gelingt es ihm, Felix samt Rollstuhl in den Hiace zu befördern.

Kommt man frierend aus der Kälte in einen Raum oder ein Gehäuse, rechnet man unwillkürlich mit erlösender Wärme, im Hiace aber ist es bitterkalt.

Klaus atmet mehrmals durch, bevor er den Motor anlässt, er sieht aus, denkt Oda, als gehörte er auf die Intensivstation. Sie wagt es nicht, auch nur ein Wort zu sagen. Er muss jetzt bestimmen, wo es hingeht.

Obwohl Felix noch immer weint und strampelt, lässt Oda Klaus nicht aus den Augen. Besorgt beobachtet sie ihn während der ganzen Fahrt, die nach einer Viertelstunde vor der Botschaft endet.

TEIL III

Vor der Hafeneinfahrt hatte sich die Schlange derjenigen gebildet, die auf den letzten Drücker kamen. Ich stellte den Motor ab, und sogleich wurde mir in der Stille des Wagens bewusst, wie dicht wir beieinandersaßen, Oda, Felix und ich. Deutlich vernahm ich die kleinen Laute, die der Junge von sich gab, ich hörte das Rascheln der Stoffe, wenn er seine Arme bewegte, und wenn er den ganzen Körper streckte, hörte ich die Geräusche, die das Ruckeln im Rollstuhlgestänge und in den Haltegurten verursachte.

Auch das Rascheln von Odas Jacke hörte ich, dazu ein gelegentliches kleines Schniefen ihrer Nase, als würde sich eine Erkältung anbahnen. Und einmal hörte ich sie sogar schlucken.

Nun war ich ganz ohne die Hilfe eines umständlichen Countdowns in ihrer Nähe gelandet. Oder sie in meiner, denn sie war diejenige gewesen, die vor dem Gittertor der Botschaft die Beifahrertür des Hiace aufgemacht, mich am Steuer sitzen gesehen und trotz eines Schrecks die Tür nicht zugeschlagen hatte.

Sie warf die Tür nicht wieder zu, wusste jedoch nicht, was sie sagen sollte. Ich stieg aus, um die Hecktüren zu öffnen und die Rampen herauszuziehen, so wie Klaus es mir erklärt hatte.

»Wir müssen uns beeilen«, sagte ich, »sonst erreichen wir die Fähre nicht. Spätestens um fünf müssen wir im Hafen sein.« Uns blieb gut eine halbe Stunde. Ohne weitere Erklärungen schob ich den Jungen in den Laderaum. Oda überwachte den Vorgang stumm, keiner meiner Handgriffe entging ihrer Aufmerksamkeit. Sobald der Rollstuhl sicher fixiert war, stieg sie kommentarlos vorne ein. Mit einem kurzen Blick aus dem Seitenfenster bedachte sie ihren Mann, der all das nicht hatte mit ansehen wollen und zurück zum Hauseingang geeilt war, mitten im Hof jedoch innegehalten und sich umgedreht hatte. Beim Anfahren sah ich im Augenwinkel, wie er die Hand zum Abschied hob. Oda erwiderte die Geste kurz, doch das konnte er vielleicht schon nicht mehr sehen.

Zunächst sagte sie kein Wort. Aber an der ersten roten Ampel beugte sie sich nach vorn, hielt die Hand an die Lüftungsschlitze und stellte fest:

»Die Heizung geht.«

Die Heizung ging, denn es war Klaus gelungen, einen auf alte Japaner spezialisierten Kfz-Mechaniker zu überreden, am heiligen Sonntag einen schnellen Wärmetauscherwechsel vorzunehmen. Während in der Werkstatt fluchend gearbeitet wurde, lag Klaus im Büro auf der Couch und versuchte verzweifelt, zu Kräften zu kommen. Doch der Druck in der Brust wollte nicht nachlassen, die Trübung des Sehfeldes löste sich nicht auf, auch wurde das Atmen nicht wieder selbstverständlich, und in den Muskeln baute sich kaum Spannung auf. Er musste einsehen, dass es zu riskant war, sich für die lange Rückreise ans Steuer zu setzen, denn hielte er nicht durch, käme Felix nicht rechtzeitig nach Koblenz, der Fahrer des Martinusheims wartete vergebens, der ganze Schwindel flöge auf, und Oda bekäme Schwierigkeiten.

Um 17:45 Uhr ging die Fähre, spätestens eine halbe Stunde vorher musste man an Bord sein. Klaus fühlte sich fiebrig und dachte fieberhaft nach – bis der Mechaniker zur Tür hereinkam, ihm den Wagenschlüssel auf den Bauch warf und brummte: »Jetzt aber raus mit euch.«

Gemeint waren Klaus und der Hiace. Der eine stand wenig später im aufgewühlten Schnee am Straßenrand vor der Bibliothek, der andere hielt die Lippen an die Gegensprechanlage und sprach eine dringende Bitte hinein. Ich hörte zu, sagte nach kurzem Überlegen Ja und saß zehn Minuten später am Steuer. Auf dem Weg zu seinem Haus erklärte Klaus mir alle Einzelheiten, ich musste an keiner Stelle nachfragen, nur eines wollte ich wissen: Wie war er auf mich als Ersatzmann gekommen?

»Sie haben Augen auf die Frau des Botschafters geworfen.«

»Ach ja? Wann denn?«

»Am 3. Oktober. Beim Umtrunk. Und außerdem dachte ich, Sie sehen aus wie einer, der sich wünscht, man möge ihn um etwas bitten.«

Ich sah ihn erstaunt an.

»Der dritte Gang geht manchmal schwer rein«, erklärte er. »Man gebe dann etwas Zwischengas.«

Natürlich schleppte er sich nicht ins Haus, bevor ich abgefahren war, sondern wartete am Tor, bis sein Auto aus dem Blickfeld verschwunden war. Im Rückspiegel sah ich ihm an der Körperhaltung die Sorge und den Kummer, aber auch die Krankheit an.

Trotz der heraufziehenden Krankheit und des Kummers hatte Klaus nur wenige Stunden gebraucht, um die Reparatur des Wagens und das Anheuern eines Ersatzmannes zu bewerkstelligen. Währenddessen musste Oda die gleiche Zeit ohne Aufgabe und Eile füllen.

Klaus hatte sie und Felix vor der Botschaft abgesetzt und damit beim Sicherheitsmann an der Pforte für Irritation gesorgt. Es dauerte eine halbe Ewigkeit, bis er sich nach Odas Klingeln vom Überwachungsmonitor löste, die Jacke überwarf und zögernd zum Tor kam. Beim Aufschließen sah es so aus, als verkneife er es sich nur mit Mühe, Oda um ihren Ausweis zu bitten.

Kaum hatte sich das Gittertor geöffnet, kam Robert aus dem Haus. In Anzug und Krawatte eilte er über den Hof, schickte mit einem herrschaftlich knappen Danke den Sicherheitsmann an die Monitore zurück und griff umstandslos nach dem Rollstuhl, um Felix schnellstmöglich aus dem Blickfeld der Kameras zu befördern. Im Haus überließ er sofort Oda die Schiebegriffe, ging die Treppe hinauf und nahm Frau und Kind oben am Lift in Empfang. Als er die Wohnungstür hinter sich geschlossen hatte, wollte er sprechen. Er wollte Oda mit Fragen, Vorwürfen und Gefühlsäußerungen konfrontieren, doch er brachte keinen Ton heraus. Er sah zu, wie Oda den Jungen aus dem Multifunktionsrollstuhl nahm, folgte ihr ins Schlafzimmer, wo sie zunächst Felix komplett auszog und dann sich selbst, und sah wenig später zu, wie sie mit dem Kind auf den Bodenfliesen unter der Dusche saß und auf es einsprach, während sie zunächst warmes und schließlich heißes Wasser über seinen Körper laufen ließ. Zwischendurch richtete sie kurze Blicke auf Robert. Dadurch beruhigte er sich allmählich, denn er sah: Sie schämte sich nicht vor ihm und war darum vielleicht doch nicht hoffnungslos weit von ihm entfernt.

Er wartete im Wohnzimmer auf sie, verfolgte durchs Panoramafenster die Violettverschleierung der weißen Bucht und schließlich das langsame Erlöschen der Winterhelligkeit und konnte keinen klaren Gedanken fassen.

Oda und Felix rochen nach Sauberkeit und Creme, als sie endlich zu ihm kamen. Auf der Suche nach Worten ging Robert im Raum umher, schob die kleinen Skulpturen, die er auf seinen früheren Posten erworben hatte, hin und her, öffnete den Trompetenkoffer, schloss ihn wieder, wollte protestieren, weil Oda sich mit Felix im Arm auf der Couch in die Liegeposition kippen ließ und die Augen schloss, als wollte sie sich davonschlafen, mochte aber keinen Unmut schüren und auch das Kind nicht verstören, trat wieder ans Fenster, sah dort nichts, was ihn jetzt interessierte, hielt die Stille nicht mehr aus, bekam trotzdem kein Wort über die Lippen und drückte schließlich ein paar Knöpfe an der Stereoanlage.

Kind of Blue.

Oda und Felix lächelten im Liegen. Robert setzte sich dazu, tastete mit der Hand ein wenig unbeholfen herum, fand aber schnell etwas und mochte sich nicht mehr erheben, auch dann nicht, als es im Raum dämmrig geworden war und die Musik ausgespielt hatte.

Erst die interne Sprechanlage brachte ihn wieder auf die Beine, denn sie appellierte an sein Pflichtgefühl.

»Sie?«, fuhr er mich durch das Torgitter an, zu dem ihn der ratlose Pförtner gerufen hatte.

Der Botschafter fixierte mich empört, verärgert, eifersüchtig, er musste sich übergangen, aus dem Feld geschlagen, ausgetrickst fühlen, als ich ihm sagte, ich käme, um seine Frau abzuholen. Und seinen Sohn.

»Nein«, sagte er mit hochfrequentem Kopfschütteln, »nein.«

Dann wurde er auf den Wachmann, der ihn bubenhaft von

der Seite ansah, aufmerksam. Robert schrie ihm ins Gesicht, wie vielleicht in seiner Schulzeit Lehrer mit Vorkriegsausbildung ihre Schüler angeschrien hatten, und jagte ihn in den Pförtnerverschlag zurück, worauf wir uns unter dem blinzelfreien Blick der Überwachungskameras Auge in Auge gegenüberstanden, getrennt von weißen Gitterstäben.

»Es tut mir leid«, sagte ich. »Aber man hat mich geschickt. Ich vertrete jemanden. Es ist sozusagen ein diplomatischer Zufall, dass ich hier bin.«

Wer stand außerhalb, wer innerhalb des Geheges? Vermutlich hätte uns Oda in diesem Moment beide gleichermaßen primatenhaft gefunden. Ich ersparte ihr das Schauspiel, indem ich mich zum Warten ans Steuer setzte. Was nun passieren würde, konnte ich nicht absehen. Gleich käme sie mit Felix aus der Residenz, rechnete beim Anblick des Lieferwagens mit Klaus, hätte wahrscheinlich einen Wortwechsel mit ihrem Mann zu überstehen und dann die Tatsache zu verkraften, dass nun ich ihr Fahrer war.

Sobald ich ihre Stimme hörte, beugte ich mich so weit nach vorne, dass ich im rechten Seitenspiegel verfolgen konnte, was geschah. Der Wortwechsel des Ehepaars fiel kürzer aus als erwartet. Roberts Körperhaltung verriet eine seltene Mischung aus Resignation und dem Versuch, Haltung zu bewahren. Oda küsste ihn kurz. Wenn er klug ist, dachte ich, vergisst er dieses Zeichen nicht, aber dann musste ich mich schnell aufrecht hinsetzen, denn Oda eilte zur Beifahrertür und riss sie auf.

Eben noch hatte sie beim stummen Robert auf der Couch gesessen, jetzt saß sie neben mir auf einem beige gepolsterten Beifahrersitz und wartete auf eine Erklärung, die nicht kam, weil ich nicht wusste, wie ich anfangen sollte.

»Wo ist Klaus?«, fragte sie schließlich einfach, und da fiel es mir nicht schwer, simpel und gründlich zu antworten. Ich erzählte es ihr in einer schonenden Version, indem ich Klaus' *gutes Herz* dafür verantwortlich machte, dass ich am Steuer saß, und nicht etwa seinen mutmaßlich außer Tritt geratenen Herzmuskel. Er lasse sich entschuldigen und von mir vertreten, weil er das Beste und Sicherste für Felix und Oda wolle, es aufgrund eines vorübergehenden Unwohlseins aber nicht garantieren könne.

»Er lässt Sie herzlich grüßen.«

»Was hat er?«

»Wahrscheinlich bloß eine Grippe mit schnell steigendem Fieber.«

»Meine Schuld.«

»Wie kommen Sie darauf?«

»Ich hatte vergessen, eine Mütze für Felix mitzunehmen. Klaus hat ihm seine gegeben und von da an selbst gefroren.«

»Sie können aber nichts dafür, dass die Autoheizung kaputtging.«

»Das macht das mit der Mütze bloß noch schlimmer.«

Die Wagenschlange rückte zügig voran, ich stellte den Motor immer nur für wenige Minuten ab, sodass der Innenraum des Fahrzeugs keine Zeit hatte, auszukühlen.

Die Frau am Check-in fragte nicht nach den Pässen. Gegen die Tickets erhielten wir drei Bord- und Schlüsselkarten, eine für Oda, eine für Felix und eine auf den Namen Klaus Koskinen.

Die Kabinen grenzten aneinander. Oda ließ sich von mir etwas zu essen bringen und Felix' Breiportion aufwärmen, danach verabschiedete sie mich mit einem eindeutig artikulierten Danke. Fortan lagen wir im Abstand von einer Armlänge nebeneinander, durch die Kabinenwand getrennt. Ich sah und hörte nichts von ihr. Was mochte in ihr vorgehen, da sie nun erstmals Gelegenheit fand, die neue Situation zu überdenken? Sie hatte eine Menge zu verdauen. Die anstrengende Tour mit Klaus. Die überschäumenden Gefühle auf dem Eis mit Felix. Klaus' Schwächezustand, der für sie Anlass zur Sorge sein musste. Die Vorwürfe ihres Mannes, die Spannung, die zwischen ihnen in der Botschafterwohnung sicherlich geherrscht hatte. Und dann der Schreck, als sie die Tür des Hiace aufmachte und mich am Steuer sitzen sah.

Über all das hätte ich gern mit ihr geredet, doch stattdessen hatte ich mich mit einem einzigen Danke davonschicken lassen. Vor Enttäuschung, aber auch vor Wut auf mich und meine Unterwürfigkeit hätte ich mit dem Kopf gegen die Wand schlagen mögen, mit selbstquälerischer Macht stellte ich mir vor, wie ich es tat, in gleichmäßigem Rhythmus, und wie der Kopfschmerz zunahm, bis mein Kopf nur noch eine einzige Gehirnerschütterung war, aber natürlich tat ich es nicht, sondern starrte nur weiter an die Decke und strich mit der Handfläche monotone Bogen auf die Kabinenwand.

Bis ich Schläge hörte. Oder starkes Klopfen an der Wand. Offenbar war ich bei brennendem Licht eingeschlafen, ich musste mich erst orientieren, bis ich begriff, dass die Schläge aus Odas Kabine kamen und dass sie immer heftiger wurden, panisch sogar, und da verstand ich: ein Hilferuf.

Sekunden später hämmerte ich an ihre Tür. Oda öffnete schnell, stürzte aber gleich wieder aufs Bett zu Felix, der einen Krampfanfall bekommen hatte. Ich erkannte es sofort und verstand, was von mir erwartet wurde. Während Oda nach dem Notfallmedikament wühlte, hielt ich den Jungen mit einer Hand fest und zog ihm mit der anderen die Hose herunter, damit ihm das krampflösende Mittel verabreicht werden konnte.

Kurz darauf sah ich das kleine Kunststoffbehältnis in Odas Hand. Gleichzeitig registrierte ich ihre Unsicherheit. Sie hatte Angst, etwas falsch zu machen, Schaden anzurichten. Ich drehte den Jungen auf die Seite, forderte Oda auf, nicht länger zu zögern, ärgerte mich kurz, weil sie nicht gleich auf meine Aufforderung reagierte, fuhr sie an, sie solle mir die Tube geben und meine Position einnehmen, was sie auch tat, doch kam es kurzzeitig zu Wirrwarr und Missverständnissen, Felix kippte, schlug mit einem Arm aus, wurde wieder gedreht und kippte erneut, dann lag er endlich richtig, ich drückte den Inhalt der kleinen Tube in seinen Körper, und dann beobachteten Oda und ich den Jungen bange, während das Medikament von den Schleimhäuten absorbiert wurde. Innerhalb von fünfzehn Sekunden sollte es wirksam werden, in jeder einzelnen dieser fünfzehn Sekunden fürchtete ich, es könnte nicht wirken, aber natürlich schlug es an, und Felix kehrte zurück. Sein Körper entspannte sich, seine Pupillen drehten sich wieder der Welt zu. Oda umarmte ihn, als wäre er gerade aus einem brennenden Haus gerettet worden.

Sie legte ihn auf den Rücken und strich ihm übers Haar, und da erst erkannte sie, was ich bereits gesehen hatte: Die Magensonde war nicht mehr an ihrem Platz.

Während des Handgemenges musste Felix sie sich versehentlich mit einem unkontrollierten epileptischen Ausschlag des Arms herausgerissen haben, oder Oda und ich hatten das Missgeschick durch unsere hektische Unbeholfenheit verursacht, hatten nicht gemerkt, wie sich der Schlauch verfangen hatte und beim Drehen des Kindes herausgezogen worden war.

Stumm sahen wir einander an.

Ich schlug vor, den Bordarzt zu rufen, doch Oda sträubte sich. Sie glaubte nicht, dass ein gewöhnlicher Schiffsarzt mit so etwas Erfahrung hatte.

»Aber ohne die Sonde wird die Reise schwierig«, gab ich zu bedenken.

»Wir müssen ihm das Essen mit dem Löffel geben«, entschied sie und bat mich sogleich, die nächste Breiportion aufwärmen zu lassen. Als ich zurück war, schickte sie mich nicht in meine Kabine, sondern fing an, das Kind zu füttern, wobei sie zu ihm sprach und zwischendurch das Wort an mich richtete, um zu kommentieren, was gerade mit einem Löffel voll Brei geschehen war, ob Felix geschluckt hatte oder nicht.

Das Füttern dauerte unendlich lang, so lang, dass sogar die unermüdliche Oda ermüdete und sich von mir ablösen ließ. Von da an wechselten wir uns ab. Was wir taten, glich der Fütterung eines Vogeljungen durch seine Eltern, denn wir konnten Felix nur jeweils minimale Mengen zuführen. Das meiste kam wieder heraus, man benötigte die Geduld eines gefiederten kleinen Tiers, dessen Gehirn von der Evolution die Bereitschaft zu gleichförmigen Wiederholungen nicht ausgetrieben worden war. Wo ich die Geduld hernahm, weiß ich nicht, aber es lief darauf hinaus, dass ich irgendwann den Löffel nicht mehr hergab, bis Felix eine Portion intus hatte, von der wir glaubten, sie würde ihn über die Nacht bringen.

Am nächsten Morgen schlug ich Oda vor, ich könnte dem Jungen die Sonde legen. In meinem Bett hatte ich mich daran erinnert, wie eine der Betreuerinnen im Heim – eine ausgebildete Krankenschwester – das immer getan hatte. Ich hatte ihr Gesicht vor mir gesehen, die aufmerksamen Augen und die Hand mit dem Schlauch, ihre zielstrebige Behutsamkeit. Ich hatte so lange versucht, die Abläufe der Erinnerung auf mich zu übertragen, bis ich den Kunststoffschlauch zwischen meinen Fingern spüren konnte und mir einbildete, zu wissen, wie es sich anfühlte, wenn die Schlauchspitze auf den Widerstand des Schluckreflexes stieß.

So gewappnet, hatte ich Odas Kabine betreten und meinen Vorschlag unterbreitet.

Sie lehnte ab. Es sei zu gefährlich. Außerdem dürfe ich das gar nicht.

»Ohne Sonde wird es aber nicht gehen. Selbst wenn Sie bereit sind, Felix während der ganzen Fahrt ununterbrochen zu füttern, damit die nötige Nahrungsmenge zusammenkommt, wird er das nicht akzeptieren. Er wird schlafen oder einfach seine Ruhe haben wollen, weil er es nicht erträgt, dass man ihm unablässig etwas in den Mund stopft.«

Nach einem kurzen Wortwechsel sah sie es ein. Doch ihre Skepsis blieb:

»Können Sie mir garantieren, dass Sie den Schlauch nicht versehentlich in die Lunge schieben?«

Das konnte ich nicht, doch ich nickte trotzdem.

»Sicher?«

Ich nickte erneut. »Das Risiko ist minimal.«

»Ich weiß nicht«, sagte sie. Man konnte zusehen, wie ihre Angst den Mut vertrieb.

»Ich werde es Ihnen beweisen«, behauptete ich und hörte dabei meine Stimme fester werden.

»Wie wollen Sie das tun?«

»Indem ich zuerst Ihnen die Sonde lege. Probehalber.«

Oda sah mich mit einem Gesichtsausdruck an, in dem sich Schreck und spontane Anerkennung mischten. Mit einem solchen Zug hatte sie nicht gerechnet. Sie war überrascht, sie musste beim Nachdenken in alle Richtungen schauen, auch mit geschlossenen Augen nach innen, doch am Ende stimmte sie zu. Mit zwei Kopfkissen im Rücken setzte sie sich an die Wand gelehnt aufs Bett, schnäuzte sich die Nase und nahm, wie ich es verlangte, einen Schluck Wasser in den Mund. Ich forderte sie auf, den Kopf in den Nacken zu legen, tunkte den Schlauch in den Wasserbecher, aus dem sie den Schluck genommen hatte, und führte ihn in ihr linkes Nasenloch, langsam, doch stetig genug, um kein Zaudern aufkommen zu lassen, das vielleicht zum Hindernis geworden wäre. Sekunden später erreichte der Schlauch den Rachen und stieß gleich darauf auf einen Widerstand. Ich bat Oda, den Kopf nach vorne zu neigen und das Wasser zu schlucken, und während sie es tat, schob ich den Schlauch ein Stück weiter. Ihr ganzer Körper wollte sich wehren, es fiel ihr schwer, die Hände im Zaum zu halten, die mich wegstoßen wollten, um den unangenehmen Vorgang zu stoppen, ich sagte: »Atmen! Tief und gleichmäßig atmen!«

Sofort bemühte sie sich, der Anweisung zu folgen. Ich sah die Röte in ihrem Gesicht aufsteigen, weil sie angestrengt gegen den Würgereflex kämpfte, und wurde unruhig. »Jetzt nach jedem Ausatmen schlucken!«

Wieder gehorchte sie sofort, und so gelang es mir, den Schlauch Stück für Stück die Speiseröhre hinunterzubefördern. Auf einmal fiel mir ein, dass ich nicht daran gedacht hatte, den Schlauch abzumessen und zu markieren. Außerdem war die Sonde für Felix gemacht, nicht für eine erwachsene Person; sie würde womöglich gar nicht bis in den Magen reichen.

Genau das sagte ich Oda, als nur noch zehn Zentimeter transparenter Kunststoffschlauch aus ihrem Nasenloch ragten.

»Ich weiß«, entgegnete sie näselnd. Es klang, als teste sie ihre Stimme. »Ist egal.«

»Soll ich die Sonde gleich wieder ziehen?«

»Noch nicht.«

Sie betastete den Schlauch, folgte ihm bis zur Nase, tastete den Hals hinab über den Brustkorb bis zur Magengegend und lauschte dabei in sich hinein. Dann richtete sie den Blick auf Felix, der neben ihr auf dem Bett lag.

Nach einer Weile kehrte sie dem Jungen den Rücken zu, sah mich ganz kurz an und zog sich dann entschlossen die Sonde heraus.

Ich war sprachlos vor ihrer Courage.

»Danke für Ihren Mut«, sagte sie.

Während des gesamten Vorgangs hatten ihre Hände meinen Körper nicht einmal versehentlich angefasst. Sie schien es unter allen Umständen vermeiden zu wollen. Ihren Dank aber unterstrich sie mit einer kurzen Berührung meines Arms.

Ich wusch die Sonde, dann wandten wir uns gemeinsam dem Jungen zu. Ihm konnte man keine Anweisungen geben. Felix schrie und wehrte sich, mir brach der Schweiß aus, doch riss ich mich zusammen und schaffte es schließlich. Oda fixierte den Schlauch mit einem Heftpflaster an der Wange, ich befestigte die Spritze, zog leicht an, sah Magenflüssigkeit in der elastischen, transparenten Röhre vordringen und wusste, dass ich es richtig gemacht hatte. Jeder Handgriff war von Oda genau verfolgt worden. Sobald meine Hände wieder frei waren, wussten sie nicht, wohin mit sich, und als Oda mich dankbar anstrahlte, wussten sie es erst recht nicht mehr.

Auf der Fahrt durch die schwedische Landschaft schauten wir durch die Windschutzscheibe nach vorn. Ich schaute dabei unablässig auch zurück. Es hätte Januar sein müssen, der Janusmonat, der vor- und zurückblickt, dem neuen Jahr entgegen und dem alten hinterher, aber es war bereits Februar, der Monat der Reinigung, und das mochte auch etwas bedeuten, obschon die Blicke zurück vorläufig keine reinigende Wirkung hervorriefen. Im Gegenteil. Wieder stieß ich auf die alten Bilder und malträtierte mich bald mit der schnöden Frage, was damals in Bonn zwischen Oda und Thor gewesen war. Es ging mich nichts an, doch es ließ mir keine Ruhe.

Wie bringt man so ein Thema möglichst geschickt zur Sprache? Indem man allerlei diplomatische Formulierungen abwägt und dann unvermutet den idiotischsten aller möglichen Eröffnungssätze ausspricht:

»Wissen Sie noch, wo Sie am 25. Januar 1987 waren?«

Sie kam recht schnell darauf, wurde, als ich ihr gestand, zur selben Zeit am selben Ort gewesen zu sein, so hellhörig, wie es Menschen häufig werden, wenn ihnen unverhofft eine Szene aus der Jugend vor Augen geführt wird, konnte sich jedoch nicht an mich erinnern. An die Atmosphäre der Wahlparty allerdings schon:

»Lauter blöde Typen.«

»Bis auf einen«, wagte ich einzuwerfen.

»Was wissen Sie davon?«

»Ich habe Sie beobachtet. So ein großer Blonder sprach Sie an, und später verließen Sie mit ihm die Party.«

»Stimmt.«

»Bei mir habe ich ihn Thor genannt«, rutschte es mir heraus, wohl im Versuch, das Bittere ins Heitere zu kehren.

»Wegen seines Aussehens. Hatte er Ihnen eine Besichtigung seiner Hammerkollektion in Aussicht gestellt?«

Oda fand meine unzulässige innere Anteilnahme an ihrem Leben offensichtlich nicht zum Lachen. Ihr Gesichtsausdruck höhlte mein bisschen Selbstvertrauen im Nu aus, mein Mumm reichte gerade noch für eine Frage, die ich schnell ausstieß, bevor es zu spät war:

»Hatten Sie denn noch einen schönen Abend mit dem Herrn?«

Oda sah wieder nach vorne in die Kältelandschaft und zögerte die Antwort hinaus. Ohne den Blick von der Windschutzscheibe zu wenden, sagte sie schließlich mit tiefem Ernst:

»Es war die schlimmste Nacht meines Lebens.«

Was kann man darauf sagen?

Mit mir wäre Ihnen das nicht passiert?

Wo es doch quasi meinetwegen passiert war. Hätte mein Countdown nicht so viel Zeit in Anspruch genommen, wäre ich vor Thor in Odas Nähe gewesen, und die fürchterliche Begegnung wäre ihr erspart geblieben. Das zog die Schlussfolgerung nach sich, dass ich auch dann noch Schaden anrichtete, wenn ich gar nichts tat.

Lange brachte ich kein Wort heraus. Mein Schweigen zog sich bis an die Stelle, wo die Autobahn das Ufer des Vättern-Sees erreichte und ihm fortan folgte. Stunden zuvor hatten wir gemeinsam Felix mit der frisch fixierten Sonde auf dem Kabinenbett betrachtet und unsere Zufriedenheit geteilt. Nun hatte Odas kurzer, kühler Satz wie eine Distanzierungsmaßnahme gewirkt. Hilflos begehrte ich dagegen auf, indem ich schließlich sagte:

»Das tut mir leid.«

»Es ist lange her«, quittierte sie. »Es ist mir bloß eingefallen, weil Sie mich daran erinnert haben.«

Dazu konnte ich nur nicken, denn für einen schlauen Kommentar fehlten mir die Voraussetzungen. Zwar war in meinem Leben etliches schiefgelaufen, doch von traumatischen, die Existenz erschütternden Erfahrungen hatte mich das Schicksal bislang verschont – im Gegensatz zu Oda.

Als die gewiefte Konversationslenkerin, zu der sie in ihrem Beruf und erst recht als Frau des Botschafters geworden war, gelang es ihr aber selbst jetzt, das bedrückende Schweigen in Grenzen zu halten und ohne Überleitung oder Rechtfertigung das Thema zu wechseln. Zu meiner Überraschung kam sie ausgerechnet auf etwas zu sprechen, was auf dem Feld meiner Dürftigkeiten angesiedelt war. Wollte sie mich auf dem falschen Fuß erwischen? Wollte sie das Kräfteverhältnis umkehren, indem sie auf meine Schwachstelle pochte? Oder wollte sie nur so schnell und weit wie möglich von der scheußlichen Erinnerung abrücken, zu der ich sie genötigt hatte?

»Ihnen stehen unangenehme Zeiten bevor«, sagte sie lapidar. »Sie werden Ihre Stelle verlieren.«

»Wie kommen Sie darauf?«

»Ich bitte Sie! Ich bin die Frau des Botschafters, mein Mann redet mit mir schon mal über Berufliches. Und er hat neulich so etwas angedeutet. Der finnische Staat unterstütze die Bibliothek nicht mehr, darum werde – dem Geist der partnerschaftlichen Bilateralität entsprechend – auch die Förderung von deutscher Seite eingestellt. Stimmt das etwa nicht?«

»Doch, das stimmt.«

»Glauben Sie an eine Rettungschance?«

»Nein.«

»Was haben Sie vor? Was werden Sie tun?«
»Ich hatte noch keine Gelegenheit, es mir zu überlegen.«
»Das glaube ich Ihnen nicht.«
»Ich hatte noch keine Lust, darüber nachzudenken.«
»Das glaube ich Ihnen.«
»Sie halten mich für einen, der schnell mal keine Lust hat?«
»Nein, denn wenn Sie so einer wären, säßen Sie jetzt nicht mit mir in diesem Wagen. Warum tun Sie das überhaupt? Weil Sie nichts Besseres zu tun haben? Weil sowieso alles egal ist und bei Ihnen alles den Bach hinuntergeht?«
»Sagen wir so: Als Klaus mich darum bat, fiel mir tatsächlich nichts ein, was mir besser erschienen wäre.«
»Tun Sie es für mich oder wegen mir?«
»Das ist mir jetzt zu sophistisch.«
»Sie weichen aus. Wollen Sie etwa, dass ich Sie für einen Feigling halten muss?«
»Ich tue es für Klaus und wegen Ihnen. Aber indem ich es für Klaus tue, tue ich es gleichzeitig ja für Sie.«
»Das ist jetzt wiederum mir zu …«
Sie brauchte nicht weiter nach dem passenden Wort zu suchen, denn ich konnte mich nicht mehr beherrschen, sondern ergriff ihre linke Hand. Ich weiß nicht, was in mich fuhr, aber ich hielt es nicht mehr aus, unberührt zu bleiben.
Wenn Felix nicht schlief, gab er oft Laute von sich, man musste ihnen nicht ständig Beachtung schenken, aber jetzt nahm Oda sie zum Anlass, sich umzudrehen und beide Hände ihrem Sohn zu widmen.
»Entschuldigen Sie«, sagte ich.
Oda drehte sich wieder nach vorne, entgegnete aber nichts.
»Ich bitte vielmals um Entschuldigung.«
Insgeheim hoffte ich, sie würde etwas Nachsichtiges, Be-

schwichtigendes sagen, aber sie sagte gar nichts, und als ich vorsichtig zu ihr hinüberschaute, sah ich auch, warum: Sie war durch und durch von Wut erfüllt. Sie schwieg, um nicht zu schreien. Wir hatten noch tausend Autobahnkilometer vor uns – mir grauste bei der Vorstellung, sie in dieser Stimmung zurücklegen zu müssen.

»Mit Klaus wäre Ihnen das nicht passiert«, versuchte ich von mir abzulenken.

Sie nickte darauf nur und ließ den Ansatz eines bitteren kleinen Lachens hören.

»Woher kennen Sie ihn eigentlich?«, fragte ich sie.

»Sie wollen schon wieder von sich ablenken«, stellte sie fest.

»Kann sein. Aber es interessiert mich wirklich. Wie haben Sie Klaus kennengelernt? Und wie haben Sie es geschafft, ihn zu überreden, Felix aus Deutschland zu holen?«

»Ich habe ihn nicht dazu überredet!«, fuhr sie mich an.

»Sondern?«

»Ich ... habe ihn gefragt.«

»Und er hat sofort eingewilligt?«

Sie nickte. »So war er«, sagte sie.

»So *ist* er, meinen Sie.«

Wieder nickte sie. »Ja, natürlich.«

»Machen Sie sich Sorgen um ihn?«

Jetzt endlich drehte sie sich mit ihrem Oberkörper in meine Richtung und sah mich resigniert an. »Ich fürchte, dafür ist es zu spät.«

Weil ich fuhr, konnte ich nur kurze Blicke auf sie richten, aber ich sah genug. Trotz meines Fauxpas von eben wagte ich es noch einmal, die Hand auszustrecken und Oda tröstend am Arm zu berühren. Und da fing sie an zu erzählen. Sie erzählte mir alles, vom ersten Fisch auf dem Steg im Herbst bis zum quälenden Nordwind auf dem Rückweg vom Eis. Sie sprach, begriff ich, in Erinnerung an Klaus, gewissermaßen zu seinen Ehren, aber auch, um sich selbst Klarheit darüber zu verschaffen, was sie da eigentlich getan hatte und genau genommen immer noch tat. Sie erzählte mir alles über Klaus, alles über Felix, manches über Robert und einiges über sich.

Hunderte eintönige Kilometer auf der E4 durch Schweden und Dänemark und Hunderte Kilometer deutscher Autobahn lagen noch vor uns, langweilige Kilometer. Früher, auf dem Weg in den Urlaub, hatte sich die Fahrt jedes Mal unendlich hingezogen, *Wann sind wir endlich da?*, hatten die Kinder gequengelt, als sie noch Kinder waren, *Wie lange noch?*, es hatte mich rasend gemacht, aber die Langeweile trotzdem nicht verkürzt. Jetzt befüchtete ich plötzlich, die vielen Kilometer könnten nicht ausreichen, um alles zu erfahren, was Oda zu rekapitulieren hatte.

Ich hörte ihr mit der uneingeschränkten Aufmerksamkeit zu, die sich manchmal einstellt, wenn man einen Menschen von etwas sprechen hört, bei dem es für ihn um alles geht. Zu wie viel Prozent sie das Wort an mich richtete, wagte ich nicht einzuschätzen, vielleicht redete sie hauptsächlich zu sich selbst, doch ich erlaubte mir die Vorstellung, dass es ihr nicht vollkommen gleichgültig war, in wessen Beisein sie all das aussprach.

Bisweilen mussten wir anhalten, um Felix für eine Weile aus seiner Sitzposition zu befreien oder ihm Essen zu geben, und jedes Mal erfüllte es mich unweigerlich mit Stolz, wenn Oda ihm den Flüssigbrei über die Magensonde gab.

Da Oda sich weigerte, über die Öresundbrücke zu fahren, nahmen wir die Fähre nach Dänemark. Ich trug Felix vom

Autodeck nach oben und behielt ihn während der kurzen Überfahrt auf dem Schoß. Oda nutzte die Gelegenheit, ihr Kind mit etwas Abstand zu betrachten, mit einem Blick, der so forschend war, dass ich sie fragte, was sie beobachte. Sie sagte, sie schaue Felix einfach nur an. Dann gestand sie, das grob gerasterte Mienenspiel des Jungen löse manchmal leichtes Unbehagen bei ihr aus.

Auf Anhieb wusste ich nicht, was sie meinte, erst später, als wir schon durch Dänemark fuhren und ich Felix immer wieder per Rückspiegel ins Gesicht sah, kam ich darauf: Das reduzierte Mienenspiel, die eingeschränkte Ausdruckskraft der Gesichtszüge – das gehörte zu den Kennzeichen schwerer geistiger Behinderung. Ein Gesichtsausdruck aber bewirkte eine Reaktion. Woraus sich die Frage ergab, ob eine diffuse Miene auch eine diffuse Reaktion hervorrief und was das für das Verhältnis von Eltern und Kind bedeutete.

»Es muss schmerzhaft sein, wenn man nicht genau weiß, was das eigene Kind empfindet«, stellte ich fest und fürchtete im selben Moment schon, es könne wie ein Ausdruck amtlicher Empathie geklungen haben.

Oda aber hatte nur auf den Inhalt des Satzes gehört und nickte so stark, dass ich es beim Fahren aus dem Augenwinkel heraus sah.

»Das Schmerzhafteste ist für mich immer die Frage gewesen, ob das Kind seine Mutter überhaupt *kennt.*«

Nachdem Oda in Schweden geredet hatte, schwieg sie nun bis Rødby. Auf der Fähre nach Puttgarden wechselte sie in einer menschenleeren Ecke auf einer Plüschbank Felix' Windel. Sie säuberte ihn mit feuchten Tüchern aus einer Kunststoffbox wie einen überdimensionierten Säugling und summte ihm etwas dabei. Ich saß daneben, weshalb ich sah, wir routiniert ihre Handgriffe waren. Ich sah aber auch, dass sich bei Felix erste Anzeichen der Pubertät bemerkbar machten. Unwillkürlich schaute ich auf Oda und ihre sanft konzentrierte Kleinkindmuttermiene.

Odas Geschichte nahm mich so sehr in Anspruch, dass ich mich darüber selbst vergaß und auch nicht auf die Idee kam, müde zu werden, obwohl uns längst Dunkelheit umgab und nur wenig Verkehr herrschte. Die dänische Menschenleere hatte offenbar auf Schleswig-Holstein übergegriffen. Ich steuerte die Tankstelle an, wo wir auf unseren Urlaubsfahrten früher immer getankt und den Kindern das erste deutsche Eis gekauft hatten, doch waren dort alle Lichter gelöscht. Unser Versuch, im Urlaubsort Heiligenhafen eine Übernachtungsmöglichkeit zu finden, scheiterte ebenfalls. Diese Region, so schien es, lebte nur im Sommer. Felix schlief ein, und kaum hatte seine Mutter dies bemerkt, sank auch ihr das Kinn auf die Brust. Schließlich fand ich eine Tankstelle. Sie gehörte zu einem Hotel namens »Grüner Jäger«. Ich füllte Treibstoff nach und weckte Oda behutsam auf.

Sie blickte erschrocken nach vorne, dann auf mich, dann auf Felix, dann wieder nach vorne, nahm schließlich zur Kenntnis, wo wir uns befanden, schüttelte den Kopf und sagte:

»Nicht hier.«

Also fuhr ich weiter, drehte mehr oder weniger pro forma eine Runde durch die nächste Kleinstadt, ohne eine Unterkunft zu finden, während ich mich eigentlich längst entschieden hatte, die Nacht durchzufahren.

Ich fuhr im Rausch, holte mir Sauerstoff, indem ich ab und zu das Fenster öffnete und mich vom Fahrtwind anblasen ließ; Felix und seine Mutter aber schliefen. Erst im Morgengrauen wachte Oda auf, als ich an einem Rastplatz den Motor abstellte.

»Wo sind wir?«, wollte sie wissen.

Unsere müden Knochen zitterten in der kalten grauen Nässe.

Ich zuckte mit den Schultern. »Irgendwo an der Autobahn.« Der Motorenlärm war beträchtlich, alle äußeren Bedingungen arbeiteten daran, die Bemühungen der Raststättengestalter um eine erholsame Atmosphäre lächerlich zu machen.

Oda kippte den Kaffee, den ich ihr geholt hatte, schon nach wenigen Schlucken aus und schüttelte sich. Sie war gereizt. Die wenigen Stunden Schlaf in unbequemer Haltung hatten sie nicht erfrischt, sondern ihr nur kurz die Augen zugehalten, um ihr dann zu zeigen, wie unwirtlich die Welt in der Zwischenzeit geworden war.

Nachdem ich die Kaffeebecher und das Einwickelpapier der Brote in den Abfalleimer geworfen und mich wieder ans Steuer gesetzt hatte, bedankte sich Oda trotz ihrer schlechten Laune unvermittelt und gewissermaßen förmlich bei mir.

»Für alles.«

Jetzt schon?, dachte ich unwillkürlich und sah mich mit einem vorgezogenen Abschied konfrontiert. Oder mit der Einleitung dazu. Damit ich keine falschen Illusionen hegte. Damit ich nicht vergaß, dass es für mich nur vorübergehend einen Platz neben Oda gab, hier, auf diesem Autositz, in dieser Kapsel, die sich zwischen zwei Ländern bewegte. Exterritoriale Nähe auf Zeit.

Während der verbleibenden Autobahnkilometer bis Koblenz rang ich mit der Einsicht, für meinen Einsatz unbelohnt zu bleiben. Von nun an musste mich allein der altruistische

Teil meines Engagements bis ans Ziel wach und aufrecht halten. Die bevorstehende Rückfahrt zu zweit, von der ich mir insgeheim erhofft hatte, sie würde meinem kleinen Globus neuen Schwung geben und ihn vielleicht sogar von innen her erleuchten, kam mir nun bloß noch übermenschlich lang vor. Wie eine unverhältnismäßig ausgedehnte Demutsübung.

Oda ließ mich mit meinen Gedanken allein, da sie sich für den Rest der Fahrt ausschließlich ihrem Sohn zuwandte. Als ich an der Abfahrt Koblenz den Blinker setzte, sagte sie mit müder und irgendwie träumerischer Stimme in das rhythmische Klacken hinein:

»Ich mag Felix gar nicht hergeben. Es ist fast wie am Anfang.«

Das hypnotisierende Pendel des Blinkertakts hatte ihr diesen Satz entlockt, so schien es.

Ich musste an die Pubertätsmerkmale des Jungen denken, die ich gesehen hatte. Er kam in das Alter, in dem sich Kinder langsam von den Eltern lösen, aber so, wie er war, konnte das nicht geschehen. Bei einem Kind wie ihm kehrt sich die Dynamik um: Die Eltern müssen lernen, sich vom Kind zu trennen.

»Es ist gut, dass Felix im Martinusheim ist«, sagte ich.

Es war ein Zitat, beinahe wörtlich. Achtundzwanzig Jahre zuvor hatte ich gesagt: »Es ist gut, dass Leo im Martinusheim ist«, und mir damit ein Lächeln und in dessen Gefolge eine ganze Lawine an abwegigen Illusionen verdient. Oda sagte nur: »Ich weiß.«

Der Transporter, den ich als Zivildienstleistender gefahren hatte, war ähnlich ausgestattet gewesen wie der Hiace von Klaus, größer zwar und neuer, aber mit Rampen zum Herausziehen. Das Fahrzeug, mit dem Felix und Oda in Koblenz abgeholt wurden, verfügte über eine Hebebühne, weshalb der ältere Mann, der den Fahrdienst versah, den Rollstuhl ohne Kraftanstrengung einladen konnte, er musste lediglich ein paar Knöpfe drücken. Ich sah dem Vorgang aus der Entfernung zu, und als sich der Wagen in Bewegung setzte, fuhr ich mit einigem Abstand hinterher, ähnlich einem lausigen Detektiv bei einer Observation.

Wie vereinbart wartete ich auf der Straße vor dem Heim auf Oda. Ich musste lange warten, ich hatte Zeit, mir auszumalen, wie Felix von den Mitarbeiterinnen in Empfang genommen und Oda wieder zu ein paar kleinen Lügen gezwungen wurde.

Während ich allein im Auto eines anderen Mannes saß und im Dienste der Frau eines wieder anderen Mannes stand, dachte ich, dass einer wie ich oder einer wie Klaus ohne Angehörigkeit auskommen konnte, wenn es sein musste, auch wenn er es sich anders wünschte. Einer wie Felix aber, der nicht einmal fähig war, sich etwas zu wünschen, spannte viele Menschen ein und verschaffte ihnen trotzdem eine Art Befreiung: von Erwartungen und hohen Zielen, von Leistung, Effizienz, Erfolg. Bei einem wie Felix zählten nur Gegenwart und Nähe und das Atmen ohne Not.

So oder so ähnlich dachte vielleicht auch Kerstin, wenn sie Felix nachher zum Abschluss ihrer Schicht ins Bett legte. Oder sie dachte nichts dergleichen, sondern freute sich einfach, dass der Junge wohlbehalten wieder bei ihr war. Vielleicht genehmigte sie sich zu diesem Anlass sogar einen Kuss auf seine Stirn, bevor sie die Spieluhr aufzog.

Wie in einem Traum sah ich die Szene vor mir, und wie nach einem Traum kehrte ich mit einer kleinen Irritation in die Wirklichkeit zurück. Wieder schlotterten meine müden

Knochen, weil beim Warten Motor und Heizung nicht liefen. Ich holte mein Handy aus der Tasche und rief Klaus an, so wie ich es ihm versprochen hatte, doch er meldete sich nicht.

Inzwischen wartete ich bereits seit einer Stunde auf Oda. Ich wollte gerade aussteigen, um mir etwas die Beine zu vertreten, da kam sie aus dem Hoftor, ging die hundert Meter auf mich zu und blieb neben der Fahrertür stehen. Ich kurbelte das Fenster herunter.

»Und jetzt?«

»Ich fahre Sie zum Flughafen.«

Auf den ersten Kilometern wagte ich es kaum, den Kopf in Odas Richtung zu drehen, obschon ich begierig war, zu sehen, wie sie das Fahrzeug lenkte. Sie sollte nicht glauben, dass ich sie dreist beobachtete, jetzt, da sie meine Blicke nicht erwidern konnte.

Millimeter für Millimeter rückte ich mein Gesichtsfeld nach links. Es stand ihr gut, aktiv zu sein. Lenken, schalten, Blinker setzen, dazu die irgendwie professionell wirkenden Blicke in die Außenspiegel – all diese Vorgänge schienen wie für sie gemacht, sie wirkte patent und resolut, und das gefiel mir.

Mit derselben Entschlossenheit hatte sie mich mit nur einem Satz dazu gebracht, auf den Beifahrersitz zu rücken – und uns von einer beklemmend langen Rückfahrt zu zweit erlöst. Weiter sagte sie vorläufig nichts. Vielleicht hing ihr der Abschied von Felix nach und ihre Gedanken tönten so laut, dass ihr gar nicht auffiel, wie schweigsam sie war.

Beim Überqueren des Rheins fragte sie mich, ob ich inzwischen mit Klaus gesprochen hätte.

»Er geht nicht ans Telefon«, sagte ich.

Sie nickte nur und schwieg weiter. Erst als wir eine Viertelstunde später die Maschinen, die den Flughafen in dichter Folge ansteuerten, bereits im niedrigen Landeanflug über uns sahen, fiel Oda wieder ein, das Wort an mich zu richten. Sie setzte allerdings nicht zu einem bewegten Abschieds- und Dankesmonolog an, sondern stellte wie aus dem Nichts heraus schlicht fest: »Sie sollten sich um Ihre Bibliothek übrigens keine Sorgen machen.«

»Das ist nicht *meine* Bibliothek ...«

»Also gut: Machen Sie sich keine Sorgen um den Fortbestand der Bibliothek. Aber suchen Sie sich eine Wohnung!«

»Woher wissen Sie ...?«

»Wollen Sie eine ehrliche Antwort?«

»Ich bitte darum!«

»Zwischen den Regalen mit den Gesamtausgaben, gleich neben der Tür zu den Hinterzimmern, riecht es nach Schlaf und Bettwäsche, die nicht ausgelüftet wird.«

Nach fast drei Tagen Nähe gestattete sie mir nicht, mich länger in ihrem Leben aufzuhalten. Sie ließ mich in der Abflughalle stehen, nachdem sie mir wie einem Patenkind ein Flugticket nach Helsinki gekauft hatte.

Durch die Fensterfront sah ich sie draußen den Strafzettel vom Scheibenwischer pflücken und in den Hiace steigen, der kurz darauf zögerlich rückwärts aus der Parkbucht kroch, dann aber so zügig davonfuhr, als wäre die Frau am Steuer mit dem Fahrzeug lange schon vertraut.

Ich schaute ihr hinterher und staunte, weil ich nicht in Selbstmitleid verfiel. Stattdessen stieg in mir etwas auf, was nichts anderes als gute Laune sein konnte. Als wäre etwas zurechtgerückt worden. Als stimmte jetzt alles. Ich hatte etwas Richtiges getan, und ich hatte es gut gemacht. Ohne mich hätte Oda im Regen gesessen!, rief ich mir klaushaft zu. Und in der Tinte gestanden. Tüchtig wie eine der Fähren, die wir benutzt hatten, war ich gewesen.

Nun war mein Dienst erfüllt, ich stand allein am Flughafen und hatte nichts mehr zu tun. Doch ich lamentierte nicht, sondern begab mich einfach zum Schalter und danach zum Gate und erzählte mir beim Warten alles, was Oda mir erzählt hatte, noch einmal nach. Wo ich auf Lücken stieß, füllte ich sie mit meinen Vorstellungen. Später, über den Wolken, kam es mir vor, als hielte ich Odas Lebensgeschichte wie ein Buch in den Händen. So mochte sich ein Schriftsteller fühlen: stolz, weil er über eine Geschichte verfügt, traurig, weil er darin nicht vorkommt.

Über dem Baltikum riss die Wolkendecke auf, so konnte ich erkennen, wie weit das Eis auf der Ostsee von Finnland her nach Süden reichte, und in dem Moment, da ich mich fragte, wie es wäre, an der Kante vor dem offenen Wasser zu stehen, ging mir auf, dass ich in dem Buch, das ich in Händen hielt, durchaus vorkam. Ich spielte eine Rolle in Odas Eis-und-Licht-Geschichte. Und wenn ich sie aufschrieb, spielte ich eine weitere. Zum zweiten Mal innerhalb weniger Tage wusste ich, was ich zu tun hatte.

EPILOG

Beim Warten am Gepäckband rief ich Klaus noch einmal an, obwohl ich fast nicht mehr damit rechnete, ihn zu erreichen. Nun aber meldete er sich.

»Warum bist du nicht ans Telefon gegangen?«, fragte ich ohne Begrüßungsfloskel so vorwurfsvoll, wie man es sich sonst nur bei seinem Ehepartner erlaubt.

Er behauptete, sein Telefon habe seit Tagen nicht mehr geklingelt.

»Wie geht es dir? Hast du viel geschlafen?«, wollte ich wissen.

»Vielleicht. Oder so ähnlich.«

Ich berichtete ihm kurz von der Reise, sagte, alles sei gut gegangen, und gestand, mit dem Flugzeug gekommen zu sein. »Oda wollte die Rückfahrt mit dem Hiace unbedingt alleine auf sich nehmen.«

»Sie kennt ja den Weg«, meinte Klaus nur. Es klang ein bisschen so, als wäre er mit ihr zufrieden.

Ich hörte ihn die wenigen Wörter mit dünner Stimme aussprechen und musste an erschlaffte Segel denken, an eine Meeresbucht, auf der alle Bewegung auslief, weil Windstille einkehrte. Unmerklich schob sich diese Vorstellung ins Bewusstsein, während ich auf mein Gepäck wartete, und sobald ich das Bild in voller Klarheit sah, bekam ich es mit der Angst zu tun.

»Klaus?«, rief ich. »Bist du noch da?«

»Wo soll ich sonst sein? Ich gehe nicht mehr aus dem Haus.«

»Kann ich dir irgendwie helfen?«

»Nein«, sagte er.

»Aber ich komme vorbei. In Ordnung?«

»Ja«, sagte er. »Komm, bevor das Treibholz weggeschwommen ist.«

Die Freundschaft zwischen Klaus und Oda endete mit den Folgen einer unbehandelten Endokarditis.

So jedenfalls lautete die ärztliche Vermutung. Klaus hatte allem Anschein nach vom Obergefreiten einen Herzfehler geerbt. Ob der akuten Erkrankung eine Herzmuskelinfektion vorausgegangen war, die wiederum durch eine massive Verkühlung ausgelöst wurde, blieb ungeklärt. Mit Sicherheit konnte man nur sagen, dass er beschlossen hatte, sich der Krankheit zu ergeben, anstatt sich in einer Klinik helfen zu lassen. Es wäre leicht gewesen, ein einziger Anruf hätte genügt.

Die Haustür war nicht abgeschlossen. In der Diele rief ich seinen Namen und ging, als keine Antwort kam, in die Küche. Dort lag eine Nachricht auf dem Tisch, nicht etwa in zwei Sprachen, sondern nur auf Deutsch: »Wer mich findet, dem gehört das Haus. Mit allem Dran und Drum.« Die Hausschlüssel und der Ersatzschlüssel für den Hiace lagen daneben.

In der Kammer brannte nur die Nachttischlampe. Ich setzte mich auf den Bettrand und teilte den Lichtkreis mit Klaus, der auf dem Rücken lag. Er hielt das Telefon noch in der Hand, konnte aber nicht mehr sprechen, versuchte es nicht einmal, sondern sah mich nur an, suchte mit den Augen meinen Blick und ließ ihn nicht mehr los.

Wenig später hörte ich zum ersten Mal in meinem Leben den letzten Atemzug eines Menschen. Ich wartete ab, bis ich mir sicher war, dann schloss ich Klaus die Augen.

Nachdem der Totenschein ausgefüllt war und man Klaus abgeholt hatte, fuhr ich zur Bibliothek, wo ich meinem Lager schlagartig sein ganzes Elend ansah. Am nächsten Morgen packte ich zusammen. Viel war es nicht, denn ich hatte nur das Nötigste von zu Hause mitgenommen und mir seitdem nichts angeschafft, sondern meinen Lohn hauptsächlich der Bibliothek als Etat für Neuanschaffungen zur Verfügung gestellt.

Als Oda endlich kam, war ich gerade damit beschäftigt, die offenbar neulich erst gehackten Birkenholzscheite, die auf zwei Haufen im Hof lagen, zur südlichen Wand des gelben Hauses zu tragen, wo ich sie aufstapelte. Oda hatte keine Zeit verloren und war direkt vom Hafen gekommen, sie wirkte übermüdet, sie habe, sagte sie, auf der Fähre kaum geschlafen, weil sie sich um Klaus gesorgt habe. Auf die Nachricht von seinem Tod reagierte sie gefasst.

»Ich wusste es«, sagte sie. »Und ich bin mit schuld daran. Die Rückreise war traurig.«

Während sie das sagte, zog sie die Wollmütze aus der Tasche und legte sie auf den Hackklotz.

»Die hat trotzdem wie ein Hoffnungsfunke auf dem Beifahrersitz gelegen.«

Oda war über Niederheimbach gefahren und hatte in dem kleinen Ort das Haus des Obergefreiten schnell gefunden. Es sei ein helles Backsteinhaus zwischen anderen, gleichartigen Häusern gewesen.

»Die Fensteraugen haben mit keiner Wimper gezuckt«, erzählte sie. Ihr sei gleich klar geworden, dass dieses Haus ihr nichts zu sagen habe. Also habe sie sich wieder ans Steuer gesetzt, im Radio den Sender eingestellt, den Klaus am liebsten mochte, und sei davongefahren.

Nach ihrem kargen Bericht telefonierte sie kurz, ging dann zum Boot hinüber, das Klaus vor dem Zufrieren der See an Land gezogen, aufgebockt und mit einer Plane abgedeckt hatte, umkreiste es einmal und legte kurz die flache Hand darauf. Von mir verabschiedete sie sich mit einem Händedruck. Minuten später stieg sie vor dem Gartentor ins Taxi und fuhr mir ein weiteres Mal davon.

Auf dem Hackklotz lag die Mütze, die Klaus mit Felix geteilt hatte. Sie wirkte ungehörig rot. Meine Hand näherte sich ihr so langsam, als wüsste sie nicht, wie sie zu greifen wäre, hob sie aber behutsam auf. Es fühlte sich an, als wäre unter der Wolle ein kleiner, fester Gegenstand verborgen. Ich sah nach und fand ein metallisch schimmerndes Gerät, das kaum größer war als ein Feuerzeug. Es hatte sich im aufgerollten Rand verfangen oder war vorsätzlich hineingeschoben worden, vielleicht während der Fahrt, als die Mütze auf dem Sitz gelegen hatte.

Bei der Beerdigung hätte ich die Mütze ins Grab werfen können. Während der Pfarrer sprach, schob ich die rechte Hand in die Manteltasche und spürte die Wolle. Aber ich ließ sie stecken. Ich nahm sie mit ins Frühjahr.

Insgeheim hatte ich damit gerechnet, Oda würde die vierzehn Briefe und sechs Postkarten von Klaus ins Grab werfen, aber sie tat es nicht, und wie schon einmal zuvor fragte ich mich, ob sie die Absicht hegte, Klaus' Schicksal zu verwerten, zum Beispiel, um damit in ihren Beruf als Journalistin zurückzufinden. Nun erschien mir das nicht mehr verwerflich. Die Geschichte eines Menschen zu erzählen, kann einfach heißen, dass man an seinem Leben Anteil nimmt.

Robert, der alle Kosten für Klaus' Bestattung übernommen hatte, wollte auf dem Friedhofsparkplatz wissen, ob er auch für mich noch etwas tun könne. Es dauerte einen Moment, bis ich begriff, dass er damit seinen verspäteten Dank für meinen Einsatz zugunsten seiner Frau und seines Sohnes zum Ausdruck bringen wollte. Das hieß, er musste Odas Geschichte zugehört haben, und das freute mich. Ich sah Oda an, während meine Finger in der Tasche die Mütze und das kleine Aufnahmegerät befühlten. Da meine Antwort auf sich warten ließ, nahm Robert schließlich das Heft in die Hand. Er habe sich bereits beim zuständigen Minister der finnischen Regierung für meine Bibliothek starkgemacht, erklärte er, und er werde das auch im Auswärtigen Amt tun. Er sehe durchaus Grund zur Zuversicht.

Ich wollte gerade dazu ansetzen, mich in aller Form zu bedanken, da hob er die Hand, um mich zu stoppen. Als er sah, dass es funktionierte, gab er mit einer weiteren, wegwerfenden Handbewegung zu verstehen, dass der Fall damit erledigt sei.

Der Winter erreichte sein Maximum an Helligkeit, an sonnigen Vormittagen sah es so aus, als wäre sogar der Schnee froh, bald dem Frühling weichen zu dürfen, und nur vereinzelte Angler trotzten noch den täglich im Radio wiederholten Warnungen vor Rissen, Spalten und Brüchen im Eis.

Oda war beim Wintersporttag der Diplomaten wieder in ihr Amt als Frau des Botschafters zurückgekehrt, freilich nicht ohne Mühe, denn die Veranstaltung glich einem grotesken Schauspiel. Es wurde über Asiaten gelacht, die in den Schnee plumpsten und nicht wussten, wie sie mit den langen, rutschigen Brettern und den Stöcken wieder auf die Beine kommen sollten, und einige Südamerikaner machten unter den Augen der Presse eine Schneeballschlacht, während der französische Kollege das Spektakel vom Café aus bei einem Glas Punsch beobachtete.

Oda hatte sich neben Robert mit der noch immer neuen, weil seit dem Vorjahr nicht mehr benutzten Ausrüstung präsentieren und ihm zuliebe so tun müssen, als entsprächen ihre wintersportlichen Fähigkeiten dem Material. In der Loipe bemühte sich Robert sichtlich um die Nachahmung der Bewegungsabläufe, die er wenige Wochen zuvor bei einem Weltcuprennen von der VIP-Tribüne aus beobachtet hatte, trotzdem verloren sie bald den Anschluss an die erfahrenen Läufer und befanden sich auf einmal scheinbar ganz allein im Wald.

Auf einer Abfahrt mit vereister Loipe verlor Robert das Gleichgewicht und stürzte, die unmittelbar folgende Oda fiel über ihn. Robert wurde deswegen jedoch nicht wütend, sondern lachte, und Oda mit ihm. Mit verkeilten Skiern lagen sie aufeinander im Schnee, lachten wie junge Leute und küssten sich sogar kurz. »Komm mit mir nach Tripolis!«, sagte Robert in einem Tonfall, als spräche er ein Liebesbekenntnis aus. Oda empfand dafür Dankbarkeit, merkte aber zugleich, dass sie sich bereits anders entschieden hatte.

An einem Samstag mit gleißendem Licht kam Oda ein letztes Mal zu mir. Sie fragte nicht, ob sie versehentlich ihr Aufnahmegerät bei mir vergessen habe, sondern erzählte sofort, sie wolle noch vor dem nächsten Monatsbesuch bei Felix nach Berlin ziehen.

»Das hier habe ich Ihnen mitgebracht.«

Sie riss die Klebebänder ab und wickelte das Bild von Juho Karjalainen, das ihr Mann im Herbst für die Botschaft angeschafft hatte, aus der Blisterfolie. Ohne jemanden zu fragen, hatte sie es einfach von der Wand genommen.

»Hier passt es besser hin.«

Das fand ich nicht. Es kam mir vor, als trete sie ihre Erinnerung an Klaus nun an mich ab, anstatt sie nach Berlin mitzunehmen, doch ich behielt den Gedanken für mich, nahm alle gerahmten deutschen Landschaften von der Wand und hängte an ihrer Stelle das Bild auf. Fortan sah ich bei jeder Mahlzeit, die ich an Klaus' altem Tisch einnahm, und in jeder Stunde, in der ich mich zum Schreiben an denselben Tisch setzte, den nackten Mann mit dem schlichten Holzboot vor mir, und ich fragte mich oft, wie sich einer fühlte, der ein Boot bauen konnte.

Nicht lange nach Odas Abreise platzte das Eis auf. Das Meer wurde neu aus einem Riss geboren, erste Vögel landeten auf dem Wasser, und es dauerte nicht lange, bis auch der erste Angler vorsichtig rudernd zwischen den Eisschollen lavierte.

Felix lag im Heim und atmete, vielleicht von Dunkelheit umgeben, vielleicht von Licht erfüllt. Er schaukelte sein Leben lang in einem Boot, das von kundigen Händen immer neu geformt wurde, stellte ich mir vor, während ich die Bucht überblickte. Dann löste ich die Schnüre, mit denen Klaus die Plane über seinem Boot befestigt hatte.

MEIN DANK GILT

Stefan Lorbeer für überaus freundliche und wertvolle Auskünfte,

Sonja Praxl für einen unersetzlichen Blick hinter die Kulissen,

Annette Beule und Juha Huttunen für aufschlussreiche Bootsfahrten,

dem *Baltic Centre for Writers and Translators* in Visby für ein paar Wochen ungestörten Raum zum Schreiben,

Lars Westerlund für seine Studie *Saksalaisten sotilaiden lapset* (»Die Kinder deutscher Soldaten«, Helsinki 2011),

Reiner Kunze für das Gedicht »rudern zwei«, zitiert auf S. 83, aus: Reiner Kunze, *gespräch mit der amsel*, © S. Fischer Verlag GmbH, Frankfurt am Main 1984,

David Bowie für *Space Oddity*, zitiert auf S. 61, © 1969 Philips Records,

Juho Karjalainen für seine Bilder.

Arno Geiger im dtv

»Arno Geiger schreibt große Literatur, mit jonglierender und doch so bodennaher Kunst wie man sie kaum findet im neuen Österreich oder sonst wo.«
Franz Haas in ›Der Standard‹

Schöne Freunde
Roman
ISBN 978-3-423-**13504**-7

Die phantasiereiche Geschichte eines Kindes, das auszieht, erwachsen zu werden. Ein Roman, der die Untiefen der menschlichen Seele berührt und doch durch und durch komisch ist.

Kleine Schule des Karussellfahrens
Roman
ISBN 978-3-423-**13505**-4

Ein moderner Schelmenroman von einem, der nichts vom Leben erwartet und doch alles will.

Es geht uns gut
Roman
ISBN 978-3-423-**13562**-7

Philipp hat das Haus seiner Großmutter geerbt, und die Familiengeschichte, von der er definitiv nichts wissen will, sitzt ihm nun im Nacken.

Irrlichterloh
Roman
ISBN 978-3-423-**13697**-6

Fünf Menschen auf der Suche nach der Liebe und sich selbst – ein abgedrehter Liebesroman voll Witz und lodernder Phantasie.

Anna nicht vergessen
ISBN 978-3-423-**13785**-0

Über Liebesdesaster und Lebensträume, über Menschen, die nicht vergessen werden wollen: Arno Geigers brillante Erzählungen.

Alles über Sally
Roman
ISBN 978-3-423-**14018**-8

Alfred und Sally sind schon lange verheiratet. Das Leben geht seinen Gang, allzu ruhig, findet Sally. In einem Anfall von Lebenshunger beginnt sie ein Verhältnis mit Alfreds bestem Freund …

Der alte König in seinem Exil
ISBN 978-3-423-**14154**-3
ISBN 978-3-423-**25350**-5
(dtv großdruck)

»Ein Buch der Suche nach einer verlorenen Welt, einer verlorenen Heimat, einem verloren geglaubten Charakter und einer wiedergefundenen Beziehung.« (Welt am Sonntag)